吉永さん家のガーゴイル
アニメすぺしゃる
FB
Famitsu Bunko
ファミ通文庫

吉永さん家のガーゴイル　アニメすぺしゃる

第一話「吉永さん家の石ッころ」

☆オープニング

御色町《ごしきちょう》（早朝四時二五分頃）

○吉永家

　新聞受けに新聞を入れようとする新聞屋。

ガーゴイル「誰だ?」

　あたりをキョロキョロする新聞屋。

新聞屋「!?……」

ガーゴイル「再度問う。貴様は何者だ?　返答次第によっては……」

新聞屋「……」

　ガーゴイルの目がゆっくりと金色に光ってゆく。

ガーゴイル「我《われ》は吉永《よしなが》家の門番だ。闖入者《ちんにゅうしゃ》の存在は一切認めぬ」

　吉永家、電撃の照り返しを受ける。

新聞屋「ぎぇぇ〜!!」

☆第一話「吉永さん家の石ッころ」

○吉永家　庭（昼）

双葉《ふたば》「ばっきゃろっー!!」

　門柱のガーゴイルをジャンプしてけりとばす。道路に落ちるガーゴイル。門柱の上で怒る双葉。

双葉「また新聞屋の兄ちゃん黒コゲにしやがって、今日のテレビ番組わかんなくなっちまったじゃねーか！」
ガーゴイル「なにゆえ、双葉がそのように激怒するのか理解できぬのだが」
　門柱に半分乗っているガーゴイルに押されるようにバランスをくずす双葉。
双葉「あわわわわ……」
　落ちつつ向きをかえ、門柱にしがみつき落下をまぬがれる。
双葉「ぐっ……黙れ!!」
　頭突きをくらわす。ふっとび、地面にささるガーゴイル。
双葉「だから、手当たり次第に攻撃するんじゃねーって言ってんだよ！」
ガーゴイル「手当たり次第ではない。我はまず身分の確認をしたのだ、しかし返答を得られぬどころか明らかに挙動不審であり……」
双葉「石ッころにいきなり声掛けられりゃ誰だって挙動不審になるわ！」
　玄関のドアを閉めてやってくる和己《かずみ》。
和己「双葉ちゃん、そのくらいにしときなよ。今朝の新聞屋さん新人だったんだって。ガー君が知らないのも無理ないよ」
双葉「知らねー人が通るたびに無差別攻撃されてたまっか」
和己「でもまぁ、服が焼け焦げただけだし」
ガーゴイル「無論あくまで威嚇《いかく》に留めておいた。単なる不審者を、やみくもに再起不能にするわけにはいかぬ」
和己「ね、ガー君もちゃんと考えてるんだって」
双葉「オカマは黙ってろ！」
和己「オカマじゃないって言ってるでしょ！」
　──ドサッ──
和己「？」
　しゃがみこんでいる双葉。
双葉「こいつが来て一カ月……吉永さん家《ち》のガーゴイルっつったら町中で評判なんだぞ。もちろん悪い意味でだ！」
和己「家の前通る人みんなガー君に攻撃されて

るもんね……」

ガーゴイル「任務に忠実であれ。それが我の矜持《きょうじ》であり存在意義だ。そして任務とはこの吉永家の門番であることだ」

双葉「ウチは門番なんかいらねえっつーの!!」

　双葉、ドロップキックをかます。

　回転しつつ飛んでゆくガーゴイル。

○南口商店街
　春木屋《はるきや》精肉店前へやってくる和己と双葉に声をかける春木屋のおばちゃん。
春木屋「双葉ちゃん、今日も元気一杯だね」
双葉「おばちゃんも相変わらず肌つやいいね」
春木屋「そ、そお?……コロッケ食べる?」
双葉「あんがと」
　コロッケを食べながら歩く双葉、和己。
双葉「あぐっ……」
和己「ガー君は双葉ちゃんがもらってきたんだし、ちゃんと最後まで責任取らなきゃ」

双葉「相手は石だぞ石！　あたしは、いらねーって言ったのに、和菓子屋の親父が強引に……」
宮村《みやむら》「相変わらず仲がいいね、吉永さん家は」
双葉「あ、不幸の元凶！」
　宮村を指差し、つっかかりそうな双葉。自分の残ってたコロッケを双葉の口におしこみつつ、双葉を引きずってゆく和己。
和己「あ、なんでもないです、ま、また……」
双葉「モガガ……」
　見おくる宮村。
宮村「不幸がなんだって？……」

○兎轉舎《とてんしゃ》
　カウンターに置かれた古～いラジオから流れるメロディ♪　カウンターの上の湯飲みから立ち上る湯気が流れる。
　カウンターにつっぷしているイヨ。
双葉「うぃ～す」
和己「こんにちは」
イヨ「いらっしゃい……」
　闇に走る閃光《せんこう》。カウンターに青龍刀をつきたてる。美しくスゴむイヨ。
イヨ「兎轉舎にようこそ」
和己「ど、どうも」
　のりだし何か言おうとしたところを、イヨに制される双葉。
イヨ「石像を引き取って欲しいってお願いは却下よ」
双葉「う……」
イヨ「何度も言ってるでしょ、プレゼントした物を突き返されるのなんて、まっぴらごめんだわ」
双葉「プレゼントって……福引の景品だろ！」

○回想　福引会場（昼）
　ジングルを振る宮村。その後ろの景品棚に「兎轉舎様ご提供門番型自動石像」と書かれた貼り紙を貼られたガーゴイルが置かれている。

ガラポンからころがり出る緑の玉。

双葉「露骨に怪しげだったからいらないいっつったのに、商店会会長が縁起物だから返されても困るって押しつけやがったんだ」

ガーゴイルを見ているママ。抗議する双葉。

手を上げ制し、首を振る宮村。

○兎転舎内
双葉「おかげで、ウチはそれはもう大変な目に……」
イヨ「大変？」
和己「あ、あのですね……」
事情を説明する和己。
イヨ、ニコッとして、
イヨ「あー、そういうこと。正常に動いてるみたいね、安心したわ」
双葉「あれのどこが正常だよ！　ドーベルマンの放し飼いより、タチが悪いだろ！」
イヨにドロップキックをかます双葉。

イヨ「うげっ！」
イヨ、青龍刀をふりかぶり、双葉につきつける。
イヨ「あの子は次第に学習して成長していくの。だから、そのうちなんとかなるわよ」
にらみつけている双葉。
双葉「……」
にらみつけているイヨ。
イヨ「……」
困り顔で見ている和己。
和己「二人して無意味な緊張感漂わせてどうするの」
我にかえる双葉。
双葉「あれ？　なにしに来たんだっけ……あ！つべこべ言わずガーゴイルを引き取れ！」
イヨ「ガーゴイル？」
和己「だからさ、返すことよりガー君の正しい扱い方とか訊いたほうが前向きでしょ」
双葉「それじゃこっちの負けだってーの」

和己「勝ち負けの問題じゃないでしょ、だいたい双葉ちゃんは……」
金ばさみで湯飲みを差し出すイヨ。
イヨ「まぁまぁ、お茶でも飲んで気を落ち着けて」
七色に泡立つお茶を見る二人。
双葉「な、なんだこれ?」
イヨ「珍しい葉っぱが手に入ったの、まだ一度しか実験してないんだけどね」
和己「じ、実験!」
双葉「っていうか一度目は誰に試したんだよ?」
イヨ「うふふふふ……」
ゾッとする和己と双葉。
和己・双葉「!……」
入り口のドア。開き、出てゆく和己。
和己「ま、またきます!」
双葉「あ、こら」
ポツンと一人とり残されるイヨ。
座りつつ金ばさみで挟んだ湯飲みをしまい、
イヨ「ガーゴイル、か……。なんだかんだ言って名前まで付けてもらってんじゃない……」
また、つっぷして寝るイヨ。

○吉永家　庭
エサを食べている菊一文字《きくいちもんじ》。顔を上げ、舌なめずりをしてまた食べつづける。ニコニコ顔で見ているママ。
ガーゴイル「ガーゴイルという名まで与えてもらいながら、いまだ家人の信頼を得られぬとは……。これは門番として失格ではなかろうか?」
ガーゴイルの肩をたたくママ。
ガーゴイル「ママ殿……」
菊一文字「にゅあ〜ご」
ママ「……」
ガーゴイル「菊一文字はママ殿に感謝しているようだ」
菊一文字「いっつもこんなうまいメシにありつけるなんてマジで感謝してますよ。それだけでよそのけだもの連中に自慢できらぁ」
ガーゴイル「周りの仲間に自慢できると言っている」
ぽっと赤くなる。テレテレのママ。
ママ「……」
ガーゴイルの鼻をペシッとたたくと回転してしまうガーゴイル。
ガーゴイル「通訳程度で感謝はいらぬ」
玄関へ行くママ。
ガーゴイル「いや、嬉しくはあるのだが、できれば我はママ殿だけではなく、家人全員の信頼を……」
背中から頭へととび乗る菊一文字。
菊一文字「たく、なに悩んでんだか知らねえけどさ、もちっとシャキッとしてくれよ、ダンナらしくもねえ。ダンナと小野寺《おのでら》さんとこのエイバリー少尉《しょうい》は、この御色町の誇りだと思ってるんだからさ」
ガーゴイル「エイバリー少尉？……」

○住宅街

ふてくされて歩く双葉をなだめる和己。

双葉「くっそ〜！」

和己「いい加減あきらめなって」

美森《みもり》「双葉ちゃーん」

声の方向、満男《みつお》、エイバリー、美森の所へ小走りにやってくる双葉、和己。

双葉「よぉ、美森」

和己「こんにちは」

満男「和己君と双葉ちゃんかい」

双葉「うん……散歩？」

美森「そう、双葉ちゃんたちも？」

双葉「なんで、こんな兄貴なんかと散歩しなきゃならねーんだよ」

和己「！……こんな？　なんか？　ちょっと双葉ちゃん、それはどういう意味!?」

双葉、無視してエイバリーへ向く。

双葉「こんちわ少尉」

○坂の下

歩行者信号青が点滅して赤に変わる。

手をふりつつエイバリーに引かれてゆく満男。

双葉「エイバリー少尉って、おじさんの道案内したり、なんか危ないことがあってもちゃぁんと守ったりするんだろ」

美森「そうだよ、盲導犬はみんな小さいときからそういう訓練を受けてるからね、主人の安全が最優先なんだよ。でも、ウチの少尉が一番だよ」

双葉「いいよなぁ。知らねーヤツをいきなり黒コゲにしたりしねーもんな」

うんざり顔の双葉。

○吉永家

門柱のガーゴイル。入ってくる美森。

美森「こんにちは、ガーゴイルさん」

ガーゴイル「小野寺美森であったな、汝《なんじ》が双葉の友人であることは確認済みだ、敷地内への進入を許可する」
双葉「黙れっての！」
ドロップキックをかます双葉。
ふっとぶガーゴイル。
美森「!?……」
和己「ただいまの挨拶みたいなもんだから」
玄関からのぞいている双葉。
双葉「美森、早くゲームやろうぜ」
美森「うん……きゃっ!?」
美森の足元にガーゴイル。
ガーゴイル「小野寺家のエイバリー少尉というのは、もしや汝の家人では？」
美森「そうだよ、お父さんの盲導犬」
ガーゴイル「盲導犬……なるほど」
双葉「なにしてんだよ？」
双葉の声にガーゴイルを見つつ、玄関へ小走りに行く美森。
美森「じゃあね」
和己「ガー君、エイバリー少尉知ってるんだ」
ガーゴイル「御色町で評判の名犬であると耳にしただけだ。ならば門番である我の任務の参考になるやもしれぬと……」
ガーゴイルの頭に手をあて、のぞきこんでいる和己。
和己「きっといい門番になるよ、ガー君は」
ガーゴイル「我もそうありたいと願う」

○踏み切り（夜）
待っている人々、車。やってくる電車。

○吉永家　リビング
リモコンの録画ボタンを押すママ。

アナウンサー「世間を騒がせている怪盗百色《ひやくしき》の姿を、ついに映像で捕らえました」

TVを見ている一同。ママはTVの前に座っている。パパはダンベルを振りながら、双葉一人が一同にうったえている。TV画面には百色が映っている。
パパ「百色か、今度は何を盗んだんだ？」
双葉「だから、ウチの門に居座ってる石ッころのことだよ、門番なんて必要ねぇだろ」
「しーっ」と指を立てるママ。
ママ「……」
パパ「おっと、ママは百色の大ファンだもんな。パパ、ヤケちゃうぞ、ハハハハハ……」
ふてくされてソファにもたれる双葉。
双葉「第一、主《あるじ》がしがない商社勤めなのに「それを言っちゃまずい！」と、焦る和己。キッと向く、ママの怒り笑顔。ギン！
双葉のウエスト付近で組まれるママの手。
双葉「うわぁぁ～！」
ゴッチ式ジャーマンスープレックスをかますママ。
双葉「ぎゃあっ！」
ガーゴイル「……問題なし」
のびている双葉に耳うちする和己。
和己「ママの前でパパの悪口はダメだって……」
双葉「きゅううう……」

○吉永家　庭
ロープをまかれたガーゴイルが庭に落ちる。
ガーゴイルに足をかけロープを引く双葉。
双葉「こんな石ッころ」
ガーゴイル「双葉よ」
双葉「なんだ」
ガーゴイル「我の探知機能は吉永家を中心として、常に町内をくまなく探索している」
双葉「それがどうしたってんだよ？」

○小野寺家　キッチン
静かに開いてゆく勝手口のドア。ドアが閉まり、四つんばいで顔をのぞかせる泥棒。
泥棒Ａ「！……」
泥棒Ａ、エイバリーに気づきサッと引く。

泥棒Ａ「ち……犬だ」

　目を開けじっと見ているエイバリー。

　身をかくしている泥棒Ａ、Ｂ。

泥棒Ｂ「まずいな、いったん。！……」

　足音に気づくエイバリー。階段を降りてくる美森。立ち上がるエイバリー。身をひそめている泥棒Ａ、Ｂ。眠そうな目を擦《こす》りつつ冷蔵庫へやってくる美森。開けてのぞきこむ。冷蔵庫の明かりに浮かび上がるＡ、Ｂ。泥棒に気づく美森。

美森「え？……んぐっ!?」

　バッと泥棒Ａに口をふさがれる。まわりこむように美森を拘束《こうそく》する泥棒Ａ、とび出す泥棒Ｂ。吠えも動きもしないエイバリー。エイバリーに気づく美森。

美森「……」

　恐怖の表情で見つめている。
○吉永家　庭（夜）
　ガーゴイルをロープでふんじばっている双

葉。そのままのポーズで、
ガーゴイル「我は横文字に弱くてな、最近横行している手口で、細い針金などを駆使し、扉の鍵などを解錠するという……アレはなんと言ったか？」
双葉「ピッキングのことか？」
ガーゴイル「うむ、それだ、礼を言う」
双葉「それがなんだよ」
ガーゴイル「それが小野寺家で行われており……」
双葉「んなっ、美森んちでぇ」
ガーゴイル「うむ」
　双葉、ガーゴイルをけとばす。
双葉「ばっきゃろー！　早く助けに行け！」
ガーゴイル「ここを留守にしては、吉永家を守るという使命が」
双葉「グダグダ言うな！　美森んちになにかあったら絶対許さねーぞ!!」

○小野寺家　リビング
美森「う、うう……」
　ガムテープで口をふさがれ、手、足も押さえられている涙目の美森。
　じっとしたまま動かないエイバリー。
泥棒B「バカ犬で助かったな」
泥棒A「いいから、とっとと、仕事すましちまおうぜ」
満男「美森、どうしたんだい？」
　声に反応して身をかくすA、B。
　ハッとする美森。
美森（M《モノローグ》）「お父さん、来ちゃダメ。エイバリー！　助けて」
泥棒B「どうする？」
泥棒A「ふんじばっちまえ、どうせここの主は……」
　二階手すりを伝いながら、ゆっくりと降りてゆく満男。身をよじって懇願する美森。
美森（M）「助けてよ！」

―チリーン―
音に気づく美森、エイバリー。
泥棒A「なんだ?」
リビングに立つガーゴイル。
ガーゴイル「我は御色町三丁目一の一一にある吉永家の門番ガーゴイルだ」
美森(M)「ガーゴイルさん」
ガーゴイル「主の命により小野寺家を守護する」
泥棒B「なんの仕掛けだこりゃ」
のぞきこんでいる泥棒A、B。
ガーゴイルの目が金色に光る。
小野寺家リビングから電撃の光がもれる。
双葉が自転車で駆けつける。
門の前で横スベリさせ、自転車をほうりつつ、門へかけこんでゆく。
双葉「美森ー!!」

○小野寺家　前
回転するパトライト。
担架で運ばれてゆくボロボロになった泥棒A。満男にしがみつき泣いている美森。
満男「もう大丈夫、大丈夫だ」
美森「(泣き)」
心配そうに見ている双葉。
ガーゴイル「エイバリー少尉とは、汝か?」
エイバリー少尉「そうであります」
ガーゴイル「なぜ吠えなかった?」
エイバリー少尉「……」
ガーゴイル「なぜ吠えなかったのだ、エイバリー少尉」
エイバリー少尉「自分は……」
走り出す救急車。騒ぐヤジウマ。
パトカーにもたれてメモを取っている清川《きよかわ》。
その前にガーゴイル、双葉。
清川「母親が急用で実家に帰っているそうでな、障害者と娘しかいないのを知って狙ってきたらしい」
ガーゴイル「うむ、二人の会話や行動から我もそう推測する」
双葉「最っ低な連中だぜ、もう一発蹴りお見舞いしときゃよかった」
パジャマのポケットに手帳をしまう清川。
清川「感謝するよ、ガーゴイル君、君は吉永家だけでなく御色町の門番だな」
ガーゴイル「あ、いや我は……双葉に命じられ……」
自転車に乗っている双葉。
双葉「なにやってんだ、帰るぞ」
自転車の後ろに乗っているガーゴイル。
ガーゴイル「双葉よ、ママ殿が玄関に立っているのを探知した。おそらく帰りを待っているのであろう」
双葉「げ、そういや黙って出てきたんだっけ」
テラスでうなだれているエイバリーの前、半泣きで立っている美森。
美森「どうして?……どうして助けてくれなかったの少尉……」
うなだれているエイバリー。
エイバリー少尉「自分は……盲導犬であります」
ガーゴイルを乗せ坂道を行く双葉。
双葉「重いぞ、石ッころ！」
ガーゴイル「……」

○公園入り口前（浅い夕方）
元気に下校する小学生たち。
双葉だけ元気なくトボトボ歩いている。

○吉永家　門
ガーゴイル「双葉よ、おかえり」
元気なく門をくぐってゆく双葉。
双葉「おう、ただいま……」
ガーゴイル「学校で何かあったのか？」
双葉「ん？……」
ガーゴイル「いつもなら、ただいまと同時に我を蹴り飛ばすではないか」
双葉「はぁ……美森がさ……」

○小野寺家（夜）
風にゆれる木々。
ベッドに入って眠れない美森。
迫る泥棒A、Bのイメージ。
バッと布団をかぶる美森。

○美森の部屋（朝）
照明が消え窓から差しこむ光が見える。
机に置きっぱなしのランドセル。
満男「美森、今日も学校は……」
美森「うん、休む……」

○小野寺家（夜）
美森の部屋だけ明かりがついている。美森、ベッドに入っている。二階廊下、悲しそうな顔でドアを見つめているエイバリー。

○小野寺家　テラス（昼）
ロッキングチェアーに座りくつろいでいる満男。双葉の自転車のブレーキ音に気づく。

○美森の部屋
布団にもぐっている美森。
満男「美森、双葉ちゃんが心配してきてくれたぞ」
美森「双葉ちゃんが？」
トレイにジュースの入ったコップ二つ。一つは手つかず、一つはほとんど飲みほしている。氷が溶けて動く。
双葉「あんなことがあったんだし、学校くれぇ休んだって気にすることねーよ」
美森「そうじゃないの」
双葉「え？」
美森「怖くて……目を閉じると、あの時のことが浮かんで……部屋から出るのも怖くて」
双葉「美森……」
ガーゴイル「美森よ、小野寺家も我が守ろう、だから安心するがいい」
　ベッドにガーゴイルが乗っている。
美森「……ありがと……」
　双葉、立ち上がりガーゴイルの首をつかみ、引っぱってゆく。
　不思議そうに見おくっている美森。
　階段の下、ガーゴイルに小声で怒る双葉。
双葉「余計なこと言ってんじゃねえよ」
ガーゴイル「余計なこととは？　小野寺家の守護を命じたのは双葉ではないか」
双葉「美森が傷ついたのは、泥棒のことだけじゃねえんだよ、多分……」
美森「来ないでよ！」
　ハッと顔を二階へ向ける。
　美森の部屋、エイバリーに投げつけられるマクラ。おどろき立ち止まる双葉。
美森「少尉なんて、少尉なんてだいっ嫌い！」
　うなだれ部屋から出てゆくエイバリー。
　寂しげに見つめている双葉。

双葉「……」
　階段、踊り場へやってくるエイバリー。階段の下で待ちかまえているガーゴイルに気づき立ち止まる。
ガーゴイル「……先日の件だが……」
　美森の部屋。布団をかぶっている美森。
　ベッドの脇に立つ双葉。
双葉「ごめんね、双葉ちゃん……」
双葉「美森、あのさ」
美森「ホントに……ごめん」
　双葉、肩を落とし出てゆこうとするが立ち止まる。
双葉「美森言ってただろ、ウチの少尉が一番だって……やっぱさ、少尉にはなんかワケがあったんじゃねぇの？　……じゃ、また来るからな」
美森「……」
○小野寺家　テラス
　ロッキングチェアーの上のガーゴイル。

ガーゴイルと対峙《たいじ》しているエイバリー。
ガーゴイル「……そうであったか、汝の判断は真に適切だ、それを読み取れなかった我はおのれの未熟さに恥じ入るしかない」
エイバリー少尉「ですが結果として美森殿を傷つけてしまいました。自分の作戦は失敗です」
ガーゴイル「いや、汝は正しい」
双葉が入り、イスをけとばす。
ふっとぶガーゴイル。地面にささる。
双葉「なにしてんだ？　帰るぞ」

○小野寺家　テラス（夕方）
ガーゴイル「ゆえにエイバリー少尉の取った行動は間違いではない」
双葉「お前さぁ、なんで動物と話せること隠してたんだよ」
ガーゴイル「隠してはいない、ママ殿は知っている」
双葉「ママは余計なこと一切言わねぇからなぁ……とにかく」
エイバリーの頭に手をのせる双葉。
双葉「エイバリー少尉、作戦はまだ終わってねぇよ」
首をかしげるエイバリー。
エイバリー少尉「？……」

○小野寺家　美森の部屋（夜）
ガーゴイル「当然だが押し入ってきた賊《ぞく》は、凶器を隠し持っている可能性がある。エイバリー少尉単身でなら撃退まではいかずとも威嚇するなり吠えて危険を知らせることもできたであろう。だが、その場に拘束された美森がいた。この状態で美森を無傷で守るには、抵抗せず、刺激せず、金品を渡す。エイバリー少尉は強盗対策の基本を守ろうとしたのだ」

ベッドに座り、うつむいている美森。その前にガーゴイル、イスにあぐらかいている双葉。

うつむいている美森を見つめているエイバリ

ー。

双葉「犬でそこまで考えてるなんて、すげーよなぁ」

美森「……」

しゃがみ、エイバリーの頭をなでる満男。

満男「少尉、お前は本当に素晴らしいよ」

ベッドの上で手をモジモジさせている美森。横に重みがかかり、ゆれる。

ガーゴイル「美森を守ることを最優先とした、見事な判断だと我は思う」

うつむき目を閉じる美森、うつむいたままエイバリーを見る。

美森「ごめんね、少尉。私……なんにも知らなくて……」

見つめているエイバリー。

美森、視線を合わせていられなくなり、うつむき目を閉じる。

美森「……」

○鉄橋を走る電車（夜）
○美森の部屋
ベッドに座り考えこんでいる美森。
双葉の言葉を思い出す。
双葉「美森言ってただろ、ウチの少尉が一番だって」
美森立ち上がり、パジャマのボタンをはずしてゆく。
○吉永家　プレイルーム
うつらうつらしている双葉。
落ちそうになり、ハッと顔を上げ首を振り、
双葉「……うう……さすがに二日連続徹夜は応えるよな。だが今日こそ、大魔王マッスルパンチを倒して全クリすっぞ」
奥、闇の中から出てくるガーゴイル。
ガーゴイル「双葉よ」
双葉「うわーっ!?　いきなり入ってくんじゃねえよ！」
ガーゴイル「小野寺家に賊が侵入した折、双葉は吉永家の門番である我に助けに行けと命令を下した」
双葉「だから？」
ガーゴイル「よって吉永家および御色町の警護をするのは、双葉の意志だと解釈して良いか？」
双葉「そーゆーめんどくせーこと、あたしに聞くな」
ガーゴイル「実は、今しがたブティック天野《あまの》に侵入する賊を確認したのだが」
双葉「んなっ!?　アホか！　早く行けっての！」
壁をつきやぶりふっとばされるガーゴイル。
○小野寺家前
ハーネスをつけたエイバリー。
ふるえる手をのばしグッとハーネスをつかむ美森の右手。
不安そうに向くエイバリー。

エイバリー少尉「クゥン……」

　ハーネスをにぎっている美森。

　顔を上げつつ目を閉じる。

美森「大丈夫、お父さんは眠ってるし、いつもの道を一周するだけ。お願い少尉……ゴー！」

エイバリー少尉「……」

　前を向き、歩きだす。引っぱられる美森。

美森「……」

　エイバリーに引かれ、不安げな足どりで歩く美森。

美森（M）「あたし、あなたを信じたい、少尉が一番……だから……」

　立ち止まるエイバリー。

美森（M）「……コーナーね……ライト」

　右へ曲がってゆく。

美森（M）「グッド……怖い……。真っ暗で歩くのが、こんなに怖いなんて……」

　立ち止まるエイバリー。

美森（M）「……レフト」

　左へ曲がってゆく。

美森（M）「ストレート、ゴー……グッド。でもお父さんは、いつも笑顔で歩いてる……。それは……少尉がいるから……」

○住宅街　アーク燈の下
エイバリー少尉「……」
美森「グッド！　グッドだよ、少尉」
　しゃがみエイバリーに頬ずりをする美森。
美森「少尉はいつだって一番だよ……うふふふ……」
　美森の頬をなめるエイバリー。
　ブレーキをかけたままますべってきて止まる双葉の自転車。
美森「双葉ちゃん？」
双葉「美森……？」
　ハーネスをつかんで、エイバリーと歩く美森。
　自転車を押す双葉。
双葉「へー、それで少尉といたんだ」

美森「少尉を信じられなかった自分が恥ずかしくて……でも、もう……あ、それより泥棒は？」
双葉「ああ平気平気、警察に電話したたし、ウチのガーゴイルが行ってんだぞ、泥棒なんて一瞬で……」

自慢げに話す双葉。笑顔で見ている美森。

美森「……」

気づく双葉。

照れくさそうにごまかしつつ歩き出す。

双葉「あ……いや、まぁ、一応持ち主としては、様子見に行っとかねえとさ」
美森「うふっ……」

立ち止まるエイバリーの足。

美森「どうしたの少尉」

エイバリーの見ている方を見る二人。

美森・双葉「……」

奥の民家の塀を乗り越えてゆく泥棒F、Gの後ろ姿。

美森「ど、泥棒！」
双葉「マジかよ！　ガーゴイル呼んでくる！」
美森「あー、双葉ちゃん……」

自転車にとび乗り行く双葉。

すがるように手を差しのべる美森。

美森「だ、誰か……！……」

足がすくんで思うように動かない美森。

見つめているエイバリー。

美森「あ、足が……」

○南口商店街

ブティック天野のシャッターが半分開いている。電撃の閃光がもれる。

ガーゴイル「ぬ？」

ところどころ煙をくすぶらせながらも、平然としている泥棒C、D、E。

泥棒C「へへへ、マジで電撃ぶっ放してきた」
泥棒D「情報は本当だったな」
ガーゴイル「情報？」

泥棒Cの絶縁スーツを見る泥棒E。

泥棒E「こんな絶縁スーツが役にたつとはな。
さぁ、どうするよ、石像さん」
　のりだしつつ挑発するE。
ガーゴイル「ならば素直に燃焼しよう」
泥棒C「うわっち！　こんなの聞いてねえぞ！」
泥棒D・E「ぎゃあ〜！」
　ブティック天野の半開きのシャッターから炎の照り返し。

○東宮《ひがしみや》の研究室
　モニターを見ている天祢《あまね》。
天祢「ほう……複数のエレメントを使い分けられるのか、さすが……」
　闇に現れるケルプのシルエット。
天祢「出番だよ、ボクのエンジェル、ふふふ……」

○ブティック天野前
　くしゃみをする清川。黒コゲになった泥棒C、

D、Eが連行されてゆく。
清川「はっくしょん、くっそー！　風呂に入ってたのに。それにしても佐々尾《ささお》のばあちゃん家以来、泥棒が続くな」
ガーゴイル「ぬ!?」

○住宅街
震えて立ちすくんでいる美森。
美森「あ……足が動かない……だ、誰か……」
顔を上げ、向くエイバリー。
吠えようとするが躊躇《ちゅうちょ》する。
エイバリー少尉「うう……うっ……ううう……」
美森「エ、エイバリー……」
キッと前方の民家をにらみつけ、走りだすエイバリー。
美森「少尉だめぇ！」
美森の制する声も聞かず、つっ走るエイバリー。民家の塀をのりこえてゆく。
玄関のガラス戸が割れる音が響く！
美森「！……」
近所の民家次々に明りがついてゆく。
民家へ走る美森。
美森「少尉ーっ！」
塀へ上ってくる泥棒F、G。
美森「ひっ！……」
電撃をくらうF、G。
泥棒F・G「ぎぇっ〜!!」
見上げている美森。
手前に黒コゲの泥棒F、Gが落ちてくる。
ガーゴイル「あらたな賊を察知したため、急遽《きゅうきょ》来たのだが、エイバリー少尉が……」
美森「えっ!?　少尉！」
ドキッとなって門へ入ってゆく。

○人のいない商店街
自転車にまたがったままの双葉。
双葉「なんなんだよ、石ッころも誰もいねーじゃねぇか」

大あくびする双葉。
双葉「ふぁあ……ん？」
見上げている双葉。

○民家の前
集まっている近所の人々。
おじさん「今警察呼んだから」
おばさん「商店街の方でも泥棒だってさ」
おばあちゃん「ひゃあ、物騒だねぇ」
こわれた玄関。傷つき伏せているエイバリーに抱きついている美森。
美森「少尉、少尉」
ガーゴイル「少尉、やはり吠えぬのだな」
エイバリー少尉「自分は、吠えることを許されません、しかし……」
顔を上げる涙顔の美森。
美森「盲導犬は、吠えないように訓練されてるから」
ガーゴイル「……」

美森「だから吠えたりなんかしない、それを守って……守って。でも……それでも少尉は……」
エイバリー少尉「美森殿を守ることは、最優先事項であります」
美森「だってエイバリー少尉は、一番の盲導犬だもん」
エイバリー少尉「自分は盲導犬でありますから」
ガーゴイル「言葉は通じぬとも、その心は同じということか」
美森「？……少尉がなにか言ったの？」
ガーゴイル「我は……言葉を使えながらもいまだに双葉とは……」
美森「ガーゴイルさん……」
ガーゴイル「ぬ！　馬鹿な！　双葉の……」
ガーゴイルふり向く。

○南口商店街
双葉の自転車だけがたおれている。
ガーゴイル「双葉の気配が消えた……！」

第二話「激突！　天使と悪魔」

○月灯りの留置所
　歩いて行く警官。気づき立ち止る。
警官「!?　なっ！……」
　バッと奥へ走る……。立ち止まりつつ中を見る。留置所内がカラなので驚く。

○暗い森の中
　泥棒Aがむっくりと起き上がる。
　少しうつろな顔で、あたりを見る。
泥棒A「ん？……どこだ、ここ？　よおっ」
泥棒B「俺たち、留置所で寝てたんだよな？　あんたら誰だ？」
泥棒E「いや、俺たちも多分留置所にいたハズで……」
泥棒C「もしかして、お前ら同業か？」
泥棒A「つっても、半分頼まれごとみてぇなもんで……」
泥棒G「やっぱりか。ってぇことは、お前らも？」
ケルプ「ご苦労様でした」
泥棒G「誰だ!?」
ケルプ「依頼主からの伝言です。あなた方が必要なものを全て用意いたしました。ただし、お約束が一つございます。二度と悪事は行わないよう。これが破られた時は、必ずや小生が罰を下しに参りますので……」
　はじけ、倒れる木々。驚き身をかがめる一同。
ポッカリあいた森から月がみえる。倒れた木々の葉の中から、顔出して見あげる一同。ケルプの飛行音が遠ざかる。

☆オープニング

○公園（夜）

男「知ってる？　あの桜の下で、思いを告げると実現するって伝説」
女（ケメ子）「桜なんて、とっくに終わってるけど……」
男「ケメ子ちゃん」
女「……」
　スッと目をとじて、くちびるを出す男。キスする男、動き止まる。
男（M《モノローグ》）「なんてクールなキスなんだ……」
ガーゴイル「ものを尋ねたいのだが」
　驚き、目を開ける男。
女「きゃっ！」
　男、ガーゴイルにキスしたまま固まる。
ガーゴイル「このあたりで小学生の女の子を見なかったか？」
　地面に、ガーゴイルの光線で描かれていくキョーボーそうな双葉《ふたば》。
ガーゴイル「鬼瓦《おにがわら》のような女の子なのだが」
　地面をのぞきこみ、キョトッとガーゴイルを見上げ、首をふる二人。
ガーゴイル「そうか、感謝する。接吻《せっぷん》を続けるがよい」
　照れて、うつむく女。
女「……」
　照れたまま、そ～っと見るが、ガーゴイルはいない。あれ？と見つめあってる二人。
男女「……」

☆第二話「激突！　天使と悪魔」

○吉永《よしなが》家

　門にもたれて、物憂げな和己《かずみ》。

和己「もう……三日……」
　ガーゴイルを不安気にのぞきこむ三人。
○回想
和己「消えた？　ってどういうこと？」
ガーゴイル「吉永家の住人の居場所は、ここ御《ご》色町《しきちよう》にある限り、我《われ》は探知可能だ。だが……双葉をまったく感じられぬ」
和己「他の町に行ったたってこと？」
ガーゴイル「あの短時間で、我の捕捉範囲からの移動は不可能だ」
　心配そうにパパを見上げるママ。
ママ「……」
パパ「う〜ん」
ガーゴイル「全ては我の、責任だ」
和己「別に、ガー君の責任じゃ」
ガーゴイル「賊《ぞく》どもが続けて現れたため、我は一瞬、隙を作ってしまった。……その隙を狙われたのだ」
パパ「とにかく警察に連絡しよう」
　コクコクうなずくママ。
ガーゴイル「必ずや、双葉を捜し出す」
和己「あっ、ガー君！　パパ、警察に電話してっ！」
パパ「ああっ、そうだな」
　歩き出すパパ。
　電話が鳴り、ビッと手が止まる。
三人「……」
　ビクッとかたまった三人。
○吉永家
和己「どこ行っちゃったんだろ」
美森《みもり》「こんにちは！」
和己「あ、美森ちゃん。エイバリー少尉《しようい》、具合はどう？」
美森「ガラスでちょっと切っただけで済んだから元気です。あ、エイバリーは中尉《ちゆうい》になったんですよ」

和己「中尉？」
美森「この間のお手柄で、お父さんが昇進させたんです」
和己「へぇ～」
美森「あの、ガーゴイルさんは、まだ？」
和己「うん、帰ってこないんだよね。もう三日になるのに……」
美森「双葉ちゃんも？」
和己「うん」
美森「双葉ちゃん、どうして道で気を失ったりしたのかな？　あんなに元気だったのに」
和己「ゲームで三日徹夜してたから、急に眠くなったんだろ、って本人は言ってたけど……」
美森「道ばたで寝ちゃったんですか？」
和己「まあその辺、記憶が曖昧《あいまい》らしいんだけどね。双葉ちゃんを偶然見つけてくれたのが、あの東宮《ひがしみや》さんで良かったとは思うけど……」
美森「東宮の別荘なら誰でも知ってますしね。いつ迎えに行くんですか？」

和己「いなくなった晩、すぐに東宮さんから電話があってさ」
美森「トーグーグループの若社長さんが直接？」
和己「悪い人じゃなかったよ。東宮さん。……明日には送り届けますって言ってくれたのに……」

○回想　東宮の屋敷
　キャンドルやら、花のかごやらで装飾されたテーブル。めし食ってる双葉。かたわらには電話を持ってくれてるメイドさんと、給仕してるメイドさん。その後にカラの皿をカートにのせて部屋を出るメイドさん。入れかわりに、新しい料理がはこばれてきて……ニッコリと微笑みあうメイドさん。
双葉「あ～、うん別にふつ～、いいもん食わしてもらってるしさ……」

○回想　吉永家　リビング
　電話の前にママと和己。

和己「で……いつまでお世話になってるワケ？」

双葉「好きなだけいていいって言うしさ。そんでさ、この屋敷のメイドがすげー美人でさ」

和己「それはどうでもいいんだけど。聞いてる、双葉ちゃん？」

双葉「それだけじゃねーんだ。すっげー格闘とかメチャクチャ強くて、今度教えてくれるって。じゃ、またな！」

　かみあわない会話。う～んの和己。

　ママ、あっとなり小走りに立ち去る。

和己「あっ！　……はぁ、ねぇ、ママっ……」

　受話器をおいてふりむいて、ん！といないのに気づいて、言いよどむ。

　パスタのゆでかげんを見てるママ。

　うん！とうなずく。

　リビングからのぞく和己。ため息。

和己「ハァ……」

○吉永家
和己「そのままズルズルと……」
美森「はぁ……」
和己「それよりガー君が心配で。もし見かけたら、必ず帰ってくるよう言ってくれる？」
美森「ハイッ」
和己「ガー君、どこにいるんだろ？」

○どこかの屋根の上
　ガーゴイルの前に菊一文字《きくいちもんじ》と他のネコ。
菊一文字「いやぁ、見かけねぇっすねぇ。マジで……」
その他ネコ「にゃ〜〜」
　他のネコも手をふる。
ガーゴイル「……」

○商店街　カマイの前
　人形と話すガーゴイル。
人形「ああ、いつも鬼瓦みたいな顔でそこらじゅう蹴っ飛ばして歩く子」
ガーゴイル「知っているか？」
人形「ここらじゃ有名だもの。でも最近は見てないわねぇ……ごめんなさい」
ガーゴイル「そうか……職務中に、邪魔をした」
人形「ねぇ、電柱とか石とか、そういうのに聞いてみたほうが効率がいいんじゃない？」
ガーゴイル「ダメだ、それらには魂がない」
人形「ふ〜ん。難しいものねぇ」
　小走りでくる清川《きよかわ》。
清川「ガーゴイル君！」
ガーゴイル「清川殿、ちょうど良かった。実はあの晩、双葉が……」
　ガーゴイルの話を聞いてない。
清川「大変なことになった」
ガーゴイル「ぬ？」
清川「これは他言無用にして欲しいんだが、君が捕まえた泥棒たちが、全員留置所から脱獄したらしい」

ガーゴイル「脱獄？」
清川「監視カメラでも逃げるところは映ってないらしくてね。文字通り、消えてなくなったとしか、思えないそうだ」
ガーゴイル「消えた……？」
清川「まったく昼飯食う暇もない。あっ、準急に乗り遅れちまう！　じゃっ」
　ガーゴイルに手をあげて立ち去る。
ガーゴイル「消えてなくなった？　我の捕らえた賊どもが？　双葉と同様に？」

○東宮の屋敷
メイドB「双葉ちゃん、頑張って〜」
　組んでいる双葉とメイドA。
　メイドA、双葉の背に回りガッとホールド。
双葉「うわぁぁぁあぁぁ」
　バック投げされる双葉。みごとに決まる。
　体を起こすメイドA。
メイドA「ハイ、フォール。頑張ったわね〜」
双葉「イテテテ……もうちょい手加減してくれよ〜」
メイドA「あら、ごめんなさい。見込みのありそうな子には、つい力が入っちゃうのよ」
　双葉、バッタリとあおむけに倒れる。
双葉「ふ〜。先生、しつもん〜」
メイド「なあに？」
双葉「なんでこんなに、みんなで世話焼いてくれるんだ？」
　扉が開く。
双葉「！」
　開いているドア。天祢《あまね》が立っている。
天祢「その質問には、僕が答えよう」
双葉「あっ、ホームファイター3じゃん！　来月発売だろ」
天祢「これも、うちの製品だからね」

○AVルーム
画面ゲームの声「ラウンドワンッ、ファイトッ！」
　ゲームを真剣にやっている二人。
双葉「よっ！　はっ！」
天祢「なんのっ！」
双葉「なあっ、質問に答えてもらってねぇんだけど？　わっ！　なんだこの技!?」
　モニターの爪切男。きゅるきゅる高速回転して、小型つめ切りを乱射している。
天祢「奥に挟まったゴミが気になって、ついつい深爪ハリケーンさ」
　天祢、ワザが決まったので調子いい。
天祢「君んちのガーゴイル君に興味があってね」
双葉「あいつに？　そりゃ、そりゃ、そりゃ、そりゃあ！」
　ガポッと電子レンジかぶせられる爪切男。
天祢「うわっ！　アルミ箔いれて放電と、卵入れて破裂のうっかりコンボかっ！　やりこんでるなあ……」
双葉「ていっ、やあっ、そりゃぁ、つぉっ！」
天祢「負けたあっ」
双葉「よし、勝ったあっ」
　まじめな表情で天祢。
天祢「そう、そのボディと性能に、非常に関心を持ってる」
双葉「なら、連れて来りゃいいじゃねぇか」
　フッと笑い天祢。
天祢「できると思うかい？　キャラ変えて再戦だ！」
双葉「まず無理だな。あれにゃあ軍隊でも、太刀打ちできねぇんじゃねぇの？　うん、次はこの掃除機おばさんで行くぜ」
　天祢、ちらと双葉の方を見て、別の方を見上げ、くすりと笑う。
天祢「あっ！　それ使いたかったのになぁ。じゃあトイレットマンでいいや。そうだよね」
双葉「よっなっくっォッ」
天祢「ガーゴイル君はね、とても神秘的技術で作られてるんだ。っとっ」

真剣な顔の天祢。
双葉、画面から思わず目をはなしてしまう。
双葉「なにっ？　今なんて……あ！　くそっ、このッ！」
天祢「君の言うとおり、まともに呼んでも来てはくれないだろうね、えいや！」
天祢、ぐっとのり出す。
ガラリと雰囲気が変わり、うすく微笑んでうつむいている天祢……。
天祢「だから、まず彼を試すために、泥棒をね……」
不敵な笑みの天祢。
天祢「送り込んだんだ」
双葉「なっ！」
○小野寺《おのでら》家
美森「ただいま。あっ！」
ガーゴイル「お邪魔している。双葉探索のついでにエイバリー少尉……いや中尉の見舞いに寄らせて貰った」
美森「ガーゴイルさん！」
ガーゴイル「ぬ？」
美森、ガーゴイルに和己から聞いた事情を話す。
ガーゴイル「そうであったか。双葉は東宮の別荘に……」
美森「うん」
ガーゴイル「しかし……」
美森「えっ？」
ガーゴイル「我は、任務を全うに果たせなかった。どの面を下げて吉永家に戻れようか……」
エイバリー「それは違います。閣下《かっか》」
ガーゴイル「ぬ？」
美森「違うよガーゴイルさん。和己さん、ずっと心配して、あなたを待ってるんだよ」
ガーゴイル「和己が？」
美森「うん。あたし、和己さんに頼まれたの。あなたに会ったら、必ず帰ってくるよう伝えてって」
ガーゴイル「ぬぅ……」
エイバリー「閣下。それがどんな結果であれ、任務は上官と部下が共有するものであります。単独で背負い込むものではありません」
ガーゴイル「……わかった。……そして二人に感謝する」
美森「二人？」
　エイバリー見る。
美森「中尉、なに言ったの？……」
　美森が向き直ると、ガーゴイルがいなくなっている。
美森「……」

○東宮の屋敷
双葉「てめえ！　自分でなにやったかわかってんのかよ！」
天祢「だから、すべてはガーゴイル君の、性能を測るためだと言ってるだろう？」
双葉「てめぇが命令したせいで、刑務所に入れられちまう奴らは、どーすんだよ！」
　ぶん投げられる天祢。そのまま床に激突。
天祢「ふぎゅっ」
　天祢。ぐぐっと体をおこす。
天祢「そ……それは……僕の財力で何とかなる」
　双葉、怒っている。
双葉「それに……それにな！　泥棒に入られたウチのこと考えたのかよ！　それで寝込んじまった女の子だっているんだぞ！」
天祢「手荒い真似は避けるよう指示しておいたのだが……何らかの形で迷惑料を」
双葉「!!　てめえ、最低だ！」
　怒りにふるえる双葉。
天祢「わかってるよ！」
　天祢、うつむいて目をとじている。
天祢「これは、お祖父様の悲願なんだ」
双葉「てめえの爺さんなんて知るか！」
　歩き出す双葉を、メイドが遮《さえぎ》る。

双葉「あっ……」
天祢「あの石像は、裏の化学の結晶だ。あれを作るのに何千人という魔術師が時間を費やしてきたんだ。明治初期に、パラケルススの再来といわれる高原《たかはら》イヨが現れるまではなっ」

○兎轉舎内《とてんしゃ》（浅い夕方）
　アンティークな仮面をかぶったイヨ。
イヨ「でもさ、双葉ちゃんが帰ってくれば、ガーゴイル君も戻ってくるわけでしょ」
和己「まぁ、そうですけど……でもやっぱり、なんの連絡もないのは心配だし」
イヨ「……いるわよ、そこに」
和己「うわっ！　……ガ、ガー君！」
　イスからズリ落ちそうになりおどろく和己。
ガーゴイル「……」

○兎轉舎　窓辺
　カウンターの上に乗ったガーゴイルの顔をつ

かみ、叱る和己。
和己「もう、一人で暴走しないでよ！　心配なのはみんな同じなんだからさ、一人で背負い込まないでよ、家族だろ」
ガーゴイル「家族……」
　泣きそうな表情の和己。
和己「……」
ガーゴイル「すまない、心配をかけた。……そして、ありがとう」
　ガーゴイルから和己の手がはなれる。
和己「……」
ガーゴイル「和己よ、我は双葉の元へ行く」
和己「あの様子じゃ迎えに行っても、まだ帰ってきそうにないよ」
ガーゴイル「我はいまだ双葉を探知できぬ。やはり、あの鬼瓦のような顔を見るまでは安心できぬのだ」
イヨ「センサーが働かないって本当？」
ガーゴイル「その言い方は正しくない、探知できぬのは双葉のみだ」
イヨ「なら、相手も錬金術師《れんきんじゅつし》ってことか」
和己「れ、錬金術？……」
イヨ「そうよ、ガーゴイル君だって錬金術で作ったんだもん」
和己「お姉さん、一体なにものなんですか？」
イヨ「あーあった」
　カウンターの上で商品見本帳をパラパラめくっているイヨ。広げつつ差し出す。
イヨ「カタログよ、かなり昔のだけどね……これなんかどうかな？」
　商品見本帳「妖精式移動装置」のページ。
イヨ「妖精式移動装置、妖精の知っている道を歩けるらしいの……あ、駄目だ、東宮電機《とうぐうでんき》製だって。まともに動くはずないわ」
和己「東宮電機？」
イヨ「この会社、昔からこういうの作ってるんだけど、どれも失敗ばかりでね。まぁ、あたしに言わせれば、プライドが捨てきれてないっていうか……」
和己「双葉ちゃんを拾った人ってトーグーグループの若社長なんですけど、関係あるのかな？」
　顔色が変わるイヨ。
イヨ「!?……それホント？」
和己「はい、東宮さんていって……」
イヨ「東宮！」
和己「ええ……」
　イヨ、うんざり顔で頬づえをついて、
イヨ「あ、そういうこと、わかった、全部わかっちゃった……」
和己「あの……」
　カウンターに手をつき立ち上がるイヨ。
イヨ「さ、行くわよ」
和己「ええ!?　行くってどこへ……あれ、ガー君？」
イヨ「東宮はね、錬金術を少しかじってるのよ。今みたいな大きな企業になったのも、そのおかげ」
和己「もしかして……お知り合いとか？」
　黒いコートに大きなトランクを持って出てくるイヨ。
イヨ「なに考えてんのよ、あのバカジジイ！　いや、今は孫が継いでるんだっけ」
　おそるおそるたずねる和己。
和己「……状況が見えないんですけど」
イヨ「双葉ちゃんは囮《おとり》よ、ガーゴイル君を呼び出すためのね」
和己「ええ？」
イヨ「そしてこれは、このあたしに対する挑戦だわ」

○東宮別荘　ＡＶルーム
　モニターが収納されてゆく。

天祢《あまね》「お祖父様は日本で二人しかいない錬金術師の一人だった。が、もう一人の高原イヨの才能は、あまりに抜きんでていた。そのため『日本のダメなほうの錬金術師』という不名誉な名で知られてしまったんだよ」
　窓辺に立つ天祢。ティーの準備をしているメイドＢ。メイドＥにつかまれたまま、ぶらさがっている双葉。
双葉「あ、それ分かる。あたしも吉永さん家《ち》の凶暴なほうとか呼ばれっから」
天祢「結局、高原イヨを出し抜けないままこの世を去った。お祖父様は彼女を恨みはしなかったが、僕は違うぞ。あの婆さんの鼻を絶対にあかしてやる……ふふふ……やっと来たか」
　天祢、庭を見る。
　噴水の上にいるガーゴイル。
ガーゴイル「やはり探知できぬ。それどころか、この館から人の気配すら感じられぬ。……やはりここに」
　ケルプの飛行音。
ガーゴイル「ぬ？」
双葉「あ、この音、あの晩の」
天祢「ようやく完成したんだ、東宮家オリジナルの自動石像。その名もケルプ」
　不敵な笑顔を向ける天祢。
双葉「ケルプ？……」
ケルプ「ようこそガーゴイル殿、お待ちしておりました」
ガーゴイル「何者だ？」
ケルプ「これは失敬、小生、上位二級の天使ケルプの名を拝命しております。あなた様が低級悪魔ガーゴイルの名を称するのと同じですな」
ガーゴイル「挑発のつもりか？　犬天使よ」
ケルプ「犬ではございません、獅子《しし》を模倣《もほう》して作られたもの」
ガーゴイル「犬だろうが、獅子だろうが、我の知ったことではない」
　天祢の横でのぞきこんでいる双葉。
双葉「何しにきたんだ、あいつ」
天祢「お迎えにさ。……だがその前に試させてもらう」
双葉「試す……？」

ガーゴイル「貴様、双葉を攫《さら》ったな？」
ケルプ「さすが慧眼《けいがん》で」
ピクッと動くガーゴイルの鈴。
ゆっくりと目が赤く光ってゆく。
ガーゴイル「双葉に手を出した罪、万死に値する……覚悟せよ」
熱光線を発射。ケルプの左目からブラックホールが広がり赤い熱光線が吸収される。続けて右目から青白い光線が発射される。ガーゴイルのいた噴水、爆発。
双葉「あ！」
ティーカップを手に冷静な天祢。
天祢「まだまだ、お楽しみはこれからだ」
ガーゴイル「双葉はどこだ？」
ケルプ「小生を行動不能にしなければ、双葉様にお会いすることはできませんよ」
ガーゴイル「貴様の目的はなんだ？」
ケルプ「目的ではありません、これは使命です」
ガーゴイル「使命？……」

飛行音とともにケルプを中心に波動が流れ、ざわめく花壇。
ケルプ「あなたを倒せ、という」

○ＡＶルーム
双葉「そうか、あたしを偶然見かけたとか言ってたけど、てめえ、あのシャチホコとガーゴイルを戦わせたくて」
天祢「ケルプのどこがシャチホコだ！　まあ、君のことはご家族に直接許諾を得ているし、君もここにいたいと言っただろう」
双葉「騙《だま》したな！」
天祢「実はそうなんだ」
拍子ぬけする双葉。
双葉「え？」
素直に頭を下げる天祢。
天祢「ごめん」
とまどう双葉。
双葉「……」

天袮「波風を立てずに、君んちの石像をその気にさせたくてね」

ケルプより出た衝撃波が花壇を削って迫る。

衝撃波を受けて、耐えているガーゴイル、少し押しもどされている。左耳が折れてふっとぶ。

双葉「ガーゴイル！」

自慢げに話す天袮。

天袮「衝撃波と音波の共鳴によって材質を自壊させる合わせ技だ」

双葉「自慢するなー！」

天袮にドロップキックをかます双葉。

天袮「ぐはっ！」

ふっとぶ天袮。

トビラを開けとびだしてゆく双葉。

メイドE「双葉ちゃん」

天袮「いかん、あの子を捕まえてくれ」

○庭

ガーゴイル「これは推測だが、窃盗犯の脱獄は

貴様の仕業だな？」
ケルプ「だとしたら、いかが致しますか」
　ケルプの背後にきているガーゴイル。
ガーゴイル「知れたこと、人を悩ます賊を捕らえるのも我の使命だ」
ケルプ「ご自由に」
　真下に衝撃波を打ち、瞬時に飛び上がるケルプ。
ケルプ「できるものでしたら」
　回転しつつ上空へ。体勢を整え、衝撃波を放つケルプ。ガーゴイル、金色の光線でバリアーを作り衝撃波をふせぐ。
ガーゴイル「同じ手は食わぬ」
ケルプ「光を障壁に変えましたか、これも見えざる水銀の力ですか？」
　上空、ケルプの上に移動しているガーゴイル。そのままケルプめがけて落ちてきて頭突きをくらわせる。

○廊下
　段ボールを積んだキャリアを押してくるメイドA。段ボールを蹴り飛ばす双葉。
双葉「てやぁぁー！」
メイドA「きゃ!?」
双葉「借りるぜ！」
　Aが来た方へ足で蹴り、キャリアに乗ってゆく双葉。見送るメイドA。
メイドA「双葉ちゃん？」
　ナベのフタやら皿やらがころがってくる。天祢の乗ったワゴンを押してくるメイドE。
天祢「待つんだ双葉ちゃん！」

○庭
　戦うケルプとガーゴイル。

○廊下
　タオルなど運んでいるメイド三人。
双葉「邪魔だ、怪我すっぞ！」

　あわててよけるメイドたち。
メイドたち「きゃっ!?」
天祢「双葉ちゃん」
双葉「げっ！」
　必死で蹴りスピードUPする双葉。つづいて追う天祢とメイドE。片側に体重をかけ、片輪で曲がってくる双葉。そのまま階段へとびこむ。ガコンガコンふられながら階段を降りてゆく。
双葉「わわわわわわわわ」
　天祢たちもガコンガコンふられながら階段を降りてくる。
天祢「まままって ぇぇ くれくれ ぇぇ〜〜〜！」
○庭
　上空、落下しつつ金色の光線を放つガーゴイル。ケルプにのびる金色の光線。衝撃波を放つと金色の光線がくだかれるようにスパークとなり押しもどされる。ガーゴイルをスパークまじりの衝撃波がおそう。
ガーゴイル「むぅ……」
　スパークに包まれ、落ちてくるガーゴイル。
ケルプ「名は体を表すと言います。低級悪魔の名を名乗るあなたは、勝てはしません」
ガーゴイル「貴様っ！」
○廊下
　キャリアで走る双葉。
双葉「そこの綺麗《きれい》なお姉さん！」
メイドD「あら、綺麗だなんて、いやん」
双葉「曲げてくれー！」
メイドD「すぉりゃあぁぁ〜〜〜〜！」
　メイドD、キャリアのパイプをつかんで、ふりまわし奥にほうりなげる。
　携帯で話す天祢。
天祢「双葉ちゃんが帰る。僕が直接おみやげを渡したかったんだが、君らで頼む」

○庭

落下するガーゴイル。青白い光線がかすめ、爆発。ふっとぶガーゴイル。ガーゴイルの赤い光線をよけて飛んでくるケルプ。

○廊下

それぞれおみやげを手にしたメイドたちが、双葉に追いついてくる。

メイドC「これ、着ていた服と、オキニだった闘魂Tシャツを入れておいたわよ」

双葉「マジ？　ラッキー」

メイドたちに囲まれ走る双葉。

メイドD「ゲームソフト。ごめんね。発売前のは除外させてもらったから」

メイドA「プロレスラーのサイン入りダンベル」

メイドB「これ、みんなのメルアド。メールちょうだいね」

双葉「メイドさん、元気でな、いろいろありがと！」

キャリアいっぱいのおみやげ。手をふる双葉。

奥、手をふっているメイドたち。

テラスにつづく部屋。トビラを開ける二人のメイド。キャリアに乗った双葉が入ってくる。

テラスの向こう。

爆煙とともにふきとぶガーゴイル。

気づく双葉。

双葉「あっ」

ふきとばされているガーゴイル。

テラスに出てくる双葉。

ガーゴイル「双葉！……」

双葉「ガーゴイ、うわ！」

手すりにぶつかり、つんのめる。

ガーゴイル「ぬ！」

テラスから落ちる双葉。

双葉「わっ――――！」

地面にあたる寸前、ガーゴイルの金色の光線とケルプの青白い光線が光のネットを作り、双葉を受けとめ、そのままゆっくり地面に下ろしてゆく。

双葉「わっ!?………ふう……ぶげ!?」

地面についた双葉。体を起こし一息つく。

双葉の上にドサドサ落ちてくるおみやげ。

最後に落ちてくるキャリア。

ケルプの前に落ちてくるガーゴイル。

ガーゴイル「む！　第二弾があるなら教えろ、犬天使」

ケルプ「ああ、失礼いたしました。それらは主人からのささやかなお礼ですので」

双葉「呑気《のんき》に世間話なんかしてんじゃねえ！」

ドロップキックをくらわす双葉。回転しながらふっとんでゆくガーゴイルとケルプ。

ケルプ「なんとひどい。小生もあなた様をお救いしたというのに」

双葉「黙れ！　もうアホ社長なんぞに付き合ってられっか。帰るぞ、石っころ」

おみやげの乗ったキャリアを押してゆく。

ケルプ「お気をつけてお帰り下さいませ。ガーゴイル殿の性能も判明しました。この程度ならご主人様が模倣するまでもない」
地面に落ちているガーゴイルの耳。
双葉、耳を拾う。耳を見ている双葉。
ガーゴイルの鈴が怒りで小きざみに震えている。
双葉「……ガーゴイル……」
ガーゴイル「なんだ？　双葉」
双葉、キッとケルプを見て、
双葉「許可する、ぶっ飛ばしてから帰るぞ」
ガーゴイル「……感謝する」
キャリアを押してゆく双葉。
ガーゴイル「……汝《なんじ》の主人はいるか？」
天祢「ここにいるよ。初めまして、ガーゴイル君」
ガーゴイル「初めてではないな、何度か吉永家の前を通ったことがある」
軽く拍手する天祢。
天祢「お見事」
ガーゴイル「許可を頂きたい。この屋敷をある程度損壊させてしまうかもしれないのだが」
天祢「まぁ、少しくらいなら」
ガーゴイル「感謝する」
ケルプ「ほ、ほ、ほ、そうですよねぇ、屋敷には双葉様がいらっしゃったのですから。ゆえに今まで力を抑制していたとでも……」
ケルプの話など無視して、今まで以上に太い赤い光線を放つ。
赤い光線をよけて飛び上がるケルプ。
ケルプ「そんなにあせらずとも」
上空、ケルプの後ろに来ているガーゴイル、目を赤く光らせている。
ケルプ「ん！」
太い赤い光線を放つ。よけるケルプ。
おみやげの上の双葉。テラスの下にあたる太い赤い光線。爆発、爆風。
双葉「うわっ！」
爆煙の中にくずれ落ちてゆくテラス。

上空でおどろくケルプ。
ケルプ「な」
その上に落ちてくるガーゴイル。
くずれ落ちたテラスに立ち上がる煙。
ケルプごと落下してくるガーゴイル。
大きなガレキを持ち上げているメイドE。
天祢「は、はは……そうこなくちゃ」
立ち上がるメイドA、D。
メイドA「双葉ちゃんのガーゴイルってかっこ良くない」
メイドD「うん、ちょっと渋いよね」
つづいて立ち上がる天祢。
ムッとしてメイドを見る。
天祢「む……ケルプ、遠慮はいらないぞ」
ケルプ「わかっております、ご主人様」
ケルプの体が不思議な光につつまれて消えてゆく。
ガーゴイル「ぬ？」
その後ろに現れ、青白い光線を放つケルプ。

爆発でふっとぶガーゴイル。
ガーゴイル「これが例の覗《のぞ》き見機能か」
赤い光線を放つ。上昇してくるケルプ。消えてからぶりする赤い光線。ガーゴイルの後ろに現れるケルプ。青白い光線にとばされるガーゴイル。地面にたたきつけられる。上空、ゆっくりと消えてゆくケルプ。
ケルプ「ステルス機能と言っていただきたい」
ガーゴイル「なるほど存在が感じられぬ」
上空をうかがう双葉。
双葉「どっから音がするんだ？」
旋回するケルプが現れ、青白い光線を放つが、すでにガーゴイルはいない。ガーゴイルの右目が赤く、左目が青く、ゆっくり光りだす。
ガーゴイル「貴様の存在だけが感知できぬのならば、大気、光、物体、それ以外の存在に注意すればよいだけだ。愚か者め！」
赤と青の光線が螺旋《らせん》状に放たれる。
ケルプ「なっ!?」

光線が当たり、弾けると、ケルプが姿を現しつつ落下する。

ガーゴイル、両目が赤く大きく光ってゆく。

震えている鈴。強力な赤い光線を放つ。

空中で大爆発。

ガーゴイル「調子に乗るなよ、クソ天使が！その程度の能力と矜持《きょうじ》で天使とはおこがましい、恥を知れ！」

閃光消え、ケルプの羽や破片が落下してくる。最後にケルプ本体が落ちてきて、ごろんところがり、動かなくなる。

おみやげの上でポカンと見ている双葉。

ガーゴイル「気が済んだ。帰るぞ、双葉」

双葉「ああ……」

信じられない天祢、ガレキの撤去をしているメイドたち。

天祢「そんな……馬鹿な……」

庭の門が爆発でふっとぶ。

双葉「今度はなんだ？」

煙の中から走ってくる和己。
ゆっくり歩いてくるイヨ。
双葉「兄貴……兎轉舎の姉ちゃんまで？」
和己「双葉ちゃん、大丈夫？」
双葉「ああ……」
こわれた屋敷を見て、
和己「うっ！　これ……ガー君が……」
ガーゴイルの欠けた耳に気づく和己。
和己「！……その耳は!?」
ガーゴイル「気にするな、戦闘中に欠けてしまったただけだ」
ガーゴイルの耳で一方を指す双葉。
双葉「あのシャチホコにな」
指した方を見る和己。ケルプの後ろ姿、その他のメイドたちが破片を拾っている。
ケルプ「あ、そこにも小生のたてがみの一部が……」
キッと唇をかみしめる和己。
和己「……」

天祢の横、立ち止まるイヨ。
イヨ「久しぶりね、東宮の坊ちゃん」
天祢「お前は、高原イヨ！」
双葉「え？　高原イヨって……姉ちゃん？」
話が見えず、キョトンとする和己。
イヨ「ごめんね、おじいちゃんのお葬式に行けなくて」
天祢「……会いたがってたぞ」
イヨ「だから色んな意味でごめん。で、今日はね、忠告に来たの」
天祢「忠告？……なんの……」
同時に入る和己の右拳。
天祢「いたっ！」
双葉「兄貴!?」
和己、怒っている。
和己「いいか、今度双葉ちゃんとガー君に手を出してみろ！　絶対に許さないからな！」
和己が何を怒っているのか分からない天祢。
天祢「……!?」

双葉「……」
イヨ「あんたのおじいちゃんは、なにがあっても犯罪にだけは手を染めなかったわ。ま、その辺がプライドを捨てきれなかった所以《ゆえん》なんだけどね」
天祢「僕まで、このばーさんに負けるのか」
イヨ「ばっ……」
ブキミな笑顔になるイヨ。
イヨ「和己ちゃん、そいつのズボン引っぱって」
天祢「何する気だ、わ、よせ」
イヨ「これ、あたしの開発した拷問《ごうもん》専用虫『アンネリダ・タンツェーリン』」
天祢「……！」
和己が引っぱって作ったズボンのスキマに入ってゆく、アンネリダ・タンツェーリン。
天祢「ぎぇ〜〜〜〜〜〜！」
双葉「ひ、ひでぇ……」
ガーゴイル「人の尊厳すら失われそうだ」
双葉「そういや、あいつのことクソ天使とか言

ってたろ？」
ガーゴイル「今時の表現で言うならば、さすがに我もキレたのでな、奴とて本物の天使ではなかろうに……我の名を低級悪魔などとほざきおった。吉永家が命名した我が名を侮辱《ぶじょく》することは、吉永家そのものを侮辱したも同然だ」
双葉、手にした耳のかけらを、ガーゴイルのかけた耳に合わせる。
ガーゴイル「ぬ？」
やさしい笑顔になる双葉。
双葉「明日、くっつけてやるからな」

○吉永家　庭（翌朝）
ガーゴイルの足元、落ちる耳。
双葉「あ、また。木工用もプラモ用もだめか」
和己「やっぱさ、お姉さんに見てもらおうよ」
双葉「……あのさ、兄貴」
和己「ん？」
双葉「あんとき、東宮のこと殴ったろ」
和己「ああ、あれは頭に血が上っちゃって、つい……」
双葉、小さくつぶやく。
双葉「ありがと」
和己「え？　なに？」
双葉「あんな腰が入ってねえオカマパンチじゃ、全然効かねえじゃん」
和己「オカマって言わないでよ！……あれ？」
ガーゴイルに気づき門を見る。
和己「どうしたの？」
ガーゴイル「今、誰かが見つめていた……」
双葉「またケルプか？」
ガーゴイル「いや、ケルプではない」
足元を見る和己。しゃがみ何かを拾う。
和己「なんだこれ？」
和己の手にトランプ。スペードのエース。

第三話「盗まれた少女」

○ビル街（深夜）
パトカーのサイレンが響く。サイレンに気付いた自動車が次々と道を開ける。パトカーに箱乗りした清川《きよかわ》が叫ぶ。
清川「向こうに行ったぞ！　追いつめろ！」
街灯の上を飛び移って逃げる百色《ひやくしき》。左手には大きな宝石箱が。シャッターが閉まっているデパートの出入り口に百色が着地。
フワリとマントが下り、三方から光があびせられる。眩《まぶ》し気に手で光をさえぎり振り向く百色。余裕の笑みを浮かべて立ち上がる。
マイクで呼びかける清川。
清川「いよいよ年貢の納め時だな！　怪盗百色！」
百色「古典的決まり文句だね、刑事さん」
清川「黙れ！　よりによって俺の結婚記念日に犯行予告なんかしやがって！」
百色「？……それは失礼」
清川「おのれ～！　不法侵入、および窃盗現行犯で逮捕する！　確保ぉ！」
清川が合図するとドドッと百色に向かう警官たち。
百色がカードを飛ばす。
警官たち「うわ～っ！」
清川「あ！」
百色の姿が消えている。
清川「しまったぁ！　どこだ！　まだ近くに……」

アドバルーンに紛れていた百色の気球が離れてゆく。
警官Ａ「あ、あそこに！」
清川「！……んな～!?」
気球上、涼しい笑顔で見下ろしている百色。
地上で悔しげに歯がみする清川。
清川「どっちが古典的だよ！……」
その背後で警官Ｂが清川の背中に貼ってあった紙をひきはがす。
警官Ｂ「清川刑事！　これは？」
清川「ん？」
紙に書いてある百色の文字。

マリアの聖涙
確かに頂戴いたします
奥さんの機嫌を
損ねませんよう
百色

ビリッと二つに引き裂くと同時に怒鳴る清川。
清川「ちっくしょー!!」

☆オープニング

○吉永《よしなが》家
リポーター「昨夜未明、近代芸術センターに保管されていた一五〇カラットのルビー『マリアの聖涙』が皆さんお馴染《なじ》みの怪盗百色によって強奪されました」
屋上。洗濯物を干しているママ。
リビング。ＴＶを見ながら食後のコーヒーを飲んでいる和己《かずみ》とパパ。双葉《ふたば》だけ食パンをかじっている。
双葉「お、百色だって！　ママ！」
立ち上がってママを呼ぼうとすると、レコーダーの録画ランプがつき動きだす。
双葉「ん？」

　すぐに振り返る。既にＴＶの前に正座してレコーダーのリモコンを構えているママ。

リポーター「そしてなんと、不敵にも、マスコミ各社宛てにビデオメッセージを送りつけてきたのです！　ご覧下さい」

和己「ビデオメッセージ？」

　レコーダーに向けて素早くリモコン操作するママ。録画モードが高画質になる。

パパ「こりゃあママの百色コレクションがまた増えるな、ハハハ」

　パパの台詞にニッコリ振り向くママ。

　ＴＶ画面。満月をバックに小高い丘から花吹雪を舞わせている百色。

双葉「なんでこんな無駄に派手なんだろ？」

パパ「格好といい、パパには怪盗っていうより、エンターティナーに見えるなあ」

　いつの間にかＴＶを見ているガーゴイル。

ガーゴイル「派手な演出は、相手の知覚を分散させるために有効であるし、黒は闇に紛れやす

い。それにこやつには動きに一分の隙もない」
和己「あ、おはよう、ガー君」
双葉「へぇ～、よくわかるな」
ガーゴイル「この程度看破《かんぱ》できぬようでは、門番など務まらぬ」
双葉「へいへいそうすか」
　やれやれと再びパンをかじり始める双葉。
百色「誰か私を捕らえることのできるセキュリティシステムを作れる者はいないか？　私が必ず破ってみせよう、そう……どんな門番でもだ！」
　カメラに向かって挑発する百色。
ガーゴイル「ほう」
　ガーゴイルの目が赤く光っている。
双葉「お、おい、止めろよ？」
和己「落ちついてガー君！」
ガーゴイル「我《われ》は平静だ、そうか……どんな門番でも……か」
百色「いかに優れた門番であろうが私にとっては張りぼて同然だ。あ、これ、あと何分撮れる？」
　そこへいきなり赤い光線が命中。
　――ボンッ！――
　破壊されて煙が出ているＴＶ。
　愕然《がくぜん》としているパパ、双葉、和己、ママ。
パパ「ボーナスで買った我が家のお宝が」
ガーゴイル「(汗) その……つまり……あれだ」
　双葉が睨むと汗タラリになるガーゴイル。
双葉「！……」
ガーゴイル「これは我に対する挑戦状だな」
双葉「言いたいことは、それだけか～っ!!」
　ガーゴイルにドロップキックをおみまいする双葉。ママの足元に転がるガーゴイル。
ガーゴイル「ぬ？　ママ……殿……」
　笑顔で怒っているママ。

☆第三話「盗まれた少女」

○御色川《ごしきがわ》（昼）

おだやかな水面。プカプカ浮いている浮き。
電車の鉄橋の下で釣り糸をたれている暇人。

○吉永家

タクシーの停車音。

百色「いや、おつりはいいよ」
百色、吉永家の表札をなぞり足を踏み入れる。
ガーゴイル「それ以上の侵入は許さぬ」
ガーゴイルの声にピタッと止まる百色。
百色「吉永家のガーゴイルとは君だな」
ガーゴイル「怪盗が何用だ？」
百色「私をご存じとは、光栄だね」
ガーゴイル「今朝もテレビジョンで観た」
百色「ふ、良かった、なら話は早い」
ガーゴイル「やはりアレは、我に対するものだったのだな？」
百色「それはそうと質問があるんだが」
ガーゴイル「なんだ？」
顎に手を当て、不審そうに見ている百色。
百色「君はいつもそういう格好を？」
縄で括《くく》られたガーゴイルが軒下に逆さに吊され、更に「お仕置中」と筆書きされた紙が貼られている。
ガーゴイル「…………日による」
百色「いい家だ。ガレージが見あたらないが、車はないのかい」
ガーゴイル「近所の月極駐車場に置いてある」
百色「ふむ」
ガーゴイル「なにをするつもりだ」
百色「決まってるじゃないか、怪盗が門番に挑戦するんだよ？」
ガーゴイル「我の目の前で、窃盗など決して許さぬ」
百色、あたりを見回してガーゴイルに聞く。
百色「いや、そうしたいんだが盗むものがなくては挑戦のしようが……この家に、お宝に値するようなものはないのか？」
ガーゴイル「お宝……」

○回想
　破壊されたテレビ。

ガーゴイル「……とある事情で今朝消失した」
百色「うーん、弱ったなぁ」
ガーゴイル「早々に立ち去れ、この家には一歩たりとも侵入させぬ」
　百色の足元に光線が放たれる。ヒラッとかわす百色。飛び上がった百色が振り向きざまカードを数枚投げつける。ガーゴイルを吊り下げていた縄を切り、そのまま家に突き刺さるカード。
百色「これでハンディなしだ」
ガーゴイル「つけあがるな盗人め」
百色「！」
　飛び退く百色。百色がいた場所の背後にガーゴイルが移動している。
ガーゴイル「あの程度で我が不利になると思ったか？」
百色「ビームに瞬間移動！　うれしいね、噂《うわさ》どおりじゃないか」
ガーゴイル「犯罪者に容赦《ようしゃ》はせぬ、覚悟せよ」
百色「望むところだ！」
　腕を振ると数枚のカードが一斉に放たれる。カードの一枚が大根に刺さる。ん？と振り返ると、ママがカードの刺さった大根入りの袋を持って呆然と立っている。
百色「え？」
ママ「……」

○リビングルーム
　テーブルの上に「和菓子のさとみや」の包み紙を敷かれた草餅。横にお茶。うれしそうなママ。ママの席に座って話をしている百色と監視しているガーゴイル。

百色「ガーゴイル君は裏の世界でも何かと有名でして……あぐ……ん？　これ、いけますね！」
百色、草餅をほおばりモグモグ味わう。
ニコッと笑うママ。
百色「最初は都市伝説の一つかと思ってたんですが、実在していたとは……いやあ、強力なライバルの存在が欲しかったんで、怪盗冥利《みようり》に尽きますよ、はははは……」
ガーゴイルを見て話をしている百色。
ガーゴイル「いつまでいるつもりだ、怪盗よ」
百色「あ、そろそろお暇《いとま》しなくちゃ」
ママ「アア……ムッ！」
アア……っと悲し気なママ。ムッとガーゴイルを睨む。汗タラリのガーゴイル。
ガーゴイル「……」
双葉・和己「ただいま～」
二人の声が聞こえて、制服の和己が入ってきてギョッと立ち止まる。
和己「ガー君、いないと思ったら家に……え!?」

ボーンと投げ入れられるランドセル。
双葉「あ～腹減った。おやつは……んな？」
遅れて双葉。百色の姿に唖然とする。
カメラのファインダー越し。ポーズをとる百色とママ。複雑な表情でカメラを構える和己。
和己「じゃ、じゃあ、いきまーす」
ソファで様子を見ている双葉とガーゴイル。
双葉「なあ、なんで百色がうちで普通にお茶呼ばれてんだ？」
ガーゴイル「ママ殿がなかば強引に家に招いた」
双葉「ああ」
百色「いや、ははは。仕事先で、ここまで歓待されるのは初めてで、なんというか」
困惑しながら笑っている百色。
双葉「おい、仕事って……」
ガーゴイル「あやつは、門番である我に挑戦しに来たのだ」
双葉「なにぃ!?」
ガーゴイル「だが、やはり吉永家では盗むに値するものが見当たらないらしく」
―ガス！―
ガーゴイルを蹴り上げた双葉。
双葉「やはりたあなんだ！　やはりたあ！」
ガーゴイル「結局、あやつに家の中に侵入されてしまった……これは我の敗北なのだろうか？」
双葉「知るか！」
双葉、腕を組んでそっぽ向く。
百色の携帯電話が鳴る。
百色「失礼」
くるりと背を向けつつ懐に手を入れ、携帯を開き通話ボタンを押し、出る。
百色「もしもし……ああ、わかっている、今晩ちゃんと……心配はいらない。では、後がありますのでご馳走《ちそう》様でした」
深々と一礼。ママも頭を下げる。と、その手前に数枚のカードが舞い上がる。え？と見るママ。百色の姿が消えている。

和己「わあっ！　さすが〜！」
　夢見る表情になるママ。
ママ「……!!」
　外へ出た百色。背中に光線が命中しビクッとなり振り向く。門の上にガーゴイル。
百色「痛！　後ろからの不意打ちは卑怯じゃないか」
ガーゴイル「怪盗相手に卑怯《ひきょう》もあるものか。これは警告だ。吉永家への立ち入りはもちろん、ここ御色町での犯罪は我が許さぬ」
百色「ふ、勝負は始まったばかりだ」
　マントをはらいつつ踵《きびす》を返す百色。
百色「とりあえず、今のお礼はさせて貰うよ」
　と、その手前をタクシーが通過。
百色「あ、タクシー！」
　あわてて追い駆ける。やって来る双葉。
双葉「なんだったんだ？　あいつは？」
ガーゴイル「今回はママ殿に免じて控えていたが、次に会った時は容赦せぬ」
　門の下に見慣れぬ鉢植え。
双葉「ん？　なんだこれ？」
　ひろいあげる双葉。叫ぶガーゴイル。
ガーゴイル「捨てろ双葉！」
双葉「はあ？」
　と同時に鉢植えがはじける!!
双葉「うわ!?」
　ピーナッツバターだらけになっているガーゴイルと双葉。
ガーゴイル「ぬう、これは？」
双葉「ピーナッツバター……だな」
ガーゴイル「先ほどのお礼とはこの事か」
双葉「やっぱお前のせいか！」
　―ガンッ！―
　地面にころがるガーゴイル。
ガーゴイル「怪盗め」

○山奥の研究所（夜）
　門に「ハミルトン研究所」の看板。門をよぎる百色の影。
　モニターに「Delete」の文字が現れ、データが消えてゆく。メモリを抜く百色。
百色「完了……」
　立ち上がる百色。と、その時近づいて来る足音。ハッと入り口へ目を向ける百色。
百色「！……まさか……今まで一切、人気はなかったはず」
　入り口で立ち止まる足。サッと胸元に手を入れる百色。と、室内の照明が灯る。え？となる百色。スイッチに手をかけたまま振り向く梨々《りり》。
梨々「こんばんは」
百色「……やあ」
梨々「おじさん、泥棒でしょう？」
百色「そうだよ」
梨々「逃げないの？」
百色「どうしてだい」
梨々「だって、見つかっちゃったよ、私に」
百色「ああ、お宝を頂戴したら逃げるとしよう。

じゃあね、お嬢さん」
梨々「お宝なら手に入れたじゃない。その胸ポケットに入っているパソコンの奴」
うっと動きが止まり、肩をすくめる百色。
百色「見られてたのか、怪盗失格だな」
梨々「ううん」
百色「見てないのにどうしてわかるんだ？」
梨々「それより車がないんでしょ？　急がないと捕まっちゃうわ」
百色「！　ちょっと待ってくれ」
梨々「わかるよ、外に停めてなかったもの」
百色「遠くに停めてあるかもしれないじゃないか」
梨々「だっておじさん、車運転するの、怖いんでしょ？」
驚く百色。梨々、得意気に微笑む。
梨々「私、超能力者なの」
すぐには信じられない百色。
トランプを一枚裏にして、梨々に見せる。

百色「……じゃあ、これはなにか当ててごらん」
何も書かれてない白いカード。
梨々「……何も書かれてないじゃない」
百色「ほう？　凄《すご》いな」
カードの白い面を梨々に見せ、握り潰すようにカードを消失させる。驚く梨々。
梨々「!!　なに今の？」
百色「え？」
梨々「ねえ、もう一回やって！」
百色「これかい？」
手を振ると数枚のカードが出現する。
目を輝かす梨々。
梨々「わあー！」
百色がもう一度手を振るとカードがアレチマツヨイグサになる。
梨々「うわ、うわあ～！」
花を差し出す百色。
百色「はい、プレゼントだ」
信じられないという表情で受けとる梨々。

梨々「……」
期待の眼差しで百色を見上げる梨々。
百色「まだやって欲しいのかな?」
梨々「うん!」
ステッキを回す百色。
机に座って注目している梨々。
百色「それ! よっ! はっ!」
振り下ろすとステッキが四本になっている。
振り直すと一本に戻る。百色、ステッキを口元に近づけ、フッと息を吹きかけると膨らんでハート型の風船になる。
百色「フッ……はい、ハート……フンッ!」
それを手前に持っていきクシャッと消失させる。手を拡げてニッコリ。驚く梨々。
梨々「あ!」
百色「さて、ハートはどこへいったでしょう?」
梨々「え?」
百色「机の上を見てごらん」
?と下を見る。机の上に座っている梨々の、尻の下に置かれているハートのA。
梨々「うわあぁ! すっご〜い!」
百色(M《モノローグ》)「こんな所で、私はいったい何してるんだろう?……」
と、突然嗚咽《おえつ》を漏らし始める梨々。
梨々「う、うう……」
百色「?」
梨々の目から頬をつたって涙の雫がおちる。
思わず手を伸ばす百色。
百色「き、君……え?」
その手をギュッと握りしめる梨々。本格的に泣き出す。
梨々「うわああぁあん!」
呆気にとられている百色。
百色「ど、どうしたんだ」
と、突然非常ベルが鳴り出す。
振り返る百色。
百色「! ゴメンお嬢さん、私は行かなければ」
ぐしゃぐしゃの顔で百色を見上げる梨々。

梨々「ううう〜……」
　その顔を見て覚悟を決める百色。
百色「……」

○ファミリーレストラン
百色「なにがいい？」
梨々「いらない」
百色「ホットコーヒーとこれを」
ウェイトレス「かしこまりました」
　うつむいたままの梨々。
梨々「おじさん、何盗んだの？」
百色「！……データさ」
梨々「怪盗って、そういうのも盗むんだ」
　梨々の言葉に肩をすくめる百色。
百色「頼まれ仕事なんだ、あの研究所に盗まれたデータを、元の持ち主に返すという……私にとっては簡単すぎる仕事だけどね……君はなぜ研究所にいたんだい？」
梨々「……」
　梨々の前に一枚のカードを差し出す百色。
百色「ねえ、これは？」
梨々「クラブのクイーン」
　百色がニッコリとカードを裏返すと、絵柄がクラブのジャックに変わっている。
梨々「手品使ったらズルだよ」
　カードをひっこめる百色。
百色「本当に透視ができるんだね」
　首を横に振って、笑顔で顔を上げる梨々。
梨々「……おじさんの心がわかるの」
百色「テレパスか……いつからそんな力を？」
梨々「わかんない……」
ウェイトレス「お待たせいたしました」
　ウェイトレスがやって来て、百色の前にコーヒー、梨々の前にイチゴタルトを置く。
梨々「？　食べていいの？」
百色「嫌いじゃなかったら」
　満面の笑顔になってタルトに向かう。
梨々「ありがとう。むぐ……おいしい……」

タルトを食べる梨々を微笑ましく見つつコーヒーを口にする百色。

○霧のたちこめた山道

百色「いいね、ちゃんと帰るんだよ、じゃ……」

タクシーのフォグランプに照らし出されている百色と梨々。

百色「!?………」

梨々の左手が百色のマントを掴《つか》んでいる。マントを掴んだままうつむいている梨々。百色、梨々をじっと見つめて顔を上げ先の方を見る。

パトカーのパトライトが光っている。

百色「はぁ……ごめん、もう、あそこまで行けないんだ……だからここで」

ギュッとさらに強くマントを掴む梨々。

○踏み切り（昼）

待つ人と車。通過してゆく電車。学校帰りの和己が、気づき立ち止まる。神社の木に引っか

かっている風船を取ろうとして、必死に手をのばしている梨々。動く風船に驚く。和己、石柱の上に乗って風船を取り、しゃがみ、梨々に渡す。顔を上げ笑顔の梨々。
梨々「……ありがとう」

○さとみや　店内
　ウィンドウ内の和菓子「草餅」。
百色「草餅を三つ……いや四つください」
宮村《みやむら》「はい、毎度」
　財布を取り出し、中から千円札を一枚ぬきだしてカウンターへさしだす。
ガーゴイル「我の警告を無視するか、怪盗よ」
百色「あれ？　奇遇だね」
ガーゴイル「町内は我の監視範囲内だ。一度でも認識した者であれば即探知できる」
宮村「はい、おつりとレシート」
百色「あ、どうも」
　財布をしまう百色。
百色「さすが……でも残念ながら、今日は仕事じゃない？」
ガーゴイル「ぬ？」
　草餅の包みをかかげる百色。
百色「昨日いただいたこれが、とてもおいしかったんでね。食べさせたい子がいるんだ」
宮村「毎度ありがとうございます」
　出てくる百色。
百色「……あれ、どこ行っちゃったんだ？」
ガーゴイル「用が済んだのならとっとと帰れ。我は汝《なんじ》のような変態の相手をしているほど暇ではないのだ」
百色「ふ、つれないね、それでも私のライバルかい？」
ガーゴイル「貴様など我の好敵手に値せぬ」
百色「……もしかして、昨日のこと根に持ってるのか？」
　光線を撃つガーゴイル。
百色「おっと！」

とびのきよける百色。
ガーゴイル「鈴の中にまで入りこんで洗浄に手間取ったのだぞ。その上、また双葉の怒りを買ってしまった」
左手でカードを出す。
百色「じゃ、今度は僕が彫りものでもしてやろうか？」
ガーゴイルの目が赤く光ってゆく。
ガーゴイル「よほど我に焼かれたいらしいな、怪盗よ」
百色「ここで決着をつけるのも悪くないな」

○神社境内
和己のすくった柄杓《ひしゃく》の水で手を洗う梨々。
和己「はぐれちゃったの？」
梨々「うん、風船もらいに行ってたら……」
和己「きっと君を捜してると思うよ」
梨々が服で手を拭こうとしたところ、ハンカチを差し出す和己。
梨々「ありがとう」
和己「えっと、名前は？」
梨々「梨々」
和己「リリーちゃん？」
梨々「ただの梨々……どこ行っちゃったんだろ？」
和己「そのおじさんて、どんな格好してるの？」
梨々「えっと……黒い服着てる」
和己「黒い服か……最近どこかで……」

○南口商店街
爆発！
飛び出してくる春木屋《はるきや》のおばちゃん。
春木屋「なにごとだい？……」
飛び出しているピエールと花村《はなむら》、宮村。
宮村「ウチのお客と吉永さん家《ち》の……」
かまピー君の頭をけりジャンプする百色。
赤い光線がかまピー君の額をつらぬく。
ピエール「んまーっ！」

空中を飛びつつカードを投げる百色。光線を放つガーゴイル。カードを光線が貫く。「おけはざま」のノボリを赤い光線がつきぬけ燃えだす。指を差してさけぶ春木屋のおばちゃん。
春木屋「燃えてる、ノボリ燃《も》えてるよ、ちゃんこ屋さん」
燃えているノボリにかけより、手ではたき火を消そうとする花村。
花村「ああ、水、水」
ガーゴイル「ぬ……」
佐藤《さとう》寝具店の上に百色。シーツをばらまく。
百色「はははは……」
光線を放つガーゴイル。落ちてくるシーツを次々と撃ちぬいてゆく。落ちてくる穴だらけのシーツを見ている佐藤。
佐藤「やだ、これ、ウチの売り物じゃないの」
鉄骨に飛び上がる百色。桜の木をつらぬき百色に命中する赤い光線。別の場所でも爆発がおこりその中から飛び出す百色。

ガーゴイル「ぬう、探知が追いつかぬとは……なんと巧みで素早い……ぬ!?」
ガーゴイルの背中に、次々とスイカが投げつけられる。
小森《こもり》「くぉら、なにしやがる！　今年初ものなんだぞ、べらぼうめ」
百色「ご主人、スイカは全て怪盗百色が頂いた」
スイカの山、百色のマントがおおい、よぎるとカラッポ。
小森「な、なんと!?」
アーケードの天井にはりつく百色に赤い光線がのびてゆく。光線が当たったと思ったらすぐに爆発。中から飛び出す百色。カードを投げる。
ガーゴイルに飛んでくるカード。
歳三《としぞう》「双葉んちのガーゴイルじゃん」
光線を乱射しているガーゴイル。
歳三「あ、百色だ、マジかよ」
石田《いしだ》「怪盗がなんでまた、こんな地味な商店街に？」

かまピー君にだきついて泣いているピエール。そこにカードがささる。
ピエール「かまピーくん……しょえ〜っ!!」
うろたえている宮村。
やってくる「えるされむ」店主。
えるされむ店主「うちの若いのの出番ですかな」
宮村「あああ……お、お願いしますわ」
えるされむ店主「おう！　出番だぜ!!」
ヌマタ「目分量のヌマタ！」
タグチ「まぶしのタグチ！」
アキヒコ「揚げのアキヒコ！」
三人「我ら天《てん》麩《ぷ》羅《ら》処《どころ》『えるされむ』従業員、テンプルナイツ！　へい、お待ち！」
ほれぼれと見ている天野《あまの》、春木屋。
春木屋「いつ見ても粋よねえ」
天野「ほんと」
マダム・ヤン「テンプルナイツが出るならウチも黙ってられないね。御色町梁山泊《りょうざんぱく》！　おいでませ！」

マダム・ヤンの背後。
爆発の中から飛び出すリン、リナ、リム。
リン・リナ・リム「あいやぁ〜！」
小森「いよっ、待ってました、梁山泊」
石田「いつ見てもかわいいね」
小山田《おやまだ》「オレがあと二十年若けりゃな」
歳三「……オヤジィ〜」
あちこちで爆発。赤い光線がとびかう。

○神社
社に座っている和己と梨々。
梨々「さっきからなんの音？」
和己「何かイベントでも……さびれた商店街だけど、お店の人たちは活気にあふれてるからね」
梨々「ふーん……」
和己「で、そのおじさんなんだけど。ほかに何か特徴はないの」
梨々「手品がじょうずだよ」
和己「手品師？……」
梨々「ううん、お仕事はちがうの」

○洋菓子屋「カマイ」の前
ロープでグルグル巻きにされた百色。横にガーゴイル。囲んでいる商店街の人たち。
百色「これは君の勝ちではないぞ、私は商店街の皆さんの団結力に負けたのだ」
ガーゴイル「ふん」
小森「さあて、どうしてくれようか」
宮村「やはり警察に届けるのが筋でしょうな」
イヨ「待って」
宮村「おや、兎轉舎《とてんしゃ》さん」
イヨ「怪盗百色って手品師とも聞くわよ」
宮村「手品師？」
イヨ「そ。だからさ、手品がおもしろかったら無罪放免ってことでどうかしら」
佐藤「テレビで有名な怪盗の手品ねえ」
ピエール「それも生で見れるなんて、一生ものざます」

小森「おもしれえ、ただし、つまんなかったら即警察行きだぜ」

ガーゴイル「とのことだ、皆の温情に感謝するがいい」

百色「それで皆さんの気が晴れるなら……」

百色のロープがほどけ落ちる。

商店街の人々「おお――っ！」

かまピー君の上に着地する百色。

両手を広げポーズを作る。

百色「レディースアンドジェントルメン！　今宵《こよい》は怪盗百色のマジックショーへようこそ」

一礼する。拍手する一同。

ガーゴイル「夜ではないぞ」

百色「要はここにいる皆さんを楽しませればいいのだろう」

百色、手を交差させてから広げていき、手に何も持ってないことを皆に見せて、勢いよく手を合わせサッと引く。現れる黒いブラジャー。

商店街の人々「おおー」

ブラジャーを掲げつつ、イヨへ手を向ける。

百色「今、そこのお嬢さんから拝借した」

あわてて胸をおさえ、のぞくイヨ。

つられてのぞく店主たち。

イヨ「うそ！　やだ！　あたしの乳ぱんつ返せ!!」

百色に襲いかかるイヨ。見送る店主たち。

ジャンプする百色。

かまピー君にあたり勢いよくゆれる乳。

デレーと見ている商店街男店主たち。

男たち「うおおお――っ！」

あわてて胸をおさえるイヨ。

イヨ「うっ！……」

春木屋のおばちゃん、天野、マダム・ヤン、佐藤、リン、リナ、リム、親指を下にしてブーイング。

百色「チッ、チッ……」

指を振る百色。右手を拳にしてかかげ、手を開くとガラパンが出てくる。

百色「そちらの若者から拝借した」
　キョトンとしているケンジ。
ケンジ「え⁉」
　頬を赤くしてうれしそうなマダム・ヤン。
マダム・ヤン「ま、それって豆腐屋のケンジ君の？」
　あわててズボンに手を入れるケンジ。
ケンジ「わ！　マジでない。いつの間に」
マダム・ヤンたち「きゃあ〜！」
　ケンジに向かってゆく女たち。百色の横にガーゴイル。手をおろしつつ見る百色。
百色「ふ、私の勝ちだ」
ガーゴイル「確かに……皆、楽しんでいるようだが」

○神社
梨々「なんか楽しそうな声だね」
和己「うん……」
梨々「行ってみよ、お姉ちゃん」
和己「うん！……ねえ今、お姉ちゃんって言わなかった？　ちょっと梨々ちゃん」

○商店街
イヨ「殺す……黒テント絶対殺すぅ！」
　胸をおさえて青龍刀をふりかぶる。
双葉「下ネタでウケ狙ってんじゃねー！」
　ドロップキックかます双葉。
　イヨ、百色、重なったままふっとぶ。
イヨ「きゅぅぅ〜……」
百色「イタタタ……やぁ、君は吉永家の」
　にじり寄りだす凶悪な顔の双葉。
双葉「てっめー、よくもあたしをピーナッツバターまみれにしてくれたな」
百色「待ちたまえ、悪気があってのことでは……」
梨々「おじさん」
百色「ん」
　梨々、ポカンと立っている。

百色「梨々ちゃん」
和己「え？　おじさんって？」
　梨々を見て、状況が見えないガーゴイル。
ガーゴイル「ぬ？」
双葉「はっ？」

○吉永家
百色「すみません、今度は夕飯までご馳走になってしまいまして」
　うれしそうに洗い物をしているママ。
パパ「あなたのような有名人が来てくれるなんて鼻が高いですよ、ママも大喜びだし」
ガーゴイル「逃げる気になれば、汝はいつでも逃げられたはずだ」
百色「あの人たちには、だいぶ迷惑をかけてしまった……。捕まって突き出されてもいいと思ってね」
ガーゴイル「怪盗の分際で殊勝な心がけだな」
百色「なぁに、すぐに脱走すればいいことだし」
ガーゴイル「……前言は撤回する。それであの娘はお前の子供なのか？」
　洗い物をしているママ。「子供」に反応。
　動きが止まり耳が大きくなる。
百色「ぶほっ！　バカを言うな。預かっているだけだ」
　ガーゴイル、目が金色に光ってゆく。
ガーゴイル「貴様！　窃盗では飽きたらず誘拐《ゆうかい》までも……」
百色「むしろ、そのほうが気が楽だ」
パパ「？……」
ガーゴイル「ぬ？」
　ガーゴイルの目の光が消えてゆく。

○プレイルーム
　ボードゲーム「海鮮王」。
　駒を進めて、頭をかかえる双葉。
双葉「うわ〜、腐ったタラバガニを百トン購入だってよ……はぁ〜」

苦笑顔の和己。梨々はじっと見ている。
和己「梨々ちゃんの番だよ」
ルーレットに手をのばす梨々。
「7」で止まり、駒を動かしてゆく。
和己・双葉「……」
梨々の動きが止まって、
梨々「本マグロを一本釣りして、三百万受け取る……だって」
双葉「まじぃ〜っ!!」
ニコッと笑う梨々。
廊下。トビラを少し開けて中をのぞく百色。
双葉「ちきしょー、ビギナーズ・ラックってやつかぁ、次、オカマ、さっさとやれ」
和己「オカマじゃないっていってるでしょ」
百色、安心し、そっとドアを閉める。

○東宮《ひがしみや》の別荘　テラス
メイドA「ご主人様、お客様がおみえですが」
天祢《あまね》「こんな時間にか？　帰ってもらえ。今は誰にも会いたくない」
メイドA「はい……あ、困ります、お客様」
顔を上げおどろく天祢。
天祢「！……あなたは……」

○吉永家　プレイルーム
梨々「あの乳ぱんつのお姉さんが？」
駒を動かしている和己。
和己「うん、ガー君を作ったんだ。有名な錬金《れんきん》術師《じゅつし》なんだって。ね？」
ルーレットを回す双葉。
双葉「まぁな、邪魔な石ッころを押しつけた張本人だ」
梨々「……錬金術……」

○リビング
土下座している百色。

百色「梨々ちゃんをしばらく預かってもらえませんでしょうか？　ほんの二、三日程度でいいんです」
　顔を見合わせるパパ、ママ。

○プレイルーム
　梨々の前にあるキャッシュ・ボックス。
　札とコインが山のようになっている。
梨々「私が……一番？」
双葉「負けた～！」
和己「梨々ちゃん強いねー」
双葉「よし！　梨々、もっかい勝負だ。兄貴、早くカード揃えろよ」
和己「双葉ちゃんもお金揃えてよ……」
梨々「う……う……ぐぅ……」
　気づき梨々を見る和己。
和己「え？」
　少しおくれて双葉も見る。
　両手で顔を伏せて泣いている梨々。
梨々「ひく……う……ぐう……う……」
双葉「梨々？　……どこか痛いのか？」
和己「ど、どうしたの？　……今、ママを」
　立ち上がる和己。
梨々「う……うう……違うの……」
　笑顔の梨々からポロポロこぼれる涙。
梨々「楽しくて……だから……」
双葉「楽しくて？」
梨々「うう……」
　泣いている梨々を困惑しながら見つめる二人。

○東宮の別荘
　テラスの修復作業をしているメイドたち。
天祢「散らかっていてすみません、せっかくお寄り下さったというのに……」
ハミルトン「高原《たかはら》イヨにしてやられたそうだね」
天祢「まあ、こちらに油断もありましたから」
ハミルトン「ふ、同じ自動石像をぶつけるなど無意味なことを」
天祢「……僕にとっては、高原イヨの技術に対抗し、そして勝つことに意味があるんです」
ハミルトン「とにかく、宝はまだあの石像の中ということだな」
天祢「宝……？」
ハミルトン「石像に埋めこまれている賢者の石だよ」
天祢「あなたはまだ、賢者の石を!?」
ハミルトン「あの石像は、破壊しては意味がないんだよ、天祢君」
天祢「ハミルトン卿！」
　不敵な笑顔のハミルトン。
ハミルトン「そのままの形で入手しなければね……」

○吉永家　双葉の部屋
　ベッドで寝ている双葉。
　床に布団を敷いて寝ている梨々。

○吉永家　門

見上げている百色。門柱にガーゴイル。
百色「ガーゴイル君、今さら僕が言うのもなんだが……」
ガーゴイル「安心するがいい、梨々も我が守る」
百色「……感謝するよ」
ガーゴイル「誤解するな、汝が誘拐犯でないという証拠はない。二、三日の猶予《ゆうよ》を与えただけだ」
百色「わかってるよ」
シルクハットを深く引き、右手でマントをひるがえす百色。険しい表情で歩く。
百色「父親が、娘の君にそんな力を与えたというのか？　まさか……」

○回想　霧のたちこめた山道
フォグランプに浮かび上がる百色と梨々。
梨々「実験なんだって……」
百色「実験？」
梨々「毎日お薬を飲まされて、それでいつの間にか、だんだん人の心が分かるようになったの」
絶句する百色。マントを掴む手が震えている。
梨々「カンカクとかチカクとか……そういう実験……」
怒りをおさえつつ、少し寂しげなやさしい笑顔を向ける百色。ゆっくりと手を差し出す。
梨々「！………」
百色「あまり待たせては運転手が気の毒だからね」
梨々「……」

○町
歩く百色。
百色「簡単な仕事じゃなかったな……」

○吉永家　双葉の部屋
寝ている梨々。目を開くその表情は冷たい。

第四話「鏡に映らない心」

○お祭り会場（浅い夕方）
　作業する人々。やぐらに近付く双葉《ふたば》と梨々《りり》。
　梨々は初めて見るやぐらに少し驚いている。
双葉「今週夏祭りなんだ。楽しみだなぁ」
梨々「……夏祭り？」
双葉「お前、夏祭りも知らねえのか？」
梨々「知らない」
双葉「ガンガン太鼓《たいこ》叩いたり、みんなで輪になって踊りまくったり、そりゃもう楽しいんだから」
　梨々のイメージ～アフリカの太鼓を叩くパパ。ハイテンションでガイコツパーカッションを叩きまくる双葉。
双葉「でりゃああ～！」
パパ「はははははは」
　正気に戻り、向き直る梨々。
梨々「悪魔でも呼び出すの？」
双葉「みんなで浴衣着てさ」
梨々「ユカタ……？」
歳三《としぞう》「お祭り双葉～。待ちきれなくてもう来たのか？」
双葉「誰がお祭り双葉だーっ！」
　ケリ飛ばす双葉。
歳三「いててて、ん？」
　地面に倒れた歳三。
　目を開けると足に気付く。上を見上げる歳三。
歳三「あれ？　昨日百色《ひゃくしき》といた」
梨々「……」

双葉「梨々っていうんだ。ちょい訳ありでさ、今、預かってんだよ」
歳三「ふーん……あ、俺、石田《いしだ》歳三」
　無言で頭を下げる梨々。
双葉「あんま近寄るんじゃねえぞ、梨々にバカがうつるからな」
梨々「！」
歳三「んだと!?　お前といっしょでも凶暴がうつるだろうが！」
双葉「てんめぇ〜っ！」
歳三「やるかこらー!?」
　二人について行けない梨々。驚きの顔で見ているが、やがてクスッと笑う。

☆オープニング

○ハミルトンの研究所
　驚きと少しおびえのみえる研究員たち。
研究員Ａ「なっ!?」

研究員B「ひゃ……百……」
百色「そんなにキンチョーしないでくれたまえ。所長にお目通り願いたい。いや……アポは取っていないのだが」
研究員B「けっっ警備員に……」
研究員A「は、はぁ……しかし……」
　研究員Bが人を呼びに行こうとすると声が。
ハミルトン「通したまえ」
研究員A「！」
研究員B「所長！……」
百色「あなたが……」

☆第四話「鏡に映らない心」

○ハミルトンの研究所　所長室
ハミルトン「近頃の怪盗は誘拐《ゆうかい》もするのかね」
百色「場合によるね」
ハミルトン「娘はどこにいる？」
百色「信頼できる家に預けてある、心配はいらない」
　ハミルトンにステッキをつきつける百色。
ハミルトン「要求はなんだ？」
百色「……あの子の実験とやらを、即刻止めて欲しい」
ハミルトン「むっ……」
　本棚が移動して奥に別の本棚が見えてくる。
百色「！………錬金術《れんきんじゅつ》だな」
ハミルトン「ほう、わかるのか？」
百色「詳しくはないが、職業柄、想像はつくさ」
ハミルトン「一口に錬金術といっても、様々な系統がある。私が行っているのは人間を強化する術でね」
百色「う！　それで梨々ちゃんを……自分の娘を実験台にしたのか！」
ハミルトン「これは私たち親子の問題だ。それよりも君は重大な過ちをおかした」
百色「!?」
ハミルトン「娘を連れ出したことだ、梨々は外の世界では生きていけないのだ」
百色「え……？」

○公園
梨々をベンチに座らせ、正面に立つ歳三。
後ろに回していた両手をバッと出して、
歳三「さあっ、どっちだ!?」
梨々「右」
即答する梨々。おどろく歳三、双葉。
歳三「すげえ！　百発百中だぜ」
双葉「うおっ！　なんで分かるんだ？　超能力か？」
梨々「うん、そう！」
歳三「う〜ん、すげえっ」
双葉「嘘だろ〜」
梨々「人の考えてることも分かるよ」
歳三「え？　まっさかぁ〜っ」
梨々、少し歳三を見つめて、
梨々「トシ君、ホントは双葉ちゃんが……」
ゲッとなる歳三。梨々のセリフを遮《さえぎ》る。
歳三「あー、そうだそうだ！　十回当てたらやるって約束してたんだよな！」
双葉「？……」
梨々にスーパーボールを差し出す歳三。
歳三「ホラ、お前にやるよ！」
梨々「いいの？」
歳三「あ、ああっ！　んじゃあ！　俺、忙しいんで……またなっ！」
大声でごまかすように手をふって、ぎごちないポーズで立ち去ってゆく歳三。
双葉「なんだあいつ？」
梨々「フフフ……うっ！」
突然苦しそうに口を押さえる梨々。
双葉「どうした？」
梨々が咳をすると指の間から血がたれてくる。
梨々「ゴフッ……」
双葉「梨々!?」

去ってゆく歳三を呼び止める双葉。
双葉「トシ!!」
歳三「ん?」
うろたえてる双葉。
双葉「梨々っ！　梨々っっ!!」
梨々「ゴフッ……ゲホゲホッ……」
くずれる梨々に、双葉はさらに動転する。

○ハミルトンの研究所　所長室
百色「発作?」
ハミルトン「強化した神経が、他の器官に負担を与えている。それを抑えるための薬を、一定時間ごとに飲まなければならん」
百色「ふん、その手には……！」
百色、携帯の着信音に自分の左胸を見る。

○石田薬局　店内
石田「医者に診てもらったほうがいいんじゃないのか?」
歳三「俺もそう言ったんだけどさ」
梨々、ゆっくり起き上がる。笑顔を作って、
梨々「……もう大丈夫、楽になったから」
外の双葉を見る梨々。心配そうに梨々を見ている石田、歳三。外では携帯で話す双葉。
双葉「なんかの薬が切れたときの発作だって言ってんだけどさ、それってどこにあるんだ?」
店内を見る双葉。
「大丈夫だよ」という笑顔で手を振る梨々。

○ハミルトンの研究所　所長室
携帯で話す百色。
百色「すまない、すぐに戻るから、それまで梨々ちゃんを……ああ、そうしてくれ」
ハミルトン「発作が起きたのか?　そうなんだな」
百色「今は元気にしているらしいが」
ハミルトン「それは一時的なものだ。この発作は断続的に起きて……やがて死に至る」

百色「！……薬はどこにある？　言わないなら腕ずくでも」
ハミルトン「手遅れだ……」
百色「なに？」
ハミルトン「薬は発作を防ぐためで、梨々の身体を治すためのものではない。いちど壊れたら……元には戻らん！　これがお前のしでかした結果だ！　怪盗！」
　イスをはらいとばすハミルトン。
　テーブルを叩き、うなだれる。
百色「馬鹿な……あの子はそんなこと全然……」
　蒼白《そうはく》の百色。うなだれたままのハミルトン。
百色「なにか方法はないのか？」
ハミルトン「……手がないわけではない」

○研究所へ続く山道
　研究所のかなり手前で止まっているタクシー。ヒマそうにタバコをふかしている運転手。

○研究所　所長室
　机の上に広げられた錬金術関係の古文書。
　燭台《しょくだい》に載った石が描かれている。
ハミルトン「賢者の石。錬金術最大の秘宝にして最強のアイテム。錬金術で強化された梨々は、これでしか治す手だてがない。効果は多数あるが、特に肉体の再生や治癒《ちゆ》などには……！」
　古文書をステッキでたたく百色。
百色「能書きはいい。それはどこにある」
ハミルトン「……無理だ、最大の秘宝なんだぞ」
百色「どんな宝であっても、私は盗み取ってみせる。何か情報はないのか？」
ハミルトン「確証はないのだが、ある錬金術師が、これを使ってある物を作り出したらしい」
百色「あるもの？」
ハミルトン「自動門番型石像、通称ガーゴイル」
百色「ガッ!?」
　思わず、ワキにはさんでいたステッキを落とす百色。足元をころがってゆくステッキ。

ハミルトン「その石像の中に、この賢者の石が使われているという情報がある。それを手に入れて解体すれば、おそらく……」
　とまどう百色。
百色「……解体……失礼する」
　アゴを引き、重苦しい表情になり歩きだす。
ハミルトン「なんにせよ、梨々を盗んだのは君だ。その責任は取ってもらいたいものだな」
百色「ああ、取るさ……」
ハミルトン「……」

○商店街（夕方頃）
双葉「ホントに大丈夫なんかよ？」
梨々「平気平気！」
双葉「大丈夫かな〜、薬どこで売ってんだよ」
梨々「大丈夫よ、もう」
　しゃべりながらイヨの前を通過する二人。
イヨ「あら？」
　イヨ、甚平姿でお香をたきながら、
イヨ「よっ！　ねーちゃん、寄ってかない？」
梨々「？」
双葉「また怪しいことを……!?」
　双葉は無視。梨々に気付くイヨ。
イヨ「あれ、昨日の美少女ちゃんじゃないの……ってコトは！　黒テントはっっ!?」
　イヨ、キッとなってまわりをさがし始める。
　いきなりの事で、え？となる双葉たち。
イヨ「ちっ……いないみたいね」
　くやしさに舌打ちするイヨ。
　少し緊張してイヨを見てる梨々。
梨々「この人が……伝説の錬金術……師の……はくしょんっ！　はくしょんっ！」
イヨ・双葉「ん？」
　ひとりでくしゃみをつづける梨々。
　梨々の前へお香を近付けるイヨ。
　たまらず顔をそむける梨々。
イヨ「もしかして、これ？」
梨々「そうみたい……はくしょんっ！」

イヨ「おかしいわね。このお香は気の流れを見るための物で、人には影響しないハズなのに」
双葉「切れちまった薬って花粉症の薬とか？」
梨々「ん……関係ないよ……くしゅんっ」
双葉「んじゃあ怪しげつながりで、さっきの超能力と関係あったりして」
イヨ「超能力？」
梨々「!!……」

○兎轉舎《とてんしゃ》内
　カウンターにイヨ。その前に座る梨々。
　横に立ってのぞいている双葉。
梨々「えーと、右から栄養ドリンク、ロズウェルの宇宙人、自転車のタイヤ、ロズウェルの宇宙人、ロズウェルの宇宙人」
　梨々の言葉に合わせてカードを返すイヨ。
イヨ「すごーい、全部あってる！」
双葉「つーか、どういう目的で使うんだよ、このカード……」

イヨ「……練丹 術《れんたんじゅつ》かな？」
梨々「え？」
双葉「レンタン？」
イヨ「さっき薬がどうとか言ってたわよね」
双葉「ああ、いきなり血ぃ吐いたんだ、ビックリしたよ」
イヨ「練丹術っていうのは、錬金術で薬を作る方法のことよ……もしかしてあなた」
　怪訝《けげん》そうに梨々を見るイヨ。
　梨々、顔をふせ立ちあがる。
梨々「！　まだちょっと気分悪いみたい」
双葉「そっか、やっぱうちで寝といたほうがいいか。じゃ、姉ちゃんまたな」
イヨ「気をつけて、その子から目を離しちゃダメよ」
双葉「梨々って意外にひ弱だもんな」
梨々「ひ弱じゃないもん」
　カウンターの下をのぞきこむイヨ。

○東宮別荘《ひがしみや》　テラス

　テーブルで仕事をしていた天祢《あまね》。

　メイドCの持ってきた電話で話している。

天祢「なんですか？　僕は忙しいんですがね」

イヨ「露骨に嫌そうに言わないでよ」

天祢「一秒でも早くこの電話を切りたいだけですよ」

　エアメールの束を手に電話しているイヨ。

イヨ「あなた、ハミルトンと付き合いあったわよね、あの練丹術の研究家の」

天祢「お祖父様が懇意にしてただけです。この間久しぶりに来ましたけど、あなたと同じくらい好きになれない人ですね」

　大きな扇であおぐメイドE。

イヨ「え？　ハミルトンってイギリスにいるんじゃないの？」

天祢「驚く程じゃないでしょ、亡くなった奥さんも日本人だったし……ずいぶん前から娘さんとこっちで暮らしてますよ」

イヨ「娘!?……」

天祢「以前会ったことがあるけど、金髪の可愛い子で……梨々ちゃんっていったかな？」

イヨ「……」

天祢「もしもし？」

イヨ「……嫌なこと聞いちゃったな」

　エアメールの束をにぎりつぶすイヨ。

○吉永家　リビング（夜）

　一家だんらん。ママは浴衣の仮留め中。

パパ「双葉もまた伸びたなぁ」

ガーゴイル「さもあろう。双葉は今、育ち盛り食べ盛りだからな」

双葉「食べ盛りは余計だ！」

　パパ、上機嫌で腕の力コブを出す。

パパ「このままパパみたいに育って欲しいよ」

双葉「あーいや……そういう育ち方は、ちょっと……」

パパ「ははは〜」

梨々「素敵ィ。双葉ちゃんじゃないみたい！」
双葉「なんか引っかかる言い方だな」
　ママ、梨々にも浴衣を着せる。驚く梨々。
梨々「え？　なに？」
双葉「ママ、お前のも用意してくれたんだよ」
　微笑みかけるママ。呆気にとられる梨々。
　ゆっくりと浴衣見て、
梨々「私の？」
和己「梨々ちゃん、似合うよ、すっごく」
双葉「二人で浴衣着て、お祭り行けるな！」
梨々「うんっ！」
和己「僕も着るから三人だよ」
双葉「兄貴は、もう少し鍛えてからの方がいーんじゃねえの？　去年、男にナンパされてたじゃん！」
和己「ああっ、それは言わない約束でしょっ!!」
梨々「う……」
　気分が悪くなった梨々。表情が沈んでいく。
ガーゴイル「梨々、具合が悪いのか？」

二人「え?」
梨々「なんでも……ない」
ゆっくりと浴衣を置く。

○プレイルーム
足音が近付いて来てドア開く。倒れ込むようにうずくまる梨々。咳と共に血が数滴。
梨々「ゲホッ……」
双葉「梨々っ!」
和己「早く横になって」
梨々「だ……大丈夫だから……ごめん……っっ!」
双葉「梨々!!」
その時、強いオレンジの光がドアの方から放射される。目から光を出してるガーゴイル。
和己「ガ、ガー君!?」
双葉「!? なにしてんだ石ッころ!」
双葉、立ち上がってけとばしに行こうとする。
梨々「あったかい……」

双葉「なに!?」
ガーゴイル「理屈はわからぬが、人体の不調をある程度癒《いや》す機能も、我《われ》には備わっている。少しは和らぐはずだ」
梨々「……ごめんね、ガーゴイルさん」
ガーゴイル「詫びなど不要だ。我は梨々を守るよう怪盗と約束している」
梨々「!……ごめんね……」
悲しげに目を閉じる。
双葉「とにかくベッドに運ぼうぜ」
和己「あ、うん」
何かに気付くガーゴイル。
ガーゴイル「ぬ? 河川敷か?」
梨々をかかえようとしてた和己、手を止めてガーゴイルの方を見る。
和己「え? なに?」
双葉「兄貴!」
和己「あ、ゴメン……」
ガーゴイル「どういうつもりだ?……」

○東宮別荘　テラス
　勢いよく立ちあがる天祢。
天祢「娘に……錬丹術を？」
イヨ「おそらく……ね」
天祢「馬鹿な!!」

○河川敷
　百色が一人立っている。
ガーゴイル「なぜ、こんな所にいる？」
百色「ずっとここにいれば、不審に思った君がやってくると思ったんでね」
ガーゴイル「梨々を迎えに来たのではないのか？　梨々は吐血をくり返し、今休んでいる。なぜ黙っていた？」
百色「仕方ないだろう……知らなかったんだ」
ガーゴイル「なにっ!?」
百色「君は……今まで泥棒を殺した事があるかい？」
ガーゴイル「ない。この国の法律では窃盗は死罪に値しない」
百色「相手がどんなに強くてもか？」
ガーゴイル「問題ではない。我が殺さぬようにすれば死なぬ」
百色「そうか。うん……そうだな。君は強い。おそらく最強だろう。……だが、僕は弱い」
　百色、くるっとふり返りつつマントを外してステッキをかざす。
百色「そして時間がないんだ!!」
　意を決してステッキを持つ手を左右へはなすと、中から刀が出てくる。
ガーゴイル「百色、なにがあった？」
百色「もう喋らないでくれ！　決心が鈍るんだ」

○吉永家　双葉の部屋
　ベッドで寝てる梨々を見る双葉と和己。
双葉「あっという間に寝ちまったよ」
和己「ガー君の光線が効いたのかな？」

双葉「ガーゴイルは？」
和己「今そこに……あれ？　どこ行ったんだろ？」
　二人、そのまま部屋を出てプレイルームへ。
双葉「相変わらず勝手な石ッころだな……」
　不安げな和己に気が付く双葉。
双葉「ん？」
和己「さっき……河川敷とか言ってた」
双葉「河川敷？」
和己「なんか嫌な予感がする」

○河川敷
　百色、刀をふりかぶり、振る。ガーゴイル、ノド元に刀が入ってフッ飛ばされる。
ガーゴイル「なんの真似だ？」
百色「!!　喋るなと言ったろう！」
　刀を振るってガーゴイルに襲いかかる百色。
倒れたガーゴイルを踏みつける百色。
　だが、ガーゴイルを見下ろす表情が非情になり切れていない。
ガーゴイル「理由を話せ」
百色「急に決着を付けたくなっただけだ。最強の門番とね！」
　百色、拳銃を取り出し発射。
　が、銃弾ははじき返される。
百色「チッ！」
　銃を投げ捨てつつケリ入れる。ガーゴイル転がっていく。百色がスイッチを取り出して押すと大爆発。ガーゴイル、煙の中からビーム発射。右肩にビームをうける百色。
百色「くっ!!」
ガーゴイル「目をさませ百色。我でなければ相手は死んでいたぞ」
百色「ああ、そうさ、殺すつもりでなくては君を捕らえる事はできない！」
ガーゴイル「捕らえるだと？」
　マジックでステッキ刀を取り出す百色。
百色「ハッ！」

上空を飛ぶ百色。刀をふりかぶる。
ガーゴイルの目が光り電撃が発射される。
百色「があああああっっ!!」
草っぱらに横たわる百色。
百色「ハァ……ハァ……ハァ……」
ガーゴイル「もうあきらめろ」
百色「できない」
ガーゴイル「汝《なんじ》はいつもの冷静さを失っている。我には勝てぬ」
百色「梨々ちゃんを救うには……賢者の石が必要なんだ。君の体内のね」
ガーゴイル「なに?」
百色、胸元から再び銃を取り出す。
百色「それであの子が救われる」
ガーゴイル「梨々が……」
双葉「ガーゴイル!!」
和己「ひゃ、百色さん!?」
土手の上を走ってくる双葉と和己。
双葉「コラ! なにやってんだ!!」
ガーゴイル「双葉、来るな!!」
双葉「え!?」
双葉たちを見てる百色。
ガーゴイル「怪盗よ、我を盗むがいい。抵抗はせぬ」
百色「!?」
ガーゴイル「我は貴様に誓った。梨々を守ると。約束を反故《ほご》にすることは、我の矜持《きょうじ》に反する」
百色「ガーゴイル君……」
ガーゴイル「時間がないのではないか」
意を決した百色が手をふると、どこからともなく現われるマント。はらうと鎖でグルグル巻きになったガーゴイル。力がぬけたようにダラッと手の力を抜く百色。
百色「……」
双葉「なにやってんだ、お前!」
和己「な、なんで?」
突然、トラックの停車音が聞こえ、ハミルトンがおりてくる。

ハミルトン「よくやってくれた、百色君」
百色「ハミルトン」
双葉「誰だ、あれ？」
ハミルトン「天下の大怪盗を使って賢者の石を盗ませる……我ながら名案だったよ」
百色「名案？……やはりそうだったのか」
ハミルトン「やはり？」
百色「僕が現れたとき、全く動じもせず、まして娘が死ぬような話なのに、あなたの話はむしろ賢者の石の方へ向いていた」
　ハミルトン、「バレたか」とニヤッと笑う。
和己「娘って、梨々ちゃんの事かな」
双葉「あいつが梨々のオヤジィ？」
百色「私にデータを盗む依頼をしたのも、やはりあなただったわけだ」
ハミルトン「そこまで疑ってもなお私に従ったと？」
百色「梨々ちゃんの病気が何かわからなかったからね。賢者の石が本当に必要かどうかも」
ハミルトン「賢者の石があれば梨々の強化は完全になる。そしてその時、私の研究成果が遂に日の目をみるのだ！」
百色「そんな事の為に!?　あの子まで巻き込んでこんな芝居を！」
　ハミルトンに突進する百色。だが、バンからビームが発射され、百色のワキ腹を貫通する。
百色「!!　ゲホッ……」
ガーゴイル「百色！」
双葉たち「!!」
　バンの荷台が開き、デュラハンが出てくる。
デュラハン「ルルルルル……ルウ……」
ハミルトン「巻き込むだって？　全て承知の上だよ」
百色「くっ……」
ハミルトン「梨々はガーゴイルを奪う為にわざとお前に近付いたのだ」
百色「なっ!?」
双葉「梨々が！」

和己「ええ!?」
ハミルトン「君の仕事は終わったんだよ、怪盗君。デュラハン、ガーゴイルを連れて来るんだ」
デュラハン「ルル……」
　動かない百色。
ガーゴイル「ハミルトンと言ったな、それが貴様の自動石像か?」
ハミルトン「そんな非効率極まりない物ではないよ。オートマタ、自動人形だ」
ガーゴイル「これから我をどうするつもりだ?」
ハミルトン「決まっている。君を造った錬金術師、高原《たかはら》イヨが独占していた賢者の石の秘密を探るんだよ」
　デュラハンにつかまれるガーゴイル。
ガーゴイル「それだけか?」
ハミルトン「それだけ!?　愚かな。これ以上の事などない!!」
ガーゴイル「貴様!!」
　同時にガーゴイルに巻かれた鎖が外れ、ジャ

ラジャラと下へおちていく。

デュラハン「ルル！……」

ハミルトン「なに!?」

デュラハン、驚いたように退く。血に濡れた百色の手の先にチェーン。百色、強がった笑顔。

百色「後は……頼む……最強の……門番……」

そのまま気を失う。

ガーゴイル「了解した。怪盗よ」

ガーゴイル、目が赤く光る。

突然消えたガーゴイルに驚くデュラハン。

デュラハン「ル……ルル……？」

ガーゴイル「いたいけな少女を使い、己の欲の為に人の心を弄《もてあそ》んだその罪、万死に値する！」

川岸に移動しているガーゴイル、目が光る。

ハミルトン「撃て！　デュラハン」

青い光線発射。ガーゴイル、あたってる所から凍っていく。銃口が回転して今度は赤いビーム。凍った所に赤いビームが当たると、一気に溶けて、全体が赤化していく。

ガーゴイル「ぬ？」

再び回転して青いビームを撃つ。着弾部から、蒸気がふき出してまっ白になっていく。ピキッと亀裂が入る。ガーゴイル、上空へ瞬間移動。消えたのに合わせて蒸気が吹き飛ぶ。

ガーゴイル「なるほど、我の身体に金属疲労を起こさせるというわけか」

ハミルトン「いかな貴様といえど、この攻撃に耐えられるものか!!」

デュラハン、再び攻撃しはじめる。

ガーゴイルの脇をかすめるビーム。

ガーゴイル「小賢しいっ！」

ふりかえった瞬間、ガーゴイルを見失い、手をおろすデュラハン。

デュラハン、瞬時にバリアーを出して防ぐ。

デュラハン「ルルル！」

うしろに瞬間移動しているガーゴイル。デュラハンがバリアーを消してふり返った瞬間にビームが着弾、爆発がおこる。

ガーゴイル「自動人形など我の敵ではない」
ハミルトン「くっ、今のデュラハンはまだ完全ではないのだ。ならば……デュラハン!!」
　ビシッと指さすハミルトン。デュラハン、銃口をかまえる。その先には双葉と和己。
デュラハン「ルルル……」
二人「!?」
ガーゴイル「いかんっ!!」
　電撃をうつデュラハン。二人の前にガーゴイルが立ちはだかる。ヒビが大きくなる。
ガーゴイル「ぬ、ぬう……」
　ガーゴイル、再びビーム発射。デュラハン、ビームうけて銃口から爆発。フッ飛ぶ。
ハミルトン「くっっ！　ガーゴイルめ!!」
　煙を引いて落ちているガーゴイル。
双葉「石ッころ！　大丈夫かー」
和己「ガー君……」
　なおも迫るデュラハン。大きくふりかぶると同時に落雷を受ける。驚くハミルトン。

ハミルトン「んな!?　ガーゴイル……いや、そんなハズは!?」
　双葉たちの上空に飛行音。
双葉「!!……あ、あいつ！」
和己「え？」
ケルプ「アンフェアですね、ハミルトン殿」
ガーゴイル「ケルプか」
　ゆっくり降りてくるケルプ。
ハミルトン「お前は東宮の……なぜ」
ケルプ「ガーゴイル殿と戦い、高原女史を越えようとする、その心構えは我が主《あるじ》も同様。ですが主は、あなたのやり方に怒りを覚えておられますゆえ、小生を寄こしたのです」
デュラハン「ルルル……ジャマスルナ」
　突然、デュラハンが背後に上昇してくる。
　上空を大きく回り込むケルプ。
ケルプ「デュラハン殿。無辜《むこ》の民を盾に取るなど、騎士としての誇りはないのですか？」
デュラハン「ルル……オマエ、ウルサイ！」

銃口を向けるデュラハン。ビーム撃つがケルプには当たらず、上空から雷撃をうける。
デュラハン「ル……ル……」
なりゆきを見守る双葉たち。
双葉「すげぇ……」
ガーゴイル「あやつに救われるなど、屈辱《くつじょく》だ」
ハミルトン「デュラハン！」
土手の上を走るバン。デュラハン、車に収納される。双葉たちの見送る中、走り去るバン。
双葉「おといきやがれってんだっー!!」
ケルプ降りてくる。
ケルプ「もうよろしいのですか？」
ガーゴイル「一時的な機能麻痺《まひ》にすぎぬ。だが、あのままであったなら、我はやられていた。礼を言う」
ケルプ「屈辱と仰っていたようですが」
ガーゴイル「気にするな」
百色にかけよる双葉と和己。
和己「百色さんっ!?」
双葉「おい！　しっかりしろよ！」
ケルプ「ガーゴイル殿、決着はまた後日にて……」
ステルスでゆっくり消えるケルプ。

○吉永家　リビング
心配そうにのぞきこんでいる吉永家の人々。
百色「ん……」
起きあがる百色。
百色「あ〜ぁ、負けちゃったかぁ〜」
ガーゴイル「百色」
百色「いや、なんと言っていいかその……すまなかった。!?……梨々ちゃん」
梨々、しばらくだまっているが、百色の方を向いて冷たくしゃべる。
梨々「うまくいかなかったけど、私の役目は終わったみたい」
百色「梨々……ちゃん……！」
梨々「みなさん、騙《だま》してゴメンなさい。色々とお世話様でした」

　深々と頭を下げる梨々。部屋を出ていく。

双葉「てめえ、ふざけんじゃ！」

和己「双葉ちゃん!!」

　怒りで飛び出そうとする双葉を和己が止める。百色、より落ちこんだ表情になる。

百色「……？　奥さん……」

　ママが洋酒とグラスを差し出している。

　となりに座りこむパパ。

パパ「どれ、僕もつき合いましょう」

　え？となるママ。あわててパパからトレイをはなす。え〜っとなるパパ。百色、うすく微笑んで、少しフッ切れたように立ち上がる。

百色「ありがとうございます……ですが今日は」

　百色を見上げる吉永夫婦、やさしく微笑む。

パパ「そうですか」

百色「失礼いたします」

　左手でマントをバサッと広げると、誰もいない。

○双葉の部屋
双葉「くっそーっ!!」
　浴衣が投げすてられる。
双葉「あたしもトシも、本気で心配したっつーのに！」
和己「でも、演技で血を吐けるとは思えないんだよね」
双葉「！……そういやあいつ、急に泣きだしたコトがあったよな。楽しくて……って」
和己「あの子と最初に会ったのは僕だから」

○回想
　風船に必死に手をのばしている梨々。

　動く風船をおどろき見る。

和己「余計そう思えるのかもしれないけど……」

　石柱の上に乗って風船を取った和己。

　しゃがみ梨々に渡す。受け取る梨々。

　顔を上げ笑顔の梨々。

○双葉の部屋
双葉「兄貴……」
和己「うん……」
双葉「おい、石ッころー！」

○お祭り会場
やぐらの前に立つ梨々。手を上げ、開くと中にはスーパーボールが入っている。

○回想
ボール当て。即答する梨々のうしろでおどろく歳三と双葉。ボードゲームで遊ぶ三人。出目に頭をかかえる双葉。苦笑顔で双葉を見る和己。盤をじっと見ている梨々。

○お祭り会場
唇を噛《か》む梨々。
突然、ちょうちんの光が灯きはじめる。

梨々「えっ!?」
やぐらの頂点に向かって灯いていくちょうちん。
梨々「なに……？　……！」
やぐらの屋根の上に立つ人影。パッとスポットライトがあたる。
百色「レディースアンドジェントルメン！　今《こ》宵《よい》は百色オンステージへようこそ!!」
梨々「ど、どうして？」
ニコッと笑う百色。両手いっぱいのカード。バッと広げるのに合わせて大量のカードが広がり、無数の花びらとなって梨々のまわりに降ってくる。喜ぶ梨々。気配に気付いてふり返ると、百色が立ってる。
梨々「!?」
百色「昔、手品が上手な男の子がいてね。いつも手品の練習ばかりしていた。いつか誰かに見せれば喜んでもらえると信じてね……」
梨々「！」

百色「でも、それは叶わなかった。男の子はいつもひとりぼっちだったから……」
梨々「！……それっておじさんの……」
百色「君が超能力を見せてくれた時、思い出したんだ。この子も僕と同じなのかな？　僕の手品と同じで、それだけが自慢なのかなって。だから放っておけなかった……」
　やさしく微笑む百色。涙があふれる梨々。
百色「それだけなんだ……」
梨々「おじ……さん……私の超能力……グスッ……すご……かった？」
百色「ああ、すごかった」
梨々「ありが……ぅえ……私も……もっと手品見たかった……うっ……」
百色「いくらでも見せてあげるよ。これから、いくらでも……」
梨々「おじさっっ……う……うぇぇえん！」
　梨々、がまんできず百色の胸にとびこむ。
　やさしく頭をなでる百色。
百色「!!」
　百色が顔を上げると、霧の中からユラ〜っと現れるデュラハンの影。
デュラハン「ルルル……梨々。ムカエニキタ」
梨々「!!」
ハミルトン「娘をかえしてもらうのを、忘れていたのでね」
　百色、梨々をぐっとだきよせて、
百色「すまないが、私はこの娘を盗み続けることに決めたよ」
ハミルトン「貴様、自分のいってる事が……デュラハン！」
デュラハン「ルル……」
　前へ進み出るデュラハン。
　身がまえる百色。目はそらさずに言う。
百色「今、手がはなせないんだ。頼む、ガーゴイル君」
ガーゴイル「わかっていたのか？」
百色「盗み聞きはよくないな」

うしろのベンチから頭を出す二人。
双葉「あちゃー」
和己「バレてたのね」
ハミルトン「ガーゴイル！……なぜお前が！
……梨々、来るんだ!!」
梨々「もう帰らない！　あんたなんかパパじゃない!!」
ハミルトン「り……梨々、何を言ってる？　お前は私なしでは生きては……」
イヨ「いけるわよ」
ハミルトン「なに!?」
　ハッとなるハミルトン。上を見上げる。
　やぐらの上にイヨが立ってる。
ハミルトン「高原イヨ……お、お前がなぜ!?」
イヨ「賢者の石を独り占めするなって何度もファンレター貰ったけど、全部返すわね」
　エアメールを取り出し捨てるイヨ。
ハミルトン「くっっ！」
　いつの間にかやぐらの下にいるイヨ。

イヨ「この程度の術、外すのに賢者の石なんか必要ないわよ。だいいちガーゴイル君に使ってるのは模造品だし」
ハミルトン「!? レ、レプリカだと。ではオリジナルはどこに？」
イヨ「知ってても教えるわけないでしょ」
　双葉、怒り顔で乱入。
双葉「いいから消えやがれ～!!」
　フッ飛ばされるハミルトン。
和己「あーあ……隠れてなって言ったのに……」
双葉「ハァ……ハァ……ハァ……」
梨々「双葉……ちゃん？」
　意外そうな梨々。いきなり浴衣を投げられ、あわててうけとる。
梨々「え？」
双葉「一緒に着るって約束だろ！　それより色々もうもうガマンできねぇ！」
ガーゴイル「我も同感だ」
双葉「行くぞ石ッころ！」
和己「ああっ……もうっ！」
　梨々を見おろす百色。それを見る梨々。
百色「私は怪盗だ。犯罪者だ。警察に追われる身だし、人の物を勝手に盗っていく極悪人だ……」
　マントのスソをつかむ梨々。
百色「！」
梨々「離さないもん」
百色「またかい？」
　微笑み返す梨々。次第に力がぬけていく。
百色「梨々ちゃん!!」
イヨ・和己「!?」
梨々「身体が……」
和己「梨々ちゃんっ！」
　去っていくハミルトンの車。
双葉「くそぉ、逃げられたか！」
和己「双葉ちゃん！　ガー君!!」
双葉「ん!?」
　梨々をかかえ上げる百色。

イヨ「この子をすぐあたしの店へ」
双葉「梨々!!」
　朦朧《もうろう》としている梨々。静かに目を閉じる。

○兎転舎
　梨々に怪しげなチューブをつけているイヨ。
　見守る双葉たち。
百色「そ、それは？」
和己「なんかさ、露骨に」
双葉「怪しさ爆発だよな」
　淡々と作業をこなすイヨ。
イヨ「簡単に言えば毒を抜くの。本当は簡単じゃないけど、あたし天才錬金術師だから」
天祢「自分で言うな！　それにどうして僕まで手伝わされるんだ？」
イヨ「あんた、この子助けたくないの？」
　天祢、器械の方を向いてボソッとつぶやく。
天祢「分かり切ったコトを訊かないでくれ」
　イヨ、梨々の様子を見ながらレバーを倒す。
イヨ「じゃ、いくわ」
　ビクッと反応する梨々。
　器械が作動し始める。
天祢「エーテル流動を確認！　ん？　圧力七一パーセントまで低下!!」
イヨ「なんですって!?　そっち！　蒸気ガマの圧力上げて！」
百色「わかった！」
双葉・和己「えっ!?」
　うろたえる双葉たち。
　百色、シャベル持ち出して石炭の山へつっ込む。蒸気ガマのフタを開いて石炭をくべる。それを見ていた双葉たちも石炭をひろいあつめて、百色のジャマにならない所からカマにくべる。いろいろ計器いじりながら叫ぶ天祢。
天祢「圧力さらに低下、現在六八パーセント!!」
イヨ「もっと圧力を！　急いで!!」
　石炭をくべつづける百色。
イヨ「これ以上落ちると、この子がもたないわ!!」

百色「くっっ!!」

すでにススだらけ十汗だく。カマのフタが開くと双葉も石炭を投げ入れる。双葉もすでにドロドロに汚れてる。和己は双葉に石炭をかかえてもってくる。計器に見入る天祢。

天祢「よしっ持ちなおした! 八二パーセント上昇!!」

イヨ「これならいける! 成功よ!」

百色「梨々ちゃん!!」

かけ寄ってくる百色。

イヨ、少しよけてやる。

梨々「う……おじ……さん?……」

目を覚まし、百色に気づく梨々。

瞳が赤から青くかわっていく。

百色「目が!……」

驚く百色。

力がぬけるように微笑んで静かに頷く。

○数日後、お祭り会場
夜空にうかぶ祭りのちょうちん。やぐらの上で太鼓をたたく双葉。やぐらを見上げて踊る梨々、百色、吉永家の面々。

いろいろ納得のいかないガーゴイル。

ガーゴイル「結局……極悪人であるハズの怪盗がこの街の住人に……」

○飛行機内
ウデを組んで寝ている男。

ウデ組みした手の中にある試験管。

第五話「山の歌声」

○兎転舎《とてんしゃ》　カウンター
　丸イスの双葉《ふたば》とリンゴをむいているイヨ。
双葉「へェ～。今日は珍しく店ん中が普通だな。まるでアンティークショップじゃん」
イヨ「元々そうよ、失礼ね」
双葉「で？　あたしに用事って？」
イヨ「ちょっとお願いがあって」
双葉「断る！　パクッモグモグ」
イヨ「なによ、まだなにも言ってないじゃない」
双葉「ろくなコトじゃねえ～ってコトだけは、わかるからなー」
　ソッソ～～と双葉のうしろへ移動するイヨ。
　双葉の髪留めに手をかけ、バッと髪留めをとる。
イヨ「ソレッ！」
双葉「あっ～、コラッ！　ギャンッ、何すんだ！」
　イヨ、ザッとメットを双葉にかぶせる。
イヨ「さあ双葉ちゃん！　これをかぶって悪と戦うのだ！」
双葉「戦わねえよ！」

☆オープニング

○兎転舎
　鏡台に映り込んでいるメット姿の双葉。
イヨ「お師匠さんの発明したイーハトーブ式交信装置よっ」

双葉「イーハ……なんだって？」
　メットをつかみゴキとひねるイヨ。
イヨ「見てココ！」
双葉「？」
イヨ「植物の微弱なパルスを受信して、人間の言葉に変換してくれるの。つまり……」
双葉「つまり？」
イヨ「これをかぶれば植物と話せちゃうわけよ～」
双葉「植物？？？」
イヨ「倉庫の奥で見つけてね。まずは人間で効果を試して、うまく応用すればガーゴイル君を強化できるのよ、キャー」
双葉「そんな実験、自分でやれ！」
イヨ「色々改良してたら、中が狭くなっちゃって、このくらいの頭じゃないとかぶれなくなっちゃったの～♪　だから、ね～♪～」
　鏡に映り込んだニコニコのイヨ。
　メットの上で頬杖。ジタバタともがく双葉。

双葉「重い、重い、どけよ！　バッカじゃねぇの！　こんな露骨に怪しげなモン、かぶってられっか！」

☆第五話「山の歌声」

○吉永家　リビング（夕方）
　メットをかぶってあぐらをかいている双葉。
　メットに細い光線を当てているガーゴイル。
ガーゴイル「これ以上は無理だ。双葉をキズつけてしまう」
双葉「うぐぐ〜〜〜〜〜」
和己《かずみ》「ただいま〜」
双葉「おう、おかえりっ」
和己「……ん？　……えっ？　なっなにそれ？」
「う〜〜」とうなって顔を上げる双葉。

○回想　兎轉舎
双葉「やめろー！　はなせー、やめろー」
　双葉をロックしてメットのネジをしめるイヨ。
イヨ「ほら、おとなしくして〜。頭に密着しないとうまく働かないから……ハイ、できた」
　パッと手をはなすイヨ。
　バランスくずす双葉。
双葉「……あっ、とっとっとっんっ！」
　双葉、鏡を見て、
双葉「ハァー……ほんとに地球の平和を守りたくなる格好だな」
イヨ「つまみを回してみて」
双葉「ヘイヘイ、こうか？」
　あきらめ、右耳のつまみをひねる双葉。
　シールドに「設定完了」の文字がうかぶ。
双葉「なんも変わんねえ〜けど」
イヨ「う〜ん、じゃあ、これに話しかけてみて」
　観葉植物を手にするイヨ。
双葉「あ〜、よっよう〜」
　ニコーと作り笑いの双葉。小首をかしげ、

双葉「げっ元気……さっさっ最近どう？　うっ、……うわーまるきりバカじゃん、う〜〜う〜〜」
　顔がまっ赤になり、のたうちわめく双葉。
イヨ「おかしいわね、右が周波数で、左がボリュームになってるから、とりあえずボリュームあげてみて」
双葉「これでダメだったらすぐ脱ぐからなっ」
　グイと一気につまみを回す双葉。
双葉「えっ？　うわ〜〜〜!!」
　ビクッと目を大きく見開く双葉。
　すぐに床をのたうつ。
イヨ「あっ！　双葉ちゃん!?」
　あわててカウンターへ観葉植物を置き、双葉の所へしゃがみこむイヨ。
イヨ「動かないで双葉ちゃん！　双葉ちゃん！　動かないでっていってるでしょ！」
　イヨ、ボリュームをサッとひねる。つま先でふんばっていた双葉。力がぬけて脱力する。
イヨ「フー……」
双葉「ハァハァハァ〜」
　心配そうにコップに水をもったイヨ。
双葉「ふう〜、死ぬかと思った……」
イヨ「ごめんね双葉ちゃん。ハイ、お水」
双葉「あっ。まあ〜〜〜ボリューム最大にしたのはあたしだしな。まぁ、気にすんな」
　コップを手に、氷を口に入れてガリガリ食べながら話す双葉。
イヨ「双葉ちゃん本当にゴメン」
　手を合わせ頭を下げているイヨ。
双葉「だから気にすんなって〜」
イヨ「でも〜〜」
双葉「ん？　なんだコレ？」
　イヨの手にポッキリおれたネジ。
イヨ「頭を締めるネジ、さっきの騒ぎで折れちゃったみたいなの」
双葉「それで？」
イヨ「その装置、外れなくなっちゃったみたいなの」

双葉「ハハ、バカ言うな、こんなモン！　ん～～～～、ん～～～！　ん～～～！　ハァハァーハァ！」
　双葉、メットに手をやり半身ひねってひっぱる。が外れず、つかれて肩で息をする双葉。
イヨ「ねっ」
双葉「ねっ、じゃねえだろー！」
観葉植物「ふぁ～～～」
双葉「ふぁ～でもねえーよ！」
イヨ「ふぁ～？」
　え？　ちがうの？と双葉。観葉植物をみる。
双葉「えっ？　!?」
観葉植物「ふぁ～～～～よく寝た～よく寝た～」
双葉「あっあ……」
　汗タラ～な双葉。

○吉永家《よしなが》　リビング
和己「災難だったねぇ」
双葉「これ外す装置作んのに、最低でも一週間

掛かるってよっ。一週間もこのままでいろってのかよ！」
ガーゴイル「だが良かったではないか、双葉。憧れていた変身ヒーローのようだぞ」
双葉「良くねえよ！」
ドロップキックをかます双葉。ふっとぶガーゴイル。ドアが開き、ママがケーキをもって入ってくる。
双葉「あっママ、これ見てくれよ、これ。兎転舎の姉ちゃんがさあ、ひでーだろ、なぁなぁ」
ママ、テーブルにケーキを置き、双葉を見る。
ママ「……」
ブルブルと震えるおぼんをもったママの手。立ちあがり、歩き出すママ。部屋を出ようとしたところで一瞬止まり、クックッと肩を震わせ、ふたたび小走りにドアを閉める。
双葉「ママ……今、笑ってなかったか？」
和己「さっ、さあ～、気、気のせいじゃない？でも素敵だな。これでお花さんと喋れるんだよね？」
双葉「お花さんって言うなよ、気持ち悪りぃ～」
マドに手をつき落ち込む和己。
和己「ちょっと言ってみただけじゃないか」
ガーゴイル「我《われ》も興味があるぞ、意思の疎通が出来るのは動物と像だけだからな」
双葉「あっ、お前のパワーアップの実験だとか言ってたっけ」
落ち込んでいた和己。ふっと顔をあげ、
和己「……あっ、ねえ双葉ちゃん、庭の花の声も聞こえるの？」
双葉「さぁ～？　兎転舎でやったきりだからな、姉ちゃんが外で使うなって」
和己「えっ？　どうして？」
双葉「深入りすると危ねえんだってさ」
和己「危ない？　植物の声を聞くのが？」
双葉「あー。それと、ここ押すと植物を人間の姿に変えて見せてくれるらしいけど」
クイと首をひねり指さす双葉。

和己「人間の姿に？　面白そうだね」
双葉「ダメダメ、特にそれは絶対やるなってよ。でもまっ、声聞くくれえならいいだろ」

○吉永家　庭

双葉「さてとっ、慎重にやんねえとまたエライ目にあっからな」
　双葉、メットのつまみをゆっくりまわす。
ダリア「……の……が……える？　私の声……聞こえるの？　あなた」
　！と双葉。ダリアの方へ身をかがめる。
双葉「うん、聞こえるよ」
ダリア「聞こえるならお願いがあるの。ここ日当たりが微妙に悪いのよ、もう少しズラしてくれないかしら」
双葉「ずらしゃいいんだな、こんくらいか？」
　双葉、しゃがみこみダリアを移動させる。
ダリア「もう少し……あっそこそこ、い〜カンジ、ありがとう」
双葉「いいってコトよ、あっ、すげえ！　あたし今、ほんとに花と話してた！」
和己「そうなの？」
ガーゴイル「むう。我にはわからぬ」
双葉「ホントだって！　この花が話したんだよ」
和己「と言われても」
　双葉、意地になって再びダリアに話しかける。
双葉「お前さ、いつからここに来てるんだ？」
ダリア「先週からよ。花屋さんでママが私を買ってくれたの、私と赤いのと迷ってたみたいだけど」
　玄関がバンと開き、和己が走ってきて、立ち止まりしゃがみ込む。ダリアを指さし、
和己「ハァハァハァ〜〜、ほっ、本当だった。ママ、赤にするか黄色にするか、三時間四十分迷ってたって」
双葉「なっ、これでわかっただろ？」
和己「うん、すごいよ双葉ちゃん！」
双葉「よっしゃー！　庭中の花や草と喋ってみ

ようぜ！」
和己「オー」
　ガッツポーズの双葉。拍手で応える和己。
　つっこむガーゴイル。
ガーゴイル「使用を禁じられているのではないのか？」
双葉「どうせ外せねえんだし、少しは使わなきゃもったいねーよ。いくぜ、兄貴！」
　走り出す双葉。見送るガーゴイル。
双葉「よっ、お前はいつからここに来てるんだ？」
コスモス「わたし達、種からていねいにママが育ててくれたの。ママのために頑張って咲いたわ」
菊「今年もママに喜んでもらえて、ボク達すごく嬉しいんだ」
　草花のそばにしゃがみこんでいる双葉。
　のぞきこんでいる和己とガーゴイル。
双葉「……だってさ」
和己「へ～、ママって、うちの植物たちにすごく信頼されているんだなぁ」
ガーゴイル「さもあろう。ママは近所の野良猫達にも信奉されているほどだ」
　優しい表情でみつめている双葉。
フリージア「ねえ、水撒《ま》いてくれないの？」
双葉「えっ？　ああっ」
フリージア「あ～～おいしい～～～」
　ジョウロで水をやる双葉。
　見ている和己とガーゴイル。
キキョウ「変な虫が付いてるの。嫌でしょうがないわ」
　チョイチョイと虫をとる双葉。
双葉「チョイ、チョイ、チョイと」
キキョウ「ハァ～助かったわ」
バラ「ねえ、肥料が足りないわ。これじゃ春にちゃんと咲けないじゃない」
　スコップに肥料をのせた双葉。
バラ「あっ、枝にかけないでね、根元だけでいいの」
双葉「へェ～、こ、こうか」
　根の方へ肥料をやる。
バラ「ハイ、ありがとう」
　ちょっと心配顔に和己とガーゴイル。
和己「なんか、声が聞こえるのも大変だね」
ガーゴイル「その前に、双葉がこのような善行をすること自体、我には驚異だ」
双葉「わかった、わかった、今いくから、これでどうだ？」
　庭の草花の世話に走りまわる双葉。

○吉永家　ダイニングキッチン（夜）
　テーブルにうつぶせ、ドロだらけの双葉。
双葉「あー、つかれたー。冗談じゃねえよ！　二度とスイッチなんか入れるもんか！」
和己「でも双葉ちゃんが庭いじりなんて、ママも喜んでるよ。ねえママ？」
ママ「……」
　ママ、ニコリとふりむき、うなずく。
　背をむけ、クックッと肩で笑う。
双葉「やっぱ笑ってるよ、あれ」
和己「気、気のせいだよ」
パパ「ただいまー！」
双葉・和己「おかえりー」
ババ「おっ？　双葉、なんだその格好は？　お菓子のＣＭでそんなキャラクターがいたよなぁ？　わっはははは」
双葉「笑うなー！」
　食事中の吉永家。
パパ「ママ、おかわり」
　パパのお茶わんをうけとるママ。
双葉「ごちそうさま～」
　双葉の皿、野菜が残っている。
パパ「双葉、全部食べなきゃ大きくなれないぞ」
双葉「疲れて食欲なんか出ねえよ」
　見送る和己。双葉の皿を見る。
和己「双葉ちゃん……でもそんなコト言って、

しっかり肉だけは食べてるし……」

○双葉の部屋

双葉「う～う～～～～う～～～～うっう～～～」

うなされる双葉。マクラとすれてスイッチが入る。歌声が聞こえ、汗がひき笑顔になる双葉。

双葉「……ス～ス～ス～」

○小野寺《おのでら》家前（朝）

目が点状態の美森《みもり》とエイバリー。

美森「おっおっおっおはよう……双葉ちゃん……？……」

双葉「おはよ～～～～」

○通学路

歩いている双葉と美森。

美森「そっ、そうだったんだ」

双葉「学校なんか行きたくねえって言ったんだけどさ、ママが許してくんなくて……」

クスクスと笑いながらすれ違う通行人。
立ち止まり、クルッと向きをかえる双葉。
双葉「やっぱ帰る」
美森「えっ!?」
梨々《りり》「おはよ！　双葉ちゃん、美森ちゃん」
双葉「梨々！」
美森「梨々ちゃん！」
手をふっている梨々。
美森「おはよう、もう学校慣れた？」
梨々「うん！　でも、先生が……」
う〜とアゴひき梨々。ニコリと美森。
美森「あ、それは大丈夫、先生に慣れた人って誰もいないから」
梨々「そうなんだ。あれ？……どうしたの双葉ちゃん？　元気ないけど？」
双葉「見りゃわかっだろう？　これだよ、これ！」
梨々「その帽子がどうしたの？」
双葉「うっっっ……どうしたのって！　これが気になんねえのかよっ！」
梨々「別に？」
双葉「うっ」
美森「あっ、ほら、梨々ちゃんって外国で暮らしてたから、奇抜な格好も見慣れてるんだよ」
双葉「奇抜って言うなっ」
美森「あっ……」
そういえば〜と、ポーズっている百色《ひゃくしき》を思い浮かべる双葉。
双葉「でも、そうか〜。梨々んちには、常にへんちくりんな格好をした奴がいるもんなぁ、こんぐれえ〜、あっ！　そうだよ！　カギ開けのプロがいたじゃん」
梨々「おじさん、今出張中」
地面に手をつき、絶望の双葉。
双葉「最後の望みも断たれたぜ……」
美森「双葉ちゃん？？」
通りかかる菊一文字《きくいちもんじ》。双葉と目が合い、
菊一文字「……ニャ！　……ミギャー〜〜〜」

ミギャーと逃げる菊一文字。
双葉「あんだよ菊一文字！」
ジョギングステップの清川《きよかわ》が通りかかる。
清川「君、そこの君！」
双葉「んっ」
清川「なんだ、双葉ちゃんか～。いや～この辺に不審者がいるって通報があったんでね、ジョギングついでに見回っていたんだが、そのアバンギャルドな帽子は今流行ってるのかい？」
双葉「知らねえ！」
とっとと歩き出す双葉。追う美森と梨々。
清川「おっおい、双葉ちゃん」
双葉「確かにこんな格好、普通に不審者だよな」
美森「双葉ちゃん可哀想」
梨々「可愛いと思うけどなぁ……」
ヒッシャム「おう！　あなた、ナイスなハット！」
双葉「ん？」
メットをなで回すヒッシャム。

ヒッシャム「どこで買ったのですか？　べりーきゅーとです。私のターバンと交換しませんか？　すごくコケチッシュ〜〜〜」
　不安顔な梨々と美森。
梨々「ねえ？　まずくない？」
美森「ふっ、双葉ちゃん、落ち着いて」
　ブチ切れ双葉。
双葉「うるせえー！」
　ヒッシャムにドロップキックをかます双葉。
美森「双葉ちゃん、知らない人にドロップキックはまずいよー！」
梨々「おそかった……」
　吹き飛び、地にのびたヒッシャム。
　双葉をひっぱり走る梨々。
双葉「うわうわうわ」
美森「ごめんなさい」
　美森、走り去る。
ヒッシャム「いたたたた、ニッポンの女の子、とってもアグレッシブ。おっとっ、ほおっ」
　ヒッシャム、胸元からポトリと落ちる試験管を、あわててキャッチする。
清川「君っ」
ヒッシャム「ん？」
　ジョギングしながら警察手帳を出す清川。
清川「警察だ」
ヒッシャム「おう、ニッポンの警察、制服がジャージですか。フィットネスコップね」
清川「いや、今日は非番で……そんなコトよりここで何をしている？」
ヒッシャム「お店を探してますでぇす」
清川「店を？」
ヒッシャム「トテンシャという名前なのですが」
清川「ああ兎轉舎なら、真っ直ぐ行った商店街で聞けば教えてくれるよ。それじゃ」
ヒッシャム「おうコップさん、ベリ、ベリ感謝しますー」
　走り出す清川。
清川（M《モノローグ》）「なんだ兎轉舎の客か、なら、怪しくても仕方ないなっ」

ヒッシャム「……フフフフ。私こそが最強の錬《れん》金術師《きんじゅつし》なので〜す。高原《たかはら》イヨは時代遅れ、ガーゴイルさんはオシリス、あなたが倒しま〜す。ウひょひょひょひょ〜〜〜〜」

手に試験管。試験管の中で蠢《うごめ》くオシリス。

○夕方　下校中
和己「双葉ちゃん、一日よく頑張ったね」
双葉「一日中笑われっぱなしだよ、他のクラスからも見物に来るしさ、おかげで二十一回もケンカしちまったぜ」
和己「相手のほうが心配だな」
双葉「あ〜〜こんなんが一週間も続くのかよ。コノ！　コノ！　コノ！　コノ！」
自分でメットをボコボコ殴りはじめる双葉。
和己「あ〜、双葉ちゃん、ヤケになっちゃやだめだよ」
双葉の拳がつまみに当たりスイッチが入る。
双葉「あ……」
双葉、歌声に気づき手を止める。
歌声のする方を見る。
双葉「あそこだ！」
和己「どうしたの？　あっ、おっとっ」
ランドセルを和己に放り投げ、走り出す双葉。
双葉「あたしちょっと行く所あるから！」
和己「あっ……」

○山
あがってくる双葉。立ち止まり、
双葉「まるで街だな。なあ、ちょっといいか？」
木「ほ、ほ、ほ、こないだ山でドロだらけになっていた子じゃないか」
双葉「余計なコト覚えてんなよ。それより、この歌ってどいつが歌ってんだ？」
木「ああ、この歌か。ワシもこの山に生えて長いが、歌が聞こえてきたのは最近じゃな。きっと秋の花じゃろうて」

双葉「どの辺？」
木「ここを真っ直ぐ行くと、森を抜けて小さな野原がある、そのあたりじゃ」
双葉「わかった、サンキュー」
木「気をつけてな」
木々の間を歩いている双葉。
木「お嬢ちゃん、こんな遅くに山なんか入っちゃ危ないよ」
根に足をひっかけ、こける双葉。
木「あっ、そこ、根があるから気をつけてっ」
秋の実がなっている木。
木「実が食べ頃だよ、食べてみない？」
毒キノコを見てゾ～とする双葉。
木「オレ達は食べるなよ、死ぬからな」
元気に歩いてくる双葉。
双葉「そっか、さっきからなんかに似てると思ったら、商店街みてーなんだ。！っ」
オッ！と立ち止まり、双葉、野原に着く。
双葉「ここだな～」
彼岸花達《ひがんばな》「きゃ～」
花達の悲鳴におどろく双葉。
双葉「えっ？　えっ？　なんだよ？」
彼岸花A「やめて、私たちを摘《つ》まないで！」
双葉「摘まねえってば」
彼岸花B「えっ、そうなの？　本当に？」
双葉「訊きたいコトがあっただけだ。この歌、歌ってんの、どいつだ？」
彼岸花達「あ～その子ならずっと端のほうよ」
小高くなった所にポツンと黄色のハナ子。
双葉「見ーつけたっ」
ハナ子「えっ、とっ、だ、誰ですか!?」
双葉「今の歌、すげー綺麗《きれい》だったからさ、ここまで登って来ちまったよ」
ハナ子「あっ、ありがとうございます」
アゴをひきスイッチに手をのばす。
双葉（M）「……ちょっとだけならいいだろ～」
メットのスイッチを入れ、バイザーを下ろす。
花が和服少女のハナ子の姿になってゆく。

ハナ子「あの～なんで私を見るんですか～？」
和己「こんにちは。あれ？　ガー君、来てたの？」
○兎轉舎
イヨ「いらっしゃい」
　カウンターにイヨとガーゴイル。
ガーゴイル「かいがいしく花壇の世話をするという、双葉らしかぬ奇行」
和己「奇行って……」
ガーゴイル「あれは精神状態に良からぬ作用をするのではないか？」
イヨ「大丈夫だって、命に危険はないんだから。どうしたのよ？」
ガーゴイル「我は不安でならぬのだ」
イヨ「不安？」
ガーゴイル「我にも朧気《おぼろげ》ながら理解できた。人間のように植物と会話する装置というのは、やはり危険だ」

イヨ「だから、ここでの実験レベルに留めときたかったの。和己ちゃんの話だと、花壇でこき使われてから起動してないようだから、安心したわ」

和己「え!? その危険ってなんですか？」

試験管を手に店内をのぞいているヒッシャム。

ヒッシャム「あいしーあいしー、あれがガーゴイルさんですねー。よーくみておくのです、オシリス。ひひひひ～」

○山

夕日の光。歌が終わって話しかける双葉。

双葉「やっぱ、こんな綺麗な歌、初めて聞いたよ」

ハナ子「うれしいです」

双葉「あたし双葉っていうんだ」

ハナ子「クスクス」

双葉「何で笑うんだよ？」

ハナ子「だって、双葉って私たちにとって赤んぼうのコトです」

双葉「あっ、そっか。言われてみれば、確かにそうだよな。で、お前の名前は？」

ハナ子「わたし、花です。名前はないです」

双葉「じゃ、あたしがつけてやろうか？」

ハナ子「ほっ本当ですか!?」

双葉「うーん……難しいな」

なんとなく思いついた名を言う双葉。

双葉「……ハナ子……」

ハナ子「ハ、ナ、子……ですか？」

泣き出すハナ子。

あわててキャンセルの双葉。

双葉「あ、今のなし！ なんとなく言っただけで～、なっなっな、な、泣くなよ」

ハナ子「ハナ子……ハナ子……ありがとう……すごく……嬉しいです」

うれし泣きだったハナ子。

双葉「あっ!? いいや、そのお、ええい、もういいや、良かったな、ハナ子！」
ハナ子「はいです、ありがとう、双葉ちゃん」
　うれしそうに手を差し出すハナ子。
　ニコリ握手の手を出す双葉。
双葉「あ〜」
　双葉の手、彼岸花の花びらに当たる。
双葉「あっ、そっか、握手はできないんだ。今度うちの兄貴を紹介してやるよ、男のくせに花が好きでさ」
ハナ子「ハイ、お会いしたいです」

○町内（夜）
　踏み切り待っている人々。やってくる電車。

○吉永家　門（夜）
双葉「あれ、兄貴、なにしてんだ？」
和己「何言ってんのさ！　いきなりどっか行っちゃって！　ずっと帰ってこないから、心配するに決まってるでしょ」
双葉「ご、ごめん……」
和己「日が暮れるのも早くなったし、事故にでも遭ったらどうするの」
ガーゴイル「和己よ、我にも責任があるのだ」
　ん？とガーゴイルを見上げる和己と双葉。
和己「ガー君？」
ガーゴイル「我は双葉を危険な目に遭わせはせぬ。裏山にいた双葉を監視はしていたが、双葉が楽しげであったため、つい帰宅時間のコトまで気が及ばなかったのだ」
和己「山？　どうして山なんかに」
双葉「おう！　すっげぇ歌のうまい花がいてさ」
和己「花？　装置を使ったの？」
双葉「綺麗な声でさ、いろんなコト話したんだ。あ、そうそう、兄貴にも会いたいって」
和己「そ、そう」
双葉「また明日も会いに行くから、兄貴も一緒にさ」
ガーゴイル「双葉よ、水を差すようだが……」

双葉「ん？」
ガーゴイル「あまり花と話をしてはならぬ」
双葉「なんだよ、いきなり」
和己「僕もガー君の意見に賛成だよ」
双葉「え!?　なんでだよ、いいじゃねえかよ！
せっかく友達にもなったんだし」
ガーゴイル「聞け、双葉」
双葉「兄貴までそんなコト言うなんてさ」
ガーゴイル「それには理由が……」
　むっ!?と目が赤く光るガーゴイル。
ガーゴイル「む……怪しい者がむかっている」
　シルエットのヒッシャムが歩いてくる。
和己「あっ、怪しいって、どのくらいの？」
ガーゴイル「百色に勝るとも劣らぬ」
双葉「そりゃ怪しいなっ」
　姿が見えたところで立ち止まり、ゲッとオー
バーアクションで指さす双葉。
双葉「あー！　今朝の変なオッさん！」
ヒッシャム「オッ!?　オー！　今朝のナイスハ

ットのアグレッシブガール、ヒャヒャヒャ」
メットをなでまわすヒッシャム。
手がスイッチに当たりスイッチが入る。
双葉「うるせーってんだよ！」
ヒッシャム「おーっ」
双葉、ドロップキック。
吹き飛ぶヒッシャム。
和己「知り合い？」
双葉「知らね～よ」
ヒッシャム「わたーし、エジプトから来たヒッシャムいいます」
ガーゴイルに向かって双葉。
双葉「どうせお前の客だろ」
ガーゴイル「そのヒッシャムが何用だ？」
ヒッシャム「おおお、ガーゴイルさん。ベリベリ、ストロングアルケミースタチューね」
ガーゴイル「汝も錬金術師か？」
ヒッシャム「私の研究成果を実験して下さーい！　さあ、出番ですよ」
ヒッシャム、胸に手を入れる。
オシリス「なんじゃ、もうわらわの出番か？」
ハッ！とする双葉。
双葉「っ!?　あいつの胸になんかいるぞ！」
ヒッシャム「ひひひひ～、ガーゴイルさん、これと戦いなさい！」
スッと試験管を出し、地面にむかって投げる。
地面をはねる試験管。和己の足元に転がる。
ガーゴイル「確かに頑丈そうだが……これと我がどう戦うのだ？」
試験管をひろいあげて、？の和己。
ヒッシャム「あの、すいません。返していただけますか？」
和己「あっ、ハイ」
ヒッシャム「シュクラン、ありがとう。そうでした。ヒコーキの中で割れないように、一番堅いのに入れてたんでした」
試験管のせんをスポンとはずし、試験管を逆さにしてオシリスを出す。

　落ちていくオシリス。
オシリス「久方ぶりの外気じゃ、ここちよいぞ」
ヒッシャム「さあ、戦うのですオシリス！」
　薬の入ったスポイト。一滴たらす。
　薬がオシリスに当たり、煙がたちあがる。
　煙のなかから現れる触手、そしてオシリス。
オシリス「良い土じゃ、わらわは気に入ったぞ」
ヒッシャム「どーです、私が錬金術で生み出したパワープラント、オシリスの美しい姿！」
和己「キモイです」
ガーゴイル「醜悪だ」
ヒッシャム「うっ、凡人にはアンダスタンディングできないんですか」
　双葉、メットのスイッチ入れ、バイザーをおろす。オシリスの姿が女性に。
双葉「へー、わかんねえもんだなぁ」
ヒッシャム「オシリス、やっておしまい！」
　アゴをあげるオシリス。触手から紫の光線を出す。
　ガーゴイルも目から光線。オシリスの紫光線をはじく。
　紫光線、はじかれると液体になってとび散る。
　塀に紫の液体がかかり、ジュワ〜と溶かしていく。
双葉「なっ、なんだこりゃ!?」
和己「とっ、溶けてるよ!?」
ヒッシャム「熱光線だけが見えざる水銀の力じゃないんで〜す」
　オシリスから触手がのびてくる。
ガーゴイル「くっ、家を背にしては戦えぬ」
　突然、カードが触手を次々に切っていく。
　電柱の上に百色と梨々。手をふっている。
梨々「双葉ちゃんち、相変わらずにぎやかで楽しそうね」
百色「ガーゴイル君、家族を脅かす敵と戦うのは構わないが、ここが住宅街であるコトを考慮したまえ」
ガーゴイル「汝《なんじ》に言われる筋合いはない」

切れた触手。次々と再生していく。
ヒッシャム「どーです、オシリスの再生能力、すごいでしょう！」
百色「ガーゴイル君、彼は私が引き受けよう。決闘の邪魔をする者は美しくない」
ガーゴイル「盗賊の助けなど不要だっ」
　ガーゴイルの目がピシャッと光り、光線がオシリスの根に命中。
　苦しむオシリス。
オシリス「ぎゃんっ、根はよせっ。根は痛いのじゃぞっ。う～」
双葉「あっ！　ガーゴイル！　効いてるぞ！」
ガーゴイル「やはりか！」
　ガーゴイル、オシリスの根に攻撃を続ける。
オシリス「ぎゃあ～」
ヒッシャム「オシリスが、オシリスが燃えてまう」
オシリス「キャ～」
　オシリス、炎につつまれ小さくなっていく。

双葉「あ……うっ……」
　双葉、見ていられず、うっと目を閉じる。
　顔をそむけてバイザーを押し上げる。
ヒッシャム「うー、私の長年の研究が……う〜」
ガーゴイル「我は負けぬ、あきらめて国へ帰るがいい」
オシリス「犬風情がよくもっ！」
双葉「あっ、まだそこ！　おっさんの肩に」
　ヒッシャムの肩に小さいオシリスの葉。
ヒッシャム「オー！　ナイスです、オシリスー！　ガーゴイルさん、オシリスはハッパ一枚あれば復活できます、次はもっと強いオシリスと……バトルしてもらいまーす」
　手を振り、クルとまわって逃げるヒッシャム。
　ムッとガーゴイル目が光る。
ガーゴイル「逃がさぬ！」
双葉「あんな奴よりこっちだ」
　溶けて穴があいている壁＆電柱。
ガーゴイル「む！……」

○吉永家　リビング
　双葉のメットのカギを開ける百色。
　のぞきこんでいる一同。
百色「これで終わりだよ」
双葉「……それ！」
　スポッととれるメット。
一同「オ〜〜」
双葉「ありがとう、百色」
　電卓をたたいている百色。
　テーブルの上にこわれた解錠道具の山。
百色「ピックが七〇万……ドリルが四五万……電子錠が九〇万だっけ」
双葉「あ〜、もしあれだったら、請求書は兎轉舎のねえちゃんの方に」
百色「えっ!?　ハハッ、いいんだよ、双葉ちゃん。ボクの一番の宝は、仕事をこなせたときの充足感なんだから、ハハハ」
　百色、笑うが、電卓をもった手が震えている。

パパ「さあ〜て、双葉がお菓子のキャラをやめたところで、庭でバーベキューだ!」
一同「はーいっ」
　庭でバーベキューを囲んでいる和己、梨々、パパ、ママ、ガーゴイル。
ガーゴイル「すまぬな、苦労をかけた」
　ニヤリと百色。
百色「なんの、私が吉永家に受けた恩を考えれば、まだまだ安い」
　バーベキューの中、アレ?と気づく和己。
和己「あれ?　双葉ちゃんは?」

○屋上の階段
　足でメットをはさみ、髪をたばねている双葉。
　フーとため息。メットをもちあげる。
双葉「明日返さなきゃいけねえんだよな……でも……」
　メットを手に寂しげな表情になる。
　山を見上げている双葉。

——ハナ子の歌——
彼岸花の群生地。
沼に映る鐘馗水仙。
そよ風がふき波紋が流れる。
ゆるやかに風にゆれる鐘馗水仙《しょうきずいせん》。

第六話「もう君の歌は聞こえない」

○吉永家《よしながけ》（朝）
和己《かずみ》、歯ブラシをくわえている。
和己「双葉《ふたば》ちゃーん、そろそろ起きないと学校に遅れちゃうよ。あれ？」
誰もいない部屋。ぬぎすてられたパジャマ。
○彼岸花畑《ひがんばなばたけ》
歌うハナ子。ゴーグルをつけた双葉。寝そべってハナ子の歌を聴いてる。
☆オープニング
起き上がる双葉。
双葉「やっぱりハナ子の歌はいいなぁ。あんがとハナ子」
ハナ子「私もありがとうです。双葉ちゃん」
双葉「ん？」
ハナ子「聴いてくれる人がいた方が、歌も幸せだと思うです」
双葉「兄貴にも聴かせてやりてえな」
ハナ子「私もお兄さんの前で歌いたいです」
双葉「あ……あのさ」
ハナ子「はい？」
双葉「いや……実は……さ」
ぐっと向くと目の前にいるガーゴイル。
双葉「は？……石っころ！　いつからそこに!!」
双葉とハナ子との間に立つガーゴイル。
不安げなハナ子。

ガーゴイル「鐘馗水仙《しょうきずいせん》……彼岸花の仲間だな。極めて丈夫な植物だが、球根に毒性を有する。本来は南に生息するハズだが」

ハナ子、双葉に助けを求める。

ハナ子「双葉ちゃん」

双葉、急いでガーゴイルに乗っかってガツガツ殴り、花子を安心させる。

双葉「あーっっ……心配いらねーよ。こいつ、ウチの門番のガーゴイルってんだ」

ハナ子「門番さん……ですか？　食べたりしないです？」

双葉「しないしない」

ガーゴイル「我《われ》はガーゴイルだ。双葉が世話になった。礼を言う」

ハナ子「初めまして……です。私も双葉ちゃんと会えて嬉しいですから、お礼だなんて」

ガーゴイルに通訳する双葉。

双葉「だってさ」

ガーゴイル「うむ、謙虚な花だ。双葉にも見習

わせたいものだ」
双葉「やかましい！」
微笑んで二人を見てるハナ子。
双葉「あ！　そろそろ学校行かねえと」
ランドセルしょって立ち上がる双葉。
ハナ子「行ってらっしゃいです」
双葉「じゃ、またな！」
走り去る双葉。
見送るガーゴイルと鐘馗水仙。

☆第六話「もう君の歌は聞こえない」

○兎轉舎《とてんしゃ》（夕方）
カウンター。ヘルメットはさんで向かい合うイヨと双葉。後ろに和己とガーゴイル。
イヨ「健康状態は？」
双葉「全然平気だよ」
イヨは書類に何か書き込んでいる。
イヨ「次は、オシリスっていう面白い植物について訊きたいんだけど」
双葉「ガーゴイルに訊けばいいだろ？」
イヨ「もう訊いてるわ、だいたいの事はね。双葉ちゃんがそれを使って、どう見えたかが聞きたいの」
ペンでヘルメットを指すイヨ。悩む双葉。
双葉「う～ん……姉ちゃんに似てたかな」
イヨ「!!」
ギロッとにらむイヨ。青龍刀を突きつける。
イヨ「あたしがそんな奇っ怪な生物と一緒ですって!?」
和己「うひぃっ!!」
青龍刀を押しのけて双葉。
双葉「体格だよ体格！　姉ちゃんみたいにグラマーだって言ってんだよ。ちゃんと聞けよ!!」
イヨ「それで？　顔はどっちが美人？」
双葉「う～ん……」
イヨ「悩むの？」
二人のやりとりを見守る和己。

和己「どうして二人とも、ノリだけでケンカできるのかなぁ……？」
イヨ「そこで悩んじゃうわけ？」
双葉「あんまり覚えてねえんだよ」
腕を組みつつ考える双葉。
双葉「喋り方はやたらと偉そうだった……妾《わらわ》とかいってたし」
イヨ「お姫様系ね。高飛車……ただし顔は私の方が美人……と」
双葉「なぁ、もういいだろ？　刑事の取り調べじゃねえんだからさー」
イヨ「結果を確認しなくちゃ、実験の意味がないでしょ。んじゃ、これが最後ね。ハナ子ちゃんについて」
双葉「ハナ子!?」
双葉の顔がパァッと明るい表情にかわる。
双葉「なんつーか、素朴ですっごく可愛いし、歌がメチャクチャ上手いんだよ。それに……」
イヨ「わかった、もういいわ」
「まだ話したいことといっぱいあるのに」といった顔でイヨを見つめる双葉。
双葉「……」
イヨ「あのね、双葉ちゃん。この装置はもう使っちゃダメよ」
ヘルメットに手をのせるイヨ。
双葉「えっ？……なんでだよ！」
イヨ「やっぱりこれは、ガーゴイル君じゃないと使いこなせない」
双葉「だから、なんでだよ！」
イヨ「ダメと言ったらダメなの!!」
双葉「……」
双葉、納得できない。するとテーブルの上に置かれたリンゴに包丁をかまえるイヨ。
イヨ「じゃぁ……今からこのリンゴを真っ二つに切るから、それをかぶって見てなさい」
双葉「なっ!!」
イヨ「直視できる？」
双葉「やめろよ〜っ!!」

双葉、リンゴをうばい取り、だきかかえるように奥へ逃げる。驚いて見てるイヨと和己。
和己「双葉ちゃん!!」
イヨ「……ごめんなさい。やりすぎたわね」
双葉「……」
目に涙うかべてにらみつける双葉。不安と哀しみの表情で双葉を見る和己とガーゴイル。

○森の中（夜）
根っこを引っこぬくヒッシャム。

のけぞるように根っこを高々とかかげる。

ヒッシャム「オーウッ！　食べられる植物ディスカバリー!!」

必死にガツガツ喰う。

ヒッシャム「……ベーップ!!　ハーポンたくさんの植物あってすばらしいデース。私の国もオシリス、あなたさえいれば、いつかは……」

腹の虫が鳴る。苦笑のヒッシャム。

ヒッシャム「あなたはいいですね、光と水さえ

あれば元気になります……ん？」

　動き出すオシリス。触手から光線を出して別の触手を焼き切る。驚き、切れた触手をひろい上げるヒッシャム。

ヒッシャム「おう？　オシリス、どうして？」

　触手の切り口からにじみ出る蜜。

ヒッシャム「これは……蜜のような匂い」

　指に蜜をつけてなめてみる。

ヒッシャム「おう！　デリーッシャス!!」

　切れた触手を両手に持ってむさぼり喰う。

ヒッシャム「苦すぎて食べられなかったのを錬《れん》金術《きんじゅつ》の素体として引き取ったのですが……こんな素敵なフルーツのような……ワンダフル！

あなたも成長するんですね、オシリス」

　本体の触手はすぐに再生を始めている。

ヒッシャム「ゴチソー様でした、オシリス」

　オシリス、触手が動いている。

ヒッシャム「あとはガーゴイルさんに勝てるよう改良強化しなければなりません。何かグッドな方法は、他の強い植物の因子を使うという手もありますが……グウ……」

　眠ってしまうヒッシャム。触手でつついてヒッシャムを起こし、一方を指すオシリス。

ヒッシャム「ん？」

　森の木々の間から草原が見え、ハナ子の歌が聞こえてくる。

○翌日　吉永家の庭（夕方）
　花壇を眺めてる双葉、今イチ元気がない。
双葉「はぁー……」
ガーゴイル「遊びに行かぬのか？　双葉よ」
双葉「行かねー……なぁ？」
ガーゴイル「む？」
双葉「お前なら、あの装置、何に使う？」
ガーゴイル「我ならば防犯に役立てるだろう」
　双葉、あたりまえな答えにため息つき、再び花壇へと目を向ける。
双葉「お前らしいよ」

ガーゴイル「双葉とハナ子の関係は良好であったと我も確認した。双葉にとって得たものは大きいはずだ」
双葉「だったらさ！」
ガーゴイル「だが、あの関係は装置を使ったかりそめの物だ。旅先で出会った友人だと思うほかないだろう」
　双葉、静かに腕をおろして目をそらすも、ガマンできずガーゴイルに気持ちをぶつける。
双葉「花だろうが人間だろうが友達なんだよ！　友達に会うだけだぞ？　誰も困らねーじゃねえか!!」
ガーゴイル「双葉、聞け！」
双葉「会いたいんだよ！　会って喋りたい、それだけの事だろ!?」
ガーゴイル「だが、あの装置は使うなと」
双葉「決めた！　あたしはあたしのやりたいようにする。だいいち兄貴を紹介するって約束もまだ……」
和己「ただいま〜」
　帰宅して来た和己。双葉の手前で立ち止まる。
和己「あれ、双葉ちゃん？　今日は早いねー」
双葉「行くぞ兄貴!!」
和己「え！　なに？　行くって!?」
　双葉、和己の腕をつかんで引っぱっていく。
双葉「兎轉舎に決まってんだろ!!」
和己「待ってよ!!」
ガーゴイル「むぅ……」

○兎轉舎
　顔を近付け合う双葉とイヨ。
双葉「頼む!!」
イヨ「断る!!」
双葉「まだ何も言ってないだろ！」
イヨ「聞かなくても分かるわよ！」
　はなれて見ている和己。
和己「この二人、どうして普通に話せないのかな」

青龍刀で双葉のアゴを上げるイヨ。
イヨ「あのイーハトーブ式交信装置は人間が扱える代物じゃないって立証されたのよ。もう双葉ちゃんがかぶる必要ないの」
双葉「ざっけんなっ!!」
　カウンターをまたいでドロップキック。かわすイヨ。
双葉「ハナ子と約束したんだ、兄貴を紹介するって。吉永家の人間は、約束をてめえの都合で破れるほど、ツラの皮厚くねえ!!」
イヨ「こっちだって商売人のプライドがあるのよ！　欠陥品だってわかってる物を出せっこないでしょ！」
双葉「！……ハナ子と出会えたモンを……欠陥品呼ばわりすんな――!!」
　ドロップキックを撃つ双葉。
イヨ「欠陥は欠陥なのっ!!」
　迎え撃つイヨ。刀をかまえて力いっぱいに振る。刀とキックの間に入るガーゴイル。
双葉「石ッころ！」
イヨ「!!」
和己「ガー君、大丈夫？」
ガーゴイル「我からも頼む」
三人「え？」
ガーゴイル「責任は我が取る。双葉の友情が壊れるのを、ただ見過ごす事はできぬ」
イヨ「でも……」
和己「僕からもお願いします。僕もハナ子ちゃんと会ってみたいし」
イヨ「な、なんなのよ、みんなして……」
　イヨ、三人の勢いに負ける。
双葉「コレコレ！」
　ヘルメットをだきかかえる双葉。
イヨ「ただし、今日中に返すこと！」
双葉「ねえちゃん」
イヨ「ま、原因作ったの私だからね。これでおあいこよ」
　手をおろして双葉に向かってニッコリ笑う。

○森の中　坂道（夜）
　立ち止まってふり返って和己を呼ぶヘルメット姿の双葉。
双葉「兄貴、早く来いったら！」
和己「待ってよ、双葉ちゃん！」
　待たずに走っていく双葉。疲れ気味の和己。
　正面にガーゴイルが瞬間移動。
双葉「どうした？」
ガーゴイル「双葉、残念な報《しら》せだ」
双葉「はぁ……？」

○彼岸花の群生地
　ハナ子のいたあたりに集まる双葉たち。
　ハナ子が引きぬかれ、穴があいている。
双葉「どういう事だよ？」
ガーゴイル「わからぬ。植物の動きは我には感知できぬ」
和己「これは人間のしわざだよね？」
双葉「誰がそんな事するってんだ!!」
和己「僕に聞かれても、わかんないよ」
双葉「あ、こいつらに聞きゃいいんだ」
　ふとヘルメットに気付いて、ダイヤルをひねる双葉。
オシリス「おほほほほ～」
双葉「!?　オシリス!?」
和己「え!?」
双葉「!!」
　彼岸花の中に立つオシリス。
オシリス「自らやって来るとはの。手間が省けたわ」
双葉「あれ？　バイザーなしでなんで女に見えるんだ？」
　手でいろいろヘルメットいじる。
和己「ぼ、僕も女性に見えるけど？」
双葉「え？　じゃあ」
ガーゴイル「これは成長というより進化だな。何か特殊な方法を使ったのであろう」

双葉「特殊な……！」
　ハッとしてハナ子のいた穴を見る双葉。
双葉「オシリス！　お前ハナ子をどうした!?」
オシリス「ハナ子とは誰ぞ？」
双葉「ここに咲いてた黄色い花だよ!!」
オシリス「ああ、あの歌の上手い花か。あれはもう妾じゃ。あの花の強さは我が手中にある」
双葉「ハナ子がお前？……どういう意味だよ」
オシリス「この国の花は良いのう。強く、美しく……だから手に入れたのじゃ。妾も見違えるようであろう」
双葉「んだと？」
　双葉を心配するガーゴイルと和己。
ガーゴイル「双葉、なにを話している？」
ヒッシャム「ハーッハッハッハァーッ!!」
一同「！」
ヒッシャム「ガーゴイルさん、いかがですか？　私の新しいオシリスは？　パワッフルなあなたに対抗するため、もっともっと強くしました！

もう負けませーん。オシリス、リベンジです！」
　危険を感じるガーゴイル。
ガーゴイル「下がれ、双葉、和己」
双葉「え!?」
和己「さっ、双葉ちゃん」
　双葉をムリヤリ引っぱっていく和己。
双葉「待ってくれよ！　ハナ子がなんなんだよ!!　どういうことだよ、オシリス!?」
和己「双葉ちゃん！」

　オシリスがぐっとかまえると、触手が伸びてビームを撃つ。ガーゴイル、バリアーで防ぎ、全てはじいたところでバリアーを解き、ビームを撃つ。オシリス、バッと葉を交差させてガーゴイルのビームを受ける。着弾した葉が焼けこげていく。ビームが止むとコゲた葉っぱがパラパラと落ちる。

オシリス「……」

　ニヤッと笑うオシリス。


ガーゴイル「百色に似た防御方法だな」

　オシリス、ハッとしてふり返ると、背後に移動しているガーゴイル。同時にガーゴイルの下から根がつき上げ、ふき飛ばされるガーゴイル。

ガーゴイル「見た目だけではない。格段に強くなっているようだ」

　オシリスが手をふり上げると、大量の触手が上を向いてビームを発射。

　ガーゴイル、バリアーで防ぐ。

　木の陰で見守る双葉たち。

双葉「ガーゴイル!!」

　花畑の外の地面に落ちるガーゴイル。バウンドして転がっていく。ビームがギリギリを追っかけるように着弾。土煙が大量に発生。オシリスが攻撃を止めると、背後からガーゴイルがビームを発射。オシリスの左腕が吹き飛ぶ。

オシリス「………」

　くやしそうなオシリス。森の中からの笛の音に気付き、笛を吹くヒッシャムへ向く。

ヒッシャム「オシリス、そのボディは捨てなさーい」
オシリス「……」
納得したオシリス。ちらっとうしろを向くともう一つオシリスが現れる。
ガーゴイル「なにっ⁉」
ビームを撃つガーゴイル。炎上する二体目のオシリス。オシリス、ニヤッと笑う。ガーゴイルの足下から、大量の触手がつき上げる。笛を持ってガッツポーズのヒッシャム。
ヒッシャム「オウ！　かかりましたね！」
大量の触手にがんじがらめにされるガーゴイル。オシリス、一度地中へ潜り、ガーゴイルの目の前に移動する。手を伸ばしてガーゴイルの胸元へ指をあてると、紫の光が発生。装甲が腐ったようにボロボロとくずれていく。
ガーゴイル「我を内部から破壊する気か？」
ヒッシャム「そうでーす！　それはオシリスにしかできない技なのでーす」
小躍りしてるヒッシャム。
ガーゴイル「なるほど。今までにはない策だ」
思わずとび出す双葉。
双葉「感心してる場合かよ‼」
和己「あっ‼」
双葉「やい、オシリス！　お前、なんでこんな事すんだよ！……やめろって言ってんだろ‼」
オシリス「妾に命令するな！」
ガーゴイルへの攻撃を中断して、ギロッと双葉をにらむオシリス。双葉に向けて手を上げると数本の触手が双葉に向けられる。触手の先が光り、ハッとなる双葉。
双葉「‼」
もうだめかと目をつぶる双葉。
ハナ子「双葉ちゃん‼」
双葉「え⁉……ハナ子！」
動きが止まってるオシリス。
双葉「ハナ子なんだな⁉」
ハナ子「双葉ちゃん……双葉ちゃん……」

オシリス「ええぃ！　どうした？　動かぬか!!」
　オシリス、体がいうことをきかない。
ハナ子「いやです……お友達をいじめないで下さいです……」
オシリス「くうっ！　動かぬか!!」
　力入れて手を前へ動かすオシリス。
ハナ子「双葉ちゃんは大切な……大切なお友達」
オシリス「妾を愚弄《ぐろう》するかぁっ！」
双葉「ハナ子!!」
ハナ子「双葉ちゃん……逃げて下さいです……」
双葉「だって……だってさ……」
　和己、双葉にかけよる。
ハナ子「双葉ちゃん！」
ガーゴイル「ウオオオオオオ」
　ガーゴイル、吠える！　目からの光線がサーチライトのように動き、触手を焼き切る。
双葉「えっ!?」
　はげしく燃えだす触手からガーゴイル落下。
落下中にオシリスへビーム発射。大爆発。
オシリス「おおおお〜!!」
　大きくバランスをくずし、苦しみながらたおれるオシリス。爆風にあおられる和己と双葉。風が止み、双葉が見上げるとガーゴイルが上空を飛ぶ。ガーゴイルの目に光が走る。
双葉「やめろ!!」
ガーゴイル「!!」
　両手を広げて間に入る双葉。
ガーゴイル「双葉!!」
オシリス「邪魔だ、童《わっぱ》！」
　起き上がったオシリス、双葉を弾き飛ばす。
和己「双葉ちゃん！　大丈夫？」
　たおれ込む双葉にかけ寄る和己。
ヒッシャム「オシリス！　狙うのはガーゴイルさんだけです!!」
和己「え!?」
ヒッシャム「関係ない人を傷つけてはなりません！　今度やったら笛を吹きませんよ！　わかりましたね！」

ヒッシャム、笛を前に出して見せつける。スッと入ってくる和己の手。笛をうばい取る。
ヒッシャム「え!?」
和己「これでオシリスを復活させるんですね?」
ヒッシャム「ホワット!? な、なぜその秘密を!?」
和己「いや、なぜって……」
ヒッシャム「それ返しなさーい!」
和己「!」
笛を引っぱりあうヒッシャムと和己。
和己「そうはいきませんよ! 僕、ケンカ弱いですけど、これだけは!」
ヒッシャム「私もケンカ弱いですが、これだけは!」
和己「むっっー……!!」
ヒッシャム「ノオオオオ……!……」
結局、ヒッシャムが笛をうばい取る。
和己「あっ!」
ヒッシャム「ヒョッヒョヒョヒョヒョ〜、これ返して貰いまーす!」
と、ガーゴイルの光線が笛に命中。
燃え上がる笛。
ヒッシャム「ん? うわっちちち! ノー! たいせつな笛が!」
慌てて笛を手離し、頭をかかえるヒッシャム。
和己「ガー君!! ……双葉ちゃん!!」
フラフラと歩いていく双葉。燃える触手の向こう、煙と炎の隙間に見える苦しそうなオシリスに近付く双葉。
双葉「ハナ子……ハナ子が……」
ガーゴイル「どけ双葉。今、根ごと焼き払えば、もう復活できぬ」
双葉「やだ!!」
和己「え?」
ガーゴイル「何を言っている?」
双葉「ハナ子の声が聞こえたんだよ! よくわかんねえけど、ハナ子がこの中にいるんだ!!」
和己「え!? もしかしてハナ子ちゃん……黄色

い花を抜いたのは？」
　ヒッシャム、オロオロ困りながらも答える。
ヒッシャム「オシリスを急いで強化するには、強い植物の因子を取り込むのが一番なのです。あの黄色い花は理想の強さを持っていたのです」
双葉「!!」

○回想　ハナ子に向かっているガーゴイル
ガーゴイル「極めて丈夫な植物だが、球根に毒性を有する」

○彼岸花の群生地
双葉「やっぱりハナ子だったんだ……」
　納得の双葉。オシリスの方を向く。
ガーゴイル「どけ、双葉」
双葉「！　ハナ子がいるんだよ！」
ガーゴイル「汝《なんじ》の気持ちは理解できるつもりだ。植物を慈《いつく》しむ気持ちは大切だ。だが植物と人間が言葉を通じさせたとしても、それは不幸しか生まぬ」
和己「……」
双葉「不幸なもんか！　あたしはハナ子と会えて歌を聴いて……幸せだったんだぞ!!」
ガーゴイル「人間と植物の意志疎通が不可能だからこそ、人間は植物によって生きてきた」
　だまって聞いている和己。
ガーゴイル「家屋を造り穀物を作り……それは双葉も理解できるハズだ」
双葉「でも……ハナ子は友達なんだ……!!」
　突然聞こえてくる花たちの悲鳴。
双葉「な……なんだ、これ……」
　ハッとなる双葉。左右見ても何もなく、頭をかかえる。頭がクラクラする双葉。
和己「!!　花が……」
　枯れていく花に気づく和己。
ヒッシャム「ノオ！……オシリスまさか」
ガーゴイル「いかん！　和己、双葉の装置を外せ！」
和己「え!?　あ、うん！」
　放心状態の双葉にかけ寄る和己。
　ヘルメットを外してポイッとすてる。
和己「双葉ちゃん！　しっかりして、双葉ちゃん!!」
双葉「気……持ち……わるい……たくさんの悲鳴が聞こえてきて……」
　ハッと気付く双葉。
双葉「なんだよ……これ？……」
　花畑のまわりの木々も枯れ始める。炎の向こう、ひとまわり大きくなって復活するオシリス。
ヒッシャム「オ……オシリス……」
和己「これはどういう事です!?」
ヒッシャム「オ、オシリスは人工生命を応用した錬金術で、無限に再生する力あります。でも普段はその力を抑えて、笛を吹くと再生力を解放するようにしたのですが……」
　力がみなぎり、少しずつ大きくなっていくオシリス。葉っぱが落ちて枯れていく森。
ヒッシャム「オォーッ……木が……森が……やめなさいオシリス！　あなたは自分の力を自分で制御できないのです!!」
　さらに大きくなっていくオシリス。
和己「もしかして……このままずっと大きくなっちゃうの？」
　オシリスの視線が和己たちに向けられると、触手がいっせいに向けられる。
一同「!!」
　間に割って入るガーゴイル。
和己「!!　ガー君」
双葉「!!」
　ガーゴイルの目が光る。
双葉「やめろ!!　ガーゴイル!!」
ガーゴイル「!!」
　再び撃つのをやめる。オシリスの触手からビーム発射。ガーゴイルがバリアーで弾く。
オシリス「!!」

イラつくオシリス。手を振ると触手が増えてビームの弾数が増加する。次第にバリアーの外に弾がこぼれていく。和己、こぼれるビームに気づき双葉をかばう。
和己「危ないっ!!」
ビームが一本、和己の肩をかすめる。
和己「うっっ!」
双葉「兄貴!?」
ガーゴイル「しまった!」
双葉「兄貴!!」
和己の肩から血がにじむ。
和己「だ、大丈夫。かすっただけだから」
双葉「血が出てんじゃねぇかよ!」
ガーゴイル「双葉!」
ガーゴイルの声に振り向く双葉。
ガーゴイル「聞け、双葉! あれはハナ子ではない」
双葉「!」
ガーゴイル「ハナ子が他の仲間達を喰らい、生きる事を望んでいると思うか? ハナ子がこの山を、街を、全てを滅ぼそうとすると思うか!? ハナ子が和己を傷つけるか!?」

○回想 双葉とハナ子との思い出。
ハナ子「私もお兄さんの前で歌いたいです」

○彼岸花の群生地
ハッとする双葉。
双葉「!!」
完全に死に絶えた彼岸花畑に目をやる。
拳をにぎってうつむいてる双葉。
双葉「あんな奴……あんな奴、ハナ子じゃねぇ……ガーゴイル!!」
ガーゴイル「む?」
唇を噛《か》む双葉。顔を上げて涙目で叫ぶ。
双葉「やっちまえ!!」
ガーゴイル「……心得た! 二人とも、できるだけここから離れろ」

ヒッシャム「うひぃ〜っ!!」

　さっさと逃げるヒッシャム。

　和己も双葉をつれて逃げ出す。

和己「わかった！　双葉ちゃん、早く！」

　三人が逃げたあとバリアーが解け、ガーゴイルに着弾するビーム。振り返って空を見上げるオシリス。上空を飛ぶガーゴイル。落下するガーゴイル、ビーム発射。ある一点で交差したビームが円錐状のバリアーを形成。槍のようにオシリスに向かっていく。驚きの表情で見上げるオシリス。入射光が強くなり、ガーゴイルもろともオシリスを突きぬける。光にのまれるオシリス。大爆発。大きく立ちのぼる爆炎。

　森の中、ふり返る双葉と和己。

双葉「……さよなら……」

　声をかけづらい和己。

和己「……ん？」

　物音に？となって見る和己。

　視線の方向、逃げていくヒッシャム。

和己「あっ!!」
ヒッシャムの手にはオシリスの触手が握られている。

○ヒッシャムの小屋
植木鉢にオシリスの触手を植えているヒッシャム。
ヒッシャム「今度はもっと知能の高いオシリスでリベンジでーす！……!?」
突然ドアが開き、入ってくる和己。
ヘルメットをかぶってる。
ヒッシャム「オー!!　アグレッシブガールのお兄さんではないですかー!?」
あわててオシリスを隠すヒッシャム。
ヒッシャム「ハハハ、奇遇ですねぇー」
ヒッシャムに近付く和己。
ヘルメットを外す。
和己「またオシリスを作る気ですか？　あれだけ迷惑をかけておいて」
ヒッシャム「ハ……ハハハ……ハハ……」
ヒッシャム、ゴマかし笑いから突然土下座。
和己「!?」
ヒッシャム「皆さんにご迷惑おかけした事、申し訳ないデース。でも、オシリスは作物の育たない私の国の希望なのでーす！」
和己「え……？」
ヒッシャム「ガーゴイルさんを倒し、世界一の錬金術師になれば、その世界からの援助受けられます」
和己「事情はわからないでもないけど……双葉ちゃんを傷つけた、ハナ子ちゃんの事だけは許せないよ！」
ヒッシャム「ハナ子ちゃん？……誰ですか？」
和己「山に咲いてた黄色い鐘馗水仙」
ヒッシャム「ああアレなら……」

○ヒッシャムの小屋の裏手
植木鉢に植えられた鐘馗水仙。

和己「どうして……ハナ子ちゃんはオシリスに……」
ヒッシャム「因子をコピーしてオシリスにダウンロードしただけです。オシリスを強くする為他の植物殺すことよくないです」
和己「……そうだったんだ」
ヒッシャム「後で、元いた場所にかえしておきまーす」
和己「うん、それがいいね」
　和己、ハナ子の前でゆっくりとヘルメットをかぶる。少し不安気におそるおそるダイヤルをまわしてハナ子に話しかける。
和己「は……はじめまして……」

○吉永家（早朝）
　そーっと開く玄関のドア。朝もやにかすむ無言のガーゴイル。門を出てゆく和己。

○彼岸花の群生地
　元の場所に植えられている、しおれかかった鐘馗水仙。和己が鐘馗水仙の前で立ち止まり、ヘルメットをかぶる。バイザーをおろし、ゆっくり顔を上げる。哀しげな笑顔のハナ子。
ハナ子「約束、守ってくれたです。嬉しいです、お兄さん」
和己「どうして僕だけをここに？」
ハナ子「……咲いていられるのも、今日で最後だから」
和己「え？」
ハナ子「花が咲き終わると、私は……春に生まれ変わるです。でもそれは、私じゃないですから、誰かにお別れが言いたくて」
和己「なら、なおさら双葉ちゃんに」
ハナ子「双葉ちゃんじゃダメです。だって……だって……歌えないですよ、歌えるわけないです、双葉ちゃんの前じゃ……私……こんなになっちゃうから」
　肩をふるわせ、顔を上げるとたまった涙がこぼれおちる。
和己「！……」
　ぼろぼろと涙がこぼれるハナ子。
ハナ子「会いたいです、双葉ちゃんに会いたいです……会ってさよならしたいです……」
　唇を噛みしめ見つめている和己。
ハナ子「でも会えないです、もう枯れてしまうから……双葉ちゃんを悲しませたくないから……だから」
和己「うん……」
ハナ子「名前をもらったとき、嬉しかったです、本当に嬉しかった」
和己「うん……」
ハナ子「最後の歌を、聞いてもらえると、歌も幸せです……聞いてくれますか？」
和己「もちろんだよ」
ハナ子「ありがとう、優しいお兄さん」
和己「僕は優しくなんかないよ。……ただ、双葉ちゃんに悲しい思いをさせたくないだけで

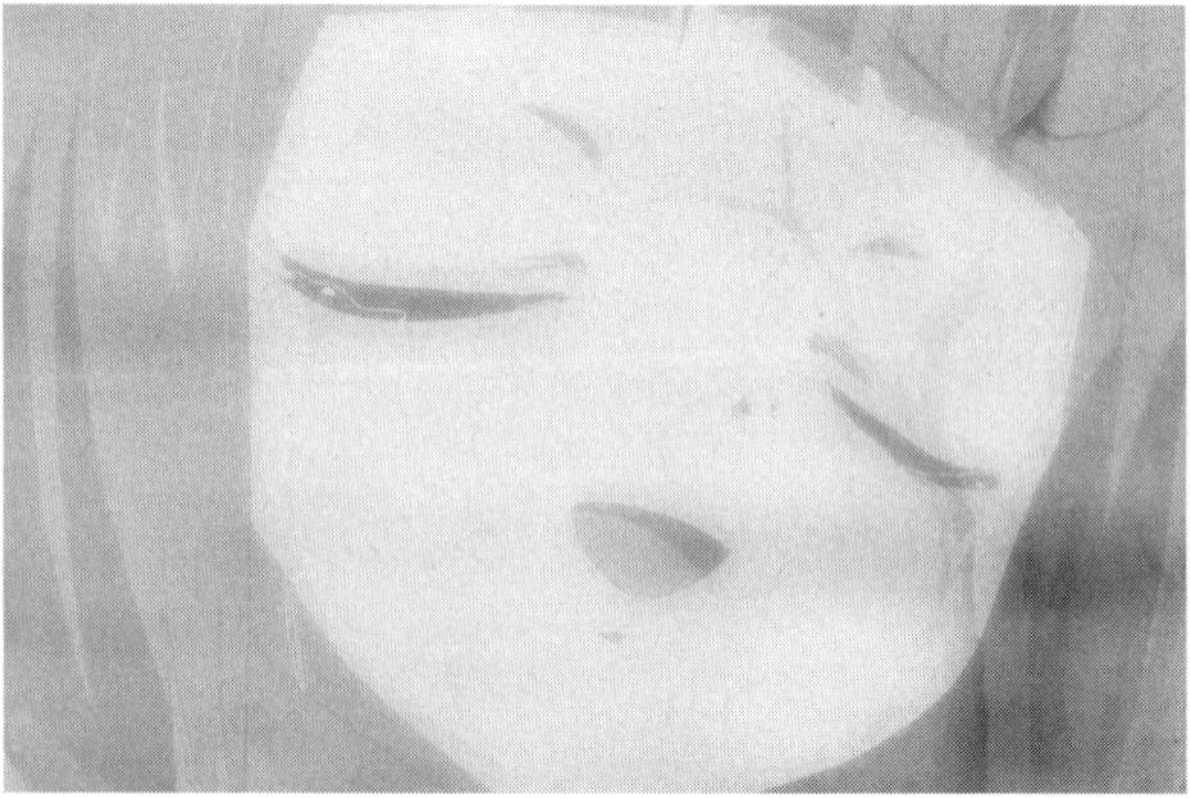

……」
ハナ子「わかってるです……私と同じなんです
よね」
和己「だから……双葉ちゃんに代わって言うよ」
顔を上げると……ジワーっと涙がたまってい
く……。声をふりしぼる和己。
和己「さよなら、ハナ子ちゃん」
ハナ子「はい……さよなら……です……」
ハナ子、目を閉じつつ顔を上げ歌いだす♪
歌うハナ子を見つめている和己。ハナ子の姿が
少しずつ薄くなっていく。朝もやの中、風がふ
き、水面に波紋が流れる。風に押し流される朝
もやと共に完全に消えるハナ子。
和己「うっ……」
朝日に照らされる一帯。朝日に照らされてい
る和己。バイザーの下から涙がこぼれる。
○吉永家
和己の心を感じとっているガーゴイル。

ガーゴイル「……」
出かけようとする双葉を呼び止める。
ガーゴイル「くれぐれも車に気を付けるのだぞ。
通りがかりの人とのケンカも控えるよう」
立ち止まって見上げる双葉。
双葉「……それ」
でっかい絆創膏《ばんそうこう》がバッテン印に貼られてい
る。
ガーゴイル「応急処置だそうだ」
双葉「マンガのバンソーコーかよ。ったく兄貴
も先行くなら行くって言えよな～」
そのまま気持ちをかくすように歩き出す。
ガーゴイル「双葉」
双葉「ん？」
ガーゴイル「……我は一家と町を守るのが精一
杯のちっぽけな石像だ。だが、一つだけ決めて
いる事がある」
だまって聞いてる双葉。
ガーゴイル「我は我の守りたい者を守る。ゆえ

に我は……」
双葉「大丈夫だよ、心配すんなって！」
手を振って歩き出す。
突然現れるヒッシャム。
ヒッシャム「オー！　ガーゴイルさん！　アグレッシブガール！」
双葉「うわっっ！　てっ……てめえ！」
ガーゴイル「まだ懲《こ》りておらぬようだな？」
オーバーアクションで否定するヒッシャム。
ヒッシャム「ノーノー！　違いまーす！　今度のオシリスはあんな悪いコトしませーん」
双葉「!?」
ヒッシャム「見てくださーい！」
オシリス、頭に電極が付けられてケータイをブラ下げている。
双葉「ケータイ？」
ヒッシャム「新しいオシリスはパワーよりも知能優先なのでーす。頭につなげた電極からモバイルフォンを操作できまース！」
双葉「はぁ……？」
携帯の着信音が鳴り、「ん？」となる二人。
オシリスの声「妾はオシリスなるぞ。お主ら頭が高いぞよ！」
双葉「性格はいっしょじゃねーか！」
ガーゴイル「受けて立つぞ」
ギラリと光るガーゴイルの目。
ヒッシャム「ノォーッ！　今度はゆっくり時間をかけて育てます。勝負はもう少し先でース！　ん？」
その時突然ケータイからハナ子の歌と同じメロディが流れる。驚く双葉。
ヒッシャム「ほな、マーアッサラーマー」
ヒッシャム、逃げるように去っていく。
ガーゴイル「またやっかいの種が増えたか……」
呆然と見送る双葉。
双葉「……」
ガーゴイル「双葉、どうした？」
双葉「！」

ガーゴイルを見てニコッと笑う。
双葉「じゃな！　行ってきまーす！」
ガーゴイル「うむ、行ってくるがいい」

○通学路
　立ち止まる双葉へと振り向く梨々《りり》と美森《みもり》。
双葉「……」
　双葉、さもハナ子の歌声が聞こえているような感じで山を見上げている。
美森「双葉ちゃん、遅刻しちゃうよ」
双葉「……おう」
　梨々、美森へ向かって走る双葉。

第七話「梨々恋しや首なしデュラハン」

○ハミルトン研究所（夜）
激しい雨。水びたしの道に波紋。鎖で閉じられた門。稲妻の閃光《せんこう》に照らされる研究所の塀。

突然爆発が起こり、奥から現れるデュラハンのシルエット。

稲妻の閃光に照らし出されるデュラハン。

☆オープニング

○百色《ひゃくしき》の館（朝）
百色「やはり、吉永《よしなが》家にお願いしておいたほうがいいと思うんだが」
梨々《りり》「双葉《ふたば》ちゃんちのお世話にならなくたって、留守番くらい一人でできるもん」
玄関口に立つ百色と梨々。
百色「そうじゃない。今回は少しめんどうでね、いつ帰れるかわからないんだ。それも海外だし……君一人置いておくのは心配なんだよ」
カバンを差し出す梨々。少し怒っている。
梨々「いってらっしゃい。おじさん、私を信用できない？」
ため息をつく百色。カバンを受け取り、
百色「はぁ……いいかい？　誰が来てもドアを開けちゃダメだよ。それから食事はちゃんととること、九時には布団にはいること、知らない人に声を掛けられてもついていかないこと。あ、それから戸締まりはしっかり、あと風呂の水は毎日替えて……」

笑顔で怒りながら眉をひくつかせる梨々。

☆第七話「梨々恋しや首なしデュラハン」

○南口商店街（夕方）

メモを見ながら不機嫌な双葉が歩いている。

双葉「えーと、白菜と葱《ねぎ》か……あー、めんどくせー」

小森《こもり》「おっ、吉永さん家《ち》の凶悪なほうがお使いか？　こりゃ雪でも降ってきそうだな、がっははは」

双葉、小森にドロップキック。

双葉「余計なお世話だ！」

小森「ぐはっ！」

青タン作ってひっくりかえる小森。

小森「毎度あり、べらぼうめ！」

春木屋《はるきや》のウィンドウ。

双葉「んーと、すき焼き用の牛肉四〇〇グラム」

春木屋「あいよ！　あらま、双葉ちゃん」

双葉「ん」
春木屋「今日はなに悪さしたの？」
双葉「なにもしてねえけど？」
春木屋「そうかい、あたしゃてっきり、また悪さして手伝いさせられてるのかと思ったよ」
双葉「兄貴とジャンケンして、負けただけだっての！」
春木屋「ほほほほ～」
双葉「なんでお使いする先々であれこれ言われなきゃ……」
梨々「双葉ちゃん」
双葉「ん？……梨々……」
　となりの「カマイ」から出てきた梨々。
　買い物袋がいっぱいになっている。

○神社
　社に座っている双葉、梨々。
双葉「留守番？」
梨々「うん、おじさん外国に出張だから」
双葉「こないだもそんなこと言ってたけど、ああいう仕事も出張っていうのか？」
梨々「今回は、少し長くなりそうなんだって」
双葉「なら、百色が帰ってくるまでウチに来いよ。一人じゃ物騒だし」
梨々「大丈夫、おじさんに護身術とか色々習ってるから」
双葉「へえー、すげえな」
梨々「結構筋がいいってほめられてるんだよ、鍵開けなんかプロ級だって」
双葉「そんなもんまで習うなよ……ていうか護身術と関係ねえし」
　フラ～とたおれる双葉。逆さのまま汗ジト。

○吉永家　ダイニング（夜）
和己《かずみ》「梨々ちゃん一人で留守番なんて、心配だね」
パパ「まったくだ。うちに来ればいいのになあ。特に今夜はすき焼きだっていうのに」

双葉「さんざん言ったんだよ。でもなんか意地になってるみてえでさあ」
和己「梨々ちゃんなりに百色さんの役に立ちたいって気持ちがあるんじゃない？　でも、ねえ……双葉ちゃん、肉取りすぎ！」
ガーゴイル「心配は無用だ」
　ガーゴイル、すき焼きナベの上に乗っている。
ガーゴイル「今朝早く、百色が我《われ》の元に現れた」
一同「…………」
　おどろき、ナベを見て凝固している。

○回想　吉永家門（早朝）
百色「助かる。やはり持つべきものは友だ」
ガーゴイル「盗賊と友人になった覚えはない。汝《なんじ》の悪事の助力は甚《はなは》だ不本意だが、それと梨々の事は別だ。梨々は我が守る。安心するがいい」
　鼻先に指をあてる百色。
百色「ただし！　君をあてにしたことがバレると、梨々ちゃんが傷つくから、くれぐれも……」

○吉永家
　洗い物をするママ、横で手伝うパパ。
和己「なんだ、そうだったんだ」
双葉「でもさあ」
和己「なに？」
双葉「一人で寂しくねえのかなぁ……って……」
　玄関にロープで逆さづりになっているお仕置き中のガーゴイル。
　雨が降りだしてくる。

○百色の館　ダイニング
梨々「うーん、おいしそう」
　テーブルに並んだ料理。バスケットにパン。シチュー、ハンバーグ、サラダ。料理を見て肩をすくめ、照れ笑いの梨々。
梨々「あは……張り切って作り過ぎちゃった……いただきまーす……」
　気を取り直し、フォークとナイフを手に取り食べようとした時、ふと前を見る。向かいのイス、笑顔の百色が浮かんで消える。笑顔が消えてゆく梨々。
梨々「……」

○回想　暗い研究所
外へ出るドア。通路からのぞくパジャマ姿の梨々。あたりをうかがいつつ忍び足でドアへ向かう。ドアノブへそーっと手を伸ばす。
梨々「!!」
後ろからデュラハンに掴《つか》まれる梨々。
梨々「離して！　外に出るくらい、いいでしょ」
デュラハン「ルルル……梨々、外出る。博士許してない、ルルル」
梨々「離して、離してってば！」
通路の奥へ梨々をつれ去るデュラハン。

○梨々の部屋（夜）
梨々「こうして外で暮らせてるんだもん、ちょっと寂しいくらい……だよね」

ベッドに入っている梨々。

外、稲光で窓にデュラハンの影が。

デュラハン「梨々……梨々……」

稲光が消え、ハッと目を開ける梨々。

梨々「!?……い、今の声………」

梨々、ガバッと起き上がり、あたりをうかがい、おびえるようにちぢこまりつつ布団を引く。

窓の外、正体不明の蒸気が立ちのぼる。

○兎轉舎《とてんしゃ》（昼）
イヨ「変ねぇ……」
梨々の左目に拡大鏡のようなものをあてて、イヨが検査をしている。
イヨ「ハミルトンの術は完全に抜いたはずよ。幻聴だなんて……」
ガーゴイル「心理的な問題ではないのか？」
いつの間にかカウンターの奥に立っているガーゴイル。

梨々「ガーゴイルさん、いつもどってきたの？」
イヨ「可能性はなきにしもあらずだけど……ね
え、美少女ちゃんが研究所にいたころの話、よ
かったら聞かせてもらえる？」
梨々「研究所？」
イヨ「なにかの参考になるかもしれないから」
梨々「……日本に来たのは、亡くなったお母さ
んを蘇らせるためだって」
　嫌な顔になるイヨ。
イヨ「……」
梨々「正直、そんなのついていけなかった……
けど……」
○回想　研究所　所長室
梨々「そうしないと捨てられると思ったから」
　机の上に並べられたカードを順に指差してゆ
く梨々。順に指をさし、答えてゆく。
梨々「私には、パパ以外いなかったし。パパに
喜んでもらいたかったから、色んな実験も頑張
ったんだ……」
　暗い通路。逃げ出そうとする梨々。
梨々「辛かったから、時々逃げ出そうとしたこ
ともあるけど……そのたびにデュラハンに捕ま
って……」
　デュラハンに捕まり、奥へつれ去られる。
○兎轉舎
ガーゴイル「デュラハンとはあの自動人形か」
　うなずく梨々。おびえるように体をだき、
梨々「……ゆうべ、デュラハンの声が聞こえた
の、ハッキリと！」
イヨ「特に異常は見当たらないし、もう少し様
子をみてみるしかないわねぇ」
　そこへ双葉が訪れる。
双葉「ういーす。あれ、梨々じゃねーか？」
梨々「双葉ちゃん？」

○南米のジャングル
密林の中にコンクリートの建物。怪しげな教団のマーク。入り口から爆煙。

とび出す百色。

百色に向けてマシンガンを撃つツァコル教団信者たち。

百色の頬をかすめる銃弾。

百色「ちっ！」

百色、カードをかまえ投げる。信者たちの手にカードがささり、銃口がそれる。百色、ジャングルの奥へと走り去る。

○吉永家　プレイルーム
TVゲームで遊ぶ梨々と双葉。
双葉「げー、あと少しだったのに」
梨々「これで五連勝」
双葉「もっかい！」
梨々「そろそろ帰らなきゃ」
双葉「勝ち逃げかよ」
カバンを背負い、帰り支度の梨々。
梨々「帰りに夕飯のお買い物してくから」
双葉「なら、うちで食べてけよ。パパもママも喜ぶしさ」
梨々「ううん、いい」

○吉永家前
帰途につく梨々。
双葉「しっかしお前、強情だな」
梨々「自分で決めたことだから、じゃあね」
手を上げつつ小走りで帰っていく梨々。
双葉「う〜〜ん」
ガーゴイル「やはり、無理であったか」
双葉「兎轉舎にいるってお前に聞いて、急いで迎えに行ったたっつうのに」
ガーゴイル「ひたすらゲームに負け続けただけで終わってしまったな」
双葉「やかましい！」
ガーゴイルをけとばす。

逆さにささったガーゴイルが異常を察知。
ガーゴイル「む!?」
双葉「どうした？……」

○坂道

小走りに坂を下りてゆく梨々。
葉の間から見えかくれするデュラハン。
梨々「！……？……」
デュラハンが葉の中からとびだす。
梨々「きゃああ〜〜〜〜あうっ！」
足がおぼつかず、たおれこむ梨々。
デュラハン「ルルル……梨々……」
梨々「ああ……」
梨々、慌てて駆け出すが、デュラハンは飛び上がり梨々の前をふさぐ。
梨々「あっ！」
デュラハン「ルルル……」
梨々「な、なによ、来ないでよ」
デュラハン「梨々……いない……俺、寂しい」
梨々「もう、あそこへは戻らないんだから！」
デュラハン「ルルル……」
身をちぢめつつ目を閉じる梨々。
梨々（M《モノローグ》）「おじさん……助けて」
ガーゴイル「梨々に触れることはまかりならぬ」
ハッと顔を上げ、ふり向く梨々。
ガーゴイル「ハミルトンの自動人形、首無し騎士よ」
梨々「ガーゴイルさん!?」
デュラハン「ルルル……」
ガーゴイル「む」
飛び上がるデュラハン。上空から迫る。
デュラハン「お前……邪魔」
デュラハン、右腕から光線を連射する。しかしガーゴイルは梨々の前へ瞬間移動している。
ガーゴイル「そうはいかぬ。これは我に与えられた任務なのだ」
梨々「え？」
赤い光線を放つガーゴイル。

爆煙の中から煙を引きつつとび出すデュラハン。両肩から小型ミサイルを連射する。ミサイルはガーゴイルのバリアーに着弾。次々と爆発してゆく。飛び散ったアスファルトの破片が梨々にあたる。

梨々「きゃっ！」

額をおさえつつうずくまる梨々。

デュラハンの動きが止まる。

デュラハン「ルルル……梨々……」

ガーゴイルの光線、デュラハンのホバー装置に命中。キリモミして落下するデュラハン。石垣にめり込むように静止する。

自転車でやってくる双葉。

双葉「んな？　デュラハンじゃねえか！」

背を向けて怒っている梨々。

双葉「なんだ、バレちまったのか」

ガーゴイル「……梨々よ、百色は……」

梨々「ガーゴイルさんに頼んでたなんて。あれほど一人で大丈夫って言ったのに！」

ガーゴイル「むう……」
デュラハン「ルル……ルルル……」
　デュラハンの左手がゆっくりと上がる。
ガーゴイル「貴様、まだあきらめぬか！　梨々をハミルトンの元へ連れ戻すことなど、我が許さぬぞ」
デュラハン「ルル……違う……俺……研究所……脱走した」
ガーゴイル「脱走だと？」
梨々「！……どうして……そんなことしたら、パパ、あなたのこと壊しちゃうかもしれないよ」
デュラハン「博士、怖い……でも、俺……梨々と一緒、好き」
梨々「……」
　複雑な表情で見つめている梨々。

○吉永家　ダイニング（夜）
　食事する吉永家一同と梨々。
双葉・和己・パパ「いただきまーす」
梨々「いただきます」
パパ「梨々ちゃん、遠慮しなくていいんだぞ、ドンドン食べないと大きくなれないからな、ハハハハハハハハハ……」
和己「梨々ちゃんがうちに来てくれて、まずは一安心だけど……」
双葉「問題は……あれだよな」
　梨々だけ、思い詰めたように箸を持ったままじっとしている。

○吉永家　庭
ケルプ「ガーゴイル殿、小生を運搬車か何かと勘違いされておられるのでは」
ガーゴイル「いや、礼をいう」
ケルプ「もうこのようなことのないように……では、いずれまた……」
　飛び去るケルプ。
　門柱の横でぐったりしているデュラハン。
　ホバー装置が自己修復している。

ガーゴイル「我と同様、ある程度の自己修復機能があるようだな」
デュラハン「ルルル……梨々……」
ガーゴイル「そこまで梨々を思いながら、なぜ今まで梨々を救ってやろうとしなかった？」
デュラハン「ルル……博士、命じなかった……」
ガーゴイル「だが、汝はこうしてハミルトンの元から逃げ出してきたではないか」
デュラハン「ルルル……わからない、梨々の側にいたい……それだけ……」

○吉永家　双葉の部屋（夜中）
布団に入っているが、デュラハンの言葉が気になって寝つけない梨々。
デュラハン「博士、怖い……でも、俺、梨々と一緒、好き」
梨々「……」

○吉永家　庭（深夜）
デュラハンの右手をなめている菊一文字《きくいちもんじ》。扉が開く音に気づき、デュラハンの手の上をのぼってゆく。
恐る恐るやってくる梨々。
デュラハン「ルル……」
立ち止まる梨々。問いかけるガーゴイル。
ガーゴイル「ハミルトンの元へ返すか……あるいは……破壊するか。とにかく、ここに置いておくことは危険すぎる」
デュラハン「ルルル……梨々……いる。俺、嬉しい」
梨々「……」
ガーゴイル「梨々、汝に判断を委ねたいと我は思っているのだが」
梨々「そんなこと……言われたって……デュラハンはパパの作ったものだし……見てると嫌なこと、いっぱい思い出すし……でも……だからって……どっちにしてもパパの所へ返したら、絶対壊されちゃうもん……わかんないよ……」

体を引きずり両手で移動し始めるデュラハン。
デュラハン「俺……研究所、戻る」
梨々「え？」
デュラハン「俺のために……梨々、哀しい顔してる」
梨々「……」
デュラハン、進もうとするが門にあたり出られないでもがく。
デュラハン「ルル……俺、いなくなれば、梨々、哀しくない、俺……哀しい梨々……嫌い」
言葉が出ない梨々。引き絞るように叫ぶ。
梨々「あ……あ……待って！」

○翌朝　吉永家　庭
エサを食べている菊一文字。
菊一文字を見ているママ。
梨々、デュラハンをつれて帰宅しようとしている。
双葉「やめとけよ」
和己「二人きりなんて無茶だよ。せめて百色さんが帰ってきてからでも」
双葉「それまで石ッころに見張らせとくとかしてさ」
首を振る梨々。
梨々「もう決めたから」
双葉「梨々はこうなると絶対聞かねえよ」
和己「うーん……」
梨々「じゃ」
和己「百色さん、帰ってきてなんて言うんだろう？」
食べ終わった菊一文字。庭から飛びだし、デュラハンの背をかけのぼってゆく。
梨々「ネコさんもウチに来るの？」
菊一文字「にゃあご～」
うれしそうな梨々。見送るガーゴイル。

○百色の館　キッチン（夕方）
　窓辺で丸くなっている菊一文字。
　大根を切る梨々。
　後ろで見ているデュラハン。
デュラハン「俺、梨々、手伝いたい」
梨々「手伝うって言われても」
デュラハン「ルル……俺、なんでも出来る」
　窓辺で丸くなっていた菊一文字、音が速くなったのに気づき顔を上げる。左手の銃口に包丁を縛り付けて猛スピードで、大根を切るデュラハン。のぞきこんでいる梨々。
梨々「へー」
　とたんに大根の薄切りとマナ板のうす切りが乱れ飛びだす。
梨々「ひっ!?」
菊一文字「みやっ!?」
　キッチン台の上、薄切りになった大根とマナ板の山。
梨々「あ〜……」

デュラハン「俺……良くないか？」
○百色の館　リビング
　ハタキを取り付けて掃除をしているデュラハン。テーブルの上で見ている菊一文字。
　自分の部屋で掃除機をかけていた梨々。ガラスがくだける音に驚く。リビングへ行ってみると、テーブルの上に粉々になったシャンデリア。
梨々「あー……」
　小さくため息をつく。
　夜、食事をする梨々。
デュラハン「ルル……俺、役に立っていない」
梨々「気にしないでいいよ、やらせたの私だし」
デュラハン「梨々、どうして俺を助けた？」
梨々「……助けたかったから」
デュラハン「ルル……？」
梨々「モグモグ……ゴク……いいでしょ、それで」
デュラハン「梨々、いいなら、俺、いい」
　つい笑顔になる梨々。
梨々「……」
デュラハン「ルル……梨々、笑った」
梨々「！……」
　照れてごまかすように食事のつづきをしようとする。ふと百色のことを思い出す。
梨々「おじさん……いつ帰ってくるのかなぁ」
　暖炉の上に、イカすポーズを取った百色の巨大な写真。
○梨々の部屋
梨々「……明日、一緒にお買い物してみようかな？……」
　考えこんでいる梨々。寝る。
　庭には月明かりをあびて立っているデュラハン。
○南口商店街
　梨々を肩に乗せて買い物をするデュラハン。

銃口に買い物袋をぶらさげている。
　野次馬が後をついてゆく。
佐藤《さとう》「な、なんなんだい、これは？」
宮村《みやむら》「ちょ、ちょっと……」
梨々「こんにちは、和菓子屋のおじさん」
宮村「り、梨々ちゃん、この奇怪な人は？」
梨々「これ、うちのデュラハン。大丈夫、なにもしないから」
宮村「それならいいんだけど……あたしゃまたなにか騒動でも起きたのかと思ったんでね」
　野次馬の間、ハミルトンの手がのび、デュラハンの背にメダルを貼り付ける。
宮村「というわけだ。みんな戻った戻ったー」
　兎轉舎から出てくるイヨ。ギョッとする。
イヨ「うっ！　ちょっと、美少女ちゃん」
梨々「おねえさん、私、もう大丈夫です」
イヨ「へっ？……」
「魚八《うおはち》」へ来るデュラハンと梨々。
梨々「くださいな～」
小沼《こぬま》「へい、なんにしや……しょ……」
　木箱を持ったまま硬直してしまう小沼。
梨々「サーモン一切れ」
「これに入れてくれ」と買い物袋を差し出すデュラハン。銃口も同時に向けられており、汗ジトになる小沼。
小沼「ま……まいど……」

○吉永家
ガーゴイル「帰ってきたか」
百色「世話になったね」
ガーゴイル「たいしたことではない……梨々には会ったのか？」
百色「いや、家が留守だったから、こっちに寄ってみたんだが……はて、出かけているのかな？」
　ステッキで頭をかく百色。
ガーゴイル「汝に話しておくことがある」
百色「ん？……」

○橋の上（夕方）
梨々「最初、みんなビックリしてたね」
デュラハン「ルルル……俺、デュラちゃんと呼ばれた」
梨々「あそこの人たち、なにがあっても、すぐ馴染《なじ》んじゃうから。でも、みんないい人たちなんだよ。オマケとかしてくれるし」
○吉永家　リビング
百色「いや〜、またお世話になってしまいまして」
ガーゴイル「先ほどまで商店街にいたようだが、今は二人で家に向かっている」
テーブルの上にガーゴイル。
デジカメで百色を撮りまくるママ。
百色「入れ違いか……それにしても、あのロボットを引き取るとはね……」
ママ、ガーゴイルをつきとばし写真を撮る。
双葉「止めたんだけどさぁ」
和己「言いだしたら聞かなくて」
百色「私は別にいいんだ」
双葉「いいって!?」
百色「大切なのは梨々ちゃんの気持ちだからね。ただ、ハミルトンが黙っているとは思えない」
ガーゴイル「それは我も同感だ」
双葉の足の上に乗って話すガーゴイル。
双葉「重てっつーの!!」
ドロップキックをかます双葉。
ふっとぶガーゴイル。
○百色の館へ向かう森の小道
デュラハンの首に雨粒が落ちはじめる。
梨々「降ってきた。いそいで、デュラハン」
デュラハンの背のメダルが点滅する。
デュラハン、買い物袋を落とす。
梨々「なに？　どうしたの？」
デュラハン「ルル……ルルル……」

立ち止まる菊一文字。何かの気配に気づく。
菊一文字「んぎゃー!」
ハミルトンの車が猛スピードで近づいてきて、デュラハンの横をすりぬけてゆく。
梨々「!……」
運転席のドアが開き、降りてくるハミルトン。
ハミルトン「久しぶりだな、梨々」
梨々「パパ……!」

○吉永家　リビング
ニコニコと、デジカメをチェックしているママ。ガーゴイルの話を聞いている一同。
ガーゴイル「梨々は今のところ……む!」
百色・和己「!」
双葉「なんだよ急に」
ガーゴイル「梨々を探知できぬ」
百色「しまった!」

○百色の館へ向かう森の小道（暗い）
落ちている買い物袋に打ちつけている雨。

○吉永家（夜）
門柱に「外出中」の立て札。

○ハミルトンの研究所
鎖で閉鎖《へいさ》された門。百色、門をゆする。
ガーゴイル「梨々の消失は、以前ケルプの手によって双葉が消えたときと同じだ……すなわち」
和己「錬金術《れんきんじゅつ》……ってこと?」
ガーゴイル「我の責任だ、すまぬ」
百色「気にするな。錬金術を使って梨々ちゃんを狙うものは一人だけだ。犯人は最初から割れてる」
ハミルトン「思ったより早かったな」
森の中、ハミルトンが現れる。
百色「やはり、逃げはしないんですね」
ハミルトン「下手な冗談だ。逃げるべきは娘の誘拐犯《ゆうかい》である君だろう」
双葉「こらオッサン！　まだこりてねぇな！」
和己「双葉ちゃん、どう、どう」
　双葉を制止する和己。
百色「無駄な問答などする気はない。梨々ちゃんはどこだ」
ハミルトン「なにもわかっておらんな」
　梨々を肩に乗せたデュラハンが現れる。
デュラハン「ルルル……」
双葉「梨々！」
百色「梨々ちゃ……!!」
　ゆっくりと顔を上げる梨々。
　赤いうつろな目をしている。
和己「梨々ちゃんの目が……」
ガーゴイル「貴様、また梨々に術を！」
　カードを投げる百色。発砲するデュラハン。
　カードが次々と撃ち抜かれる。
　光線を放つガーゴイル。
　よけて迫るデュラハン。一瞬でガーゴイルに銃口をつきつける。
ガーゴイル「む！」
　デュラハン、ためらわず発砲。
　ふっとぶガーゴイル。
双葉「石ッころ！」
和己「ガー君！」
ガーゴイル「気をつけろ、動きがまるで違う」
ハミルトン「練丹術《れんたんじゅつ》による梨々の力は、本来デュラハンの知覚を補助するためにある。梨々とデュラハンは一体として開発されたのだよ」
百色「開発……だと!?」
ハミルトン「デュラハンが梨々を求めて脱走するところまでは予想がつかなかったが、むしろ嬉しい誤算だ……またガーゴイルを捕らえる機会を得たのだからね……梨々！」
　梨々、無言で小さくうなずく。
梨々「……」
　上空、落下してくるガーゴイル。光線を放つ。
　よけて飛び立つデュラハン、とびのくハミルトン。着地するガーゴイル。間髪入れずにデュラハンの青光線がガーゴイルに命中し、凍りつく。すかさず赤光線を放つデュラハン。

　氷が溶けガーゴイルが赤く熱をもちだす。

双葉「梨々、やめろ！」

　カードをかまえる百色。

　背後からの銃撃でカードがはじきとぶ。

百色「⁉　いつの間に」

ハミルトン「どうした怪盗百色、君の力はこの程度か？　はっはははは……このセリフ、一度言ってみたかったのだ、気持ちのいいものだな」

百色「貴様、自分の身体まで……」

　サングラスをはずすハミルトン。

　赤い目になっている。

ハミルトン「これが私の研究の成果だ」

　爆発。ふきとばされるガーゴイル。

　爆煙を分け上昇してくるデュラハン。

　銃を連射するハミルトン。

　弾をよけつつ逃げる百色。

　森の外、状況がわからない和己と双葉。

和己「どうなってんの？……双葉ちゃん！」

双葉「ガーゴイル！」

　和己をふりはらい、森の中へ飛び込む双葉。

○森の奥
　光線を放つガーゴイル。難なくかわしてガーゴイルの背後から光線を放つデュラハン。

　ガーゴイル、爆発にふっとぶ。

ガーゴイル「梨々がいては思い切った攻撃も出来ぬ」

　銃を乱射するハミルトン。

　百色の左腕を弾がかすりたおれこむ。

百色「うっ！」

　百色、すぐに起き上がって横へとぶ。

ハミルトン「私の五感は最大に強化されている。足掻《あが》くのは止めたまえ。君はなぜ梨々にこだわるのかね。君にはなんの関係もあるまい」

　木にかくれている百色。

百色「私が怪盗だからさ」
ハミルトン「なに？」
百色「しかるべきものを、しかるべき姿に取り戻すのが怪盗だ。暗いところに閉じこめられた宝石があれば日の光に当てて輝かせたいと思うのは当然のことだろう」
　木陰より出てくる。
ハミルトン「本気で言っているのか？」
百色「そんなわけないだろう」
　ハミルトンにステッキをつきつける。
ハミルトン「うっ」
　ステッキの先、ポンッと花が咲く。
百色「この花を本気で喜んでくれたんだ。泣くほどにね」
ハミルトン「なんの真似だ？」
　銃を構えるハミルトン。
百色「わかってもらう気などない」
　百色、上空へステッキをかかげる。ステッキの先の花が破裂すると、たくさんのカードがハミルトンに降りそそぐ。
ハミルトン（M）「ハートの5、スペードのクイーン、ハートの8、クラブのキング、またスペードのクイーン……よ、よせ！」
　一枚一枚読んでしまうハミルトン。
百色「強化された五感はカードの文字を嫌でも読み取ってしまうはずだ。本人の意志とは無関係にね」
　百色が、だんだん見えなくなってゆき、カードだけしか見えなくなる。
ハミルトン「く……どこだ、どこにいる」
百色「目では見えても、脳は捌《さば》ききれない」
ハミルトン「ぐわぁ、やめろぉ！」
　銃を乱射するハミルトン。三発目を撃ったところを、ステッキでたたきおとされる。
ハミルトン「ぐっ……」
百色「思ったよりも不便な能力ですね」
ハミルトン「梨々、先にこいつを叩きのめせ」
　百色の背後に回り込んでいたデュラハン。

左手をかかげる。
百色「！」
双葉「やめろー！」
上空の梨々を見つつ走ってくる双葉、和己。
和己「梨々ちゃん、百色さんがわかんないの」
無表情のまま涙を流している梨々。
双葉「梨々……お前……」
和己「え!?」
百色「そうか、こんな急な時間に術が施せるとは思えない。何か仕掛けを……」
ギクッとするハミルトン。
双葉「百色、あれ、ペンダント！」
ハミルトン「梨々！」
立ち上がるハミルトンと同時にカードを投げる百色。デュラハンに撃ち抜かれるカード。
百色「くっ……」
双葉「くそっ！　手が出せねぇのかよ」
デュラハンの背から出てくる菊一文字。梨々にとびつき、ペンダントのヒモにかじりつき引

きちぎる。
　術が解け、グラーッとデュラハンから落ちてゆく梨々。
デュラハン「ルル……梨々」
　手を広げ走る和己、双葉。
双葉・和己「あわわわわ」
　着地する菊一文字。とびこむ双葉、和己。
双葉「梨々」
　梨々をキャッチする双葉。
　双葉と梨々が、和己の上に落ちる。
和己「ぐえっ！」
　降下してくるデュラハン。
デュラハン「ルルル……梨々……」
　重なったままの双葉たちの前に来ているガーゴイル。
デュラハン「お前邪魔、どけ」
ハミルトン「賢者の石などもう構わん、そいつも破壊しろ！」
　撃つデュラハン。
　背後の三人をかばい、銃弾を受けとめるガーゴイル。
ガーゴイル「首無し騎士よ、お前の意志は創造主のものか？　誰のために生きるか、何のために生きるのか？」
デュラハン「誰の……ため……俺は……」
ガーゴイル「これは梨々の望むことか？　汝の好きな梨々はどこにいた？」

○回想　ダイニング
　笑顔の梨々。

○森の奥
　発砲がやむ。
デュラハン「ルルル……」
ハミルトン「デュラハン、倒せ！」
デュラハン「ルルル……」
　デュラハンの両肩のミサイルポッドが開く。
　ガーゴイルの目もゆっくり赤く光ってゆく。

ガーゴイル「やむを得ぬ」
デュラハン「ルル……俺、博士、言いつけ……守る、でも、梨々、笑わないと……」
自分の首元に銃口を向けるデュラハン。
ガーゴイル「む！」
ガーゴイルの目の光が消える。
デュラハン「……もっと……いや」
自分を撃ちぬくデュラハン。爆発。
双葉「なんで……？」
吹き飛ぶ破片。破片と共に落ちるメダル。
ハミルトン「デュラハンまで……なぜ邪魔をする。この人体実験が成功すれば、私の実力は認められ、私たちは幸福になれるのだ」
百色「そう思うのは勝手だが、梨々ちゃんが自分であなたの所へ帰りたいと言うまで、梨々ちゃんの親権は盗ませてもらう」
ハミルトン「娘は預けておく。だが私はあきらめんぞ。世界一の名声と富を掴《つか》み、梨々を私のもとへ、いつか必ずな……ハハハハ……」
遠ざかっていくハミルトンの声。
梨々をだきかかえる百色。
双葉「錬金術師って、こりねえやつばっかかな」
百色「どんな錬金術でも、作れない笑顔を見せてやるさ」
梨々「う……うん……あれ……おじさん、いつ帰ったの？」
梨々、目を開くと青い目にもどっている。
百色「ただいま、梨々ちゃん……」

○ビル街（深夜）
パトカーのサイレンが響く。サイレンに気付いた自動車が次々と道を開ける。パトカーに箱乗りした清川《きよかわ》が叫ぶ。

清川「向こうに行ったぞ！　追いつめろ！」

街灯の上を飛び移って逃げる百色。左手には王冠が。百色、シャッターが閉まっているデパートの出入り口に着地。三方から浴びせられる光を手でさえぎり振り向く百色。余裕の笑みを浮かべて立ち上がる。
　マイクで呼びかける清川。
清川「いよいよ年貢の納め時だな！　怪盗百色！」
百色「古典的決まり文句だね、刑事さん」
清川「黙れ！　よりによって俺の結婚記念日に犯行予告なんかしやがって！」
百色「あれ？　こないだもそんなセリフいわなかったっけ？」
清川「俺の決め台詞だ、文句あっか～!?」
百色「それは失礼」
清川「確保ぉ！」
　清川が合図するとドドッと百色に向かう警官たち。
　百色がカードを飛ばす。
警官たち「うわ～っ！」
清川「あ！」
　百色の姿が消えている。
清川「しまったぁ！」

　ビルの谷間。
　デュラハンの肩に乗った百色が飛んでいく。
百色「予告通り、トロイメライの王冠はこの怪盗百色が頂戴した」
清川「古くさい怪盗のくせに、そんなハイテクメカ使うな～！」
　デュラハンの胸にはスペードのA。
百色「はははは」
　月を背にして、百色を乗せたデュラハンが飛ぶ。
百色「さて、仕事は済んだ。帰るとしよう」
デュラハン「ルルル……ルル、梨々、待ってる……」

第八話「銀雪のガーゴイル」

○兎転舎《とてんしゃ》
　ガーゴイル、体中にケーブルコイルやら配線だらけになっている。あきれつつ見ている双葉《ふたば》。
双葉「なんか、すっごい格好だな」
イヨ「新機能のテストよ」
和己《かずみ》「新機能……ですか？」
イヨ「これが成功すれば、犯罪捜査に役立つと思うわ」
双葉「犯罪捜査ぁ？　そんなんじゃなくてさ、尻尾をプロペラにして、自由に空をとべるとかさぁ」
ガーゴイル「その案には賛成できぬ」
双葉「そうか？　じゃあ羽がブーメランになって、敵を切り裂くってのはどうだ？」
ガーゴイル「むう、それなら考えてもよいぞ」
　双葉はほっといて会話するイヨと和己。
イヨ「というわけで、今晩だけ、ガーゴイル君を預かりたいの」
和己「それはいいんですけど、新機能ってなんなんですか？」
イヨ「うふふ、成功してのお楽しみ！」

☆オープニング

○兎転舎
　体をおこして、満足げにガーゴイルを見おろすイヨ。ゴチャメカにかこまれたガーゴイル。
イヨ「これでよしっと」

ガーゴイル「我《われ》の動作を停止しては、吉永家や街の監視ができぬ」
イヨ「一晩くらい大丈夫よ。明日の朝には再起動するから」
ガーゴイル「新たな機能とは、いかようなものか、まだ聞いておらぬのだが？」
イヨ「あ、そうだった新機能っていうのはね、あー！……ごめん、間に合わない。起きたら話すから」
　イヨが話す前にガーゴイルの機能が停止してしまう。

○翌朝　兎轉舎のとなりの郵便局
運送屋Ａ「よっ、よいしょ～」
運送屋Ｂ「ほっ、こらしょ」
　運送屋が荷物をトラックに積み込んでいる。

○吉永《よしなが》家
　新聞配達、門柱を見上げてつぶやく。

新聞配達「あれ、今日は門番さん、いないんだ」
　門柱の上に「外出中」の札。

○兎轉舎
双葉「うい～す」
和己「おはようございます」
　カウンターにつっぷして寝ているイヨ。
　寝ぼけ眼で顔上げる。
イヨ「んがっ……おはよ……ずいぶん早いのね」
　ちょい迷惑そうな表情のイヨ。
和己「すみません。双葉ちゃんが……」
双葉「何言ってんだよ、兄貴が早くパワーアップしたガーゴイルを見てえって言ったんだろ」
和己「双葉ちゃんでしょ。それで……ガー君は」
イヨ「外に出してあるわ、そろそろ目を覚ます頃だし。……私、顔洗ってくるね」
　だるそうに店の奥へと歩き出すイヨ。
和己「外に？」
イヨ「店の中に置いとくと、危険だから……ガーゴイル君、目を覚ますときモーレツに放電したりするのよ」
和己「猛烈って!?」
双葉「外でもキケンじゃねーの。つうか、外にそんなもんあったたっけ？」
和己「何も無かったと思うけど」
　顔を見合わせる二人。
　奥の部屋に入りかけてギョッとなるイヨ。
イヨ「え……？」

○兎轉舎　店外
イヨ「ウソ!?」
「ここに箱があったの！」みたいな仕草で取り乱すイヨ。
和己「ガーくんが」
双葉「盗まれたぁ!?」

☆第八話「銀雪のガーゴイル」

○雪のつもった山道
走るトラック。荷庫の中で木箱がゆれている。
板と板のすきまから放電の光がもれる。
放電の音にハッとする運送屋たち。
運送屋A「な、なんだ今の音？」
荷倉内を見回してみる。
運送屋B「中は別に変わりねえけど……なんか、
ふんづけたんじゃねえの？」
そのまま走り去るトラック。

○雪道のそばの土手
雪の中に半分埋まっているガーゴイル。
湯気が立っている。
ガーゴイル「思わず外へと移動してしまったが
……ここは……どこなのだ？」
見渡す限りの雪世界に、途方に暮れる。

○雪山の小川
枝をにぎりしめてつっぱってる手。反対の手
をのばした先、川のほとりに黄色い花が生えて
いる。
平太《へいた》「あ……あと少し……」
枝をつかんだ手がズルッとすべり、川へ転落
する平太。ウォーターシュートをすべり落ちる
ようにもがきつつ流されてゆく。
平太「助けて、ぅぷ」
手を残して頭が沈みかけた瞬間、光線が発射
され、光玉につつまれた少年の身体が引き上げ
られる。
光の中にいるガーゴイル。
平太「へ……？」
光の来る方を見る少年。
ガーゴイル、少年を双葉と見間違える。
ガーゴイル「双葉!?」
平太「しゃ、喋った！」
ガーゴイル「であるはずはない。この者は少年
だ。だがよく似ている……」
光玉が消えて雪の上へ落ちる平太。

呆然としてガーゴイルを見つめる。
平太「や、山神様だ」

○兎轉舎
電話してるイヨ。
イヨ「……そうですか。また連絡しますので。ではごめん下さい」
受話器おろしつつタメイキをつく。
イヨ「やっぱりとなりの荷物と間違えられたみたい」
和己「盗まれたんじゃなくて良かった」
イヨ「でも……」
イヨ、さらにガックリと頭をたれる。
和己・双葉「ん？」
イヨ「ガーゴイル君、箱を残して消えちゃったって」
双葉・和己「ええっ〜!?」

○小川の近く

石の上にガーゴイル。感動している平太。
平太「すげー、山神様って本当にいたんだ」
ガーゴイル「いや、汝《なんじ》は何か誤解をしておるのではないか。我は吉永家の門番で名を……」
のぞきこむように前に廻る平太。
ガーゴイルの話を聞いていない。
平太「俺、平太って言うんだ」
ガーゴイル「平太」
しゃがみつつ手を合わせる平太。
平太「あのさ、山神様にお願いがあるんだけど」
ガーゴイル「む?」
平太「姉ちゃんにも会ってほしいんだよ」
ガーゴイル「汝の姉に?」
すぐに雪のつもった山道をかけ出す平太。
平太「こっちこっち!……あれ?」
後をふり返るがガーゴイルがいない。
平太「……山神様?」
ガーゴイル「どうした」
平太「ぉわ!?」

平太のうしろにガーゴイルが移動している。
ガーゴイル「我は、汝らのように歩いたり走ったりはせぬ。気にせず移動するがよい」
平太「へー。やっぱ山神様はちがうな～……あたっ!」
とつぜん後方から雪玉がとんできて、平太の頭にあたる。
子供1「よぉ、平太じゃねえか」
子供2「誰の許しもらって山からおりてきたんだよ!」
五人の村の子供たちが、土手の上でニヤニヤしながら平太を見おろしている。
平太「なんで許しなんかいるんだよ」
子供3「お前ら一家が村に来て、ろくなことになんねーって、父ちゃんが言ってたぞ」
平太「なにおっ!」
怒り、のりだす平太。
子供1「とっとと山さ帰れ!」
ふり上げた手を合図に、いっせいに石を投げ始める子供たち。
　光線が走り石が砕けちる。
子供3「なんだ今の？」
　呆気に取られてる子供たち。
子供4「平太の横にいるヤツが、何か出したみてーな」
子供1「そんなわけあるか。ありゃ石の置物だぜ」
　キッと見すえ、踵《きびす》を返して歩き出す平太。
平太「こんな奴ら、構ってても仕方ねぇ」
子供3「逃げるな、こら！」
　また石を投げる。ガーゴイル、光線発射。
　投石が子供たちの目の前でくだける。
　ギョッ！となる子供たち。
ガーゴイル「よさぬか！」
子供2「しゃ、喋った！」
　震えて身をよせ合う子供たち。
子供5「魔物だ……平太んちは魔物を飼っとる」
平太「ばっきゃろー！　魔物なもんか！　山神様だ！」
子供1「く、食われるぞ……」
子供たち「にげろ〜、ひひぇえ〜！」
　子供1が後ずさると、他の子も悲鳴を上げて逃げていく。悪タレ顔で見送る平太。
平太「へっ、ざまあみろ！　いこ。山神様」
ガーゴイル「汝は何故、このような仕打ちを受けるのだ」
平太「……父ちゃんは何も悪くない」
ガーゴイル「む……」

○東宮《ひがしみや》の別荘　監視ルーム
　モニターには衛星画像が映し出されている。
天祢《あまね》「二、三日ってとこかな」
イヨ「そんなにかかるの？　もっと早くなんないの」
天祢「無理言うな。発信器も付いてない石像を見つけるんだぞ……第一、どうして僕があんたの手伝いをさせられるんだ？」

イヨ「いいじゃない、ご近所の錬金《れんきん》仲間って事で」
天祢「趣味のサークルみたいに言うな、あんたのそのわがままに、おじいさまがどれだけ迷惑したか……」
イヨ「ふわぁ～……おだまり……おだまり……」
　部屋の後方の柱上。鎮座《ちんざ》するケルプ。
ケルプ「これは僥倖《ぎょうこう》。ガーゴイル殿を出し抜く良い機会……」

○南口商店街（昼）
　洋菓子「カマイ」前で立ち話をする清川《きよかわ》と双葉、和己。清川は草野球の最中。
清川「ガーゴイル君が行方不明だって」
双葉「うん……その、ちょっとした手違いでさ」
　説明に窮し、困り笑顔の双葉。
清川「呑気《のんき》に草野球なんぞしてる場合じゃないぞ！　街の治安に関わる一大事！」
双葉「いや、そんな大ごとじゃ……」
　かまピーくんの頭にグローブをのせ、双葉の横をぬけ走り去る清川。見送る一同。

○百色《ひゃくしき》の館　キッチン
　料理をしていた梨々《りり》。包丁を手にしたまま、デュラハンに話しかける。
梨々「ガーゴイルさんが、いなくなっちゃったんだって……お願い」
デュラハン「ルル……俺、街……守る」

○ヒッシャムの山小屋
ヒッシャム「オシリス、行くのデース。あなたの存在を一、町の人にアッピェールする絶好の機会デース」
　携帯電話をかかげているオシリス2号。
オシリス携帯「この妾《わらわ》が賊《ぞく》退治とな？　退屈しのぎにはなろうぞ」

○平太の家
　平太とガーゴイルが家へ入ってくる。
　布団から身を起こして玄関を見るかや乃《の》。
　かや乃を和己と見間違えるガーゴイル。
ガーゴイル「和己……!?」
平太「山神様だよ、本当に山神様はいたんだよ、姉ちゃん」
ガーゴイル「姉ちゃん……こちらは娘か?」
かや乃「山神様……」

○家の裏手
　薪のたくわえが少しつんである。
　斧をふり上げ、薪を割る平太。ふりおろし、薪は二つにわれて地面へおちる。

○家の中
　床に伏せるかや乃。
かや乃「かや乃と言います、両親は一昨年《おととし》亡くなってしまって……」
ガーゴイル「その身で弟と二人暮らしでは辛かろう」
かや乃「あたしがもう少し丈夫でしたら、良かったんですが……」
　割った薪をかかえて家に入ってくる平太。
　かや乃は布団の上に座り、ガーゴイルの出すいやし光線を浴びている。
平太「ね、姉ちゃん!　起きて大丈夫なのかよ」
　おどろいて、かかえていた薪を落とす平太。
かや乃「うん。山神様のおかげで」
ガーゴイル「これで多少は病も和らぐはずだ」
　ガーゴイルにとびつく平太。
平太「すげえー」
かや乃「これ、平太」
　ガーゴイルに頬ずりをする平太。
平太「山神様、やっぱすげえや!　姉ちゃんの病気まで治してくれるんだ」
ガーゴイル「いや、我に治療はできぬ。これは一時的なものだ」

かや乃「それより平太、また村の人たちとケンカしたんですって？」
平太「俺はただ薬草を採りに行っただけだ。そしたらあいつらが……」
「薬草」の言葉に反応するかや乃。
かや乃「また小川まで行ったのね」
平太「……」
かや乃「危ないからダメだって、あれほど言ったのに。薬ならお医者様からもらってるでしょ」
平太「あんなの、全然、効かねーじゃねえか！俺は、姉ちゃんが良くなればいいと思って」
平太、段々泣き顔になってくる。かや乃、一瞬表情が曇るが、なおもきびしく言う。
かや乃「その気持ちは嬉しいけど、あまり姉ちゃんに心配かけないで。村の人と争うのもやめて！」
平太、突然バッと立ち上がり、涙をこぼしながら、さけびつつ走り出す。
平太「ばっきゃろー」
かや乃「平太……あっ!! あうっ」
平太を止めようと立ち上がったかや乃。よろけて倒れこみ、うしろで見ていたガーゴイルを押し倒してしまう。
かや乃「ご、ごめんなさい。山神様になんて無礼を」
倒れているガーゴイルに、平伏するかや乃。
ガーゴイル「気にするな。普段は殴られたり蹴りとばされたりしている」
驚いて顔を上げるかや乃。
かや乃「え？ 蹴りとばすって……」
ガーゴイル「我は山神ではない。我の名はガーゴイル、御色町《ごしきちょう》にある吉永家の門番だ」
かや乃「門番？」
ガーゴイル「どういう訳か、気がつくとこの地に迷い込んでしまったのだ」
かや乃「そうでしたか……。ここに電話があればいいんですけど、あいにく電話は村に行かないと……」

目線を落としうつむくかや乃。
ガーゴイル「かや乃よ」
すでに起き上がっているガーゴイル。
ガーゴイル「平太自身は、子供らに手を出しておらぬ」
かや乃「……はい。それはわかっています」
ガーゴイル「む？」
かや乃「ですから、なおさらあの子が不憫《ふびん》でならなくて……」
目をふせて、涙を流すかや乃。
かや乃「うちの家系は代々山の守り人《まもびと》なんです」
ガーゴイル「守り人？」
かや乃「山に異変があると察知する、不思議な力があるみたいなんです」
ガーゴイル「超能力……のようなものか？」
かや乃「わたしたちにそんな力はありませんけど、父にはあったようです」
唇を噛《か》むかや乃。
かや乃「……そんな力……なければよかったんです」
ガーゴイル「これは我の憶測だが……村人たちとのことも、その力が関係しているのではないか？」
少し間をおき、ゆっくりと話を続けるかや乃。
かや乃「一昨年の今頃のことです」
○回想
かや乃「父が山の異変を感じたのが、始まりでした……」
無気味にそそり立つ黒い雪山。
家では、かまどに火を入れてたき出しをしている母。
かや乃「どうしたの？　こんな時間に御飯なんか炊いて……」
母「ここは安心だからね。逃げてきた村の人たちを、しばらくは迎えなくちゃならないだろ？」
平太「母ちゃん、雪崩、本当に来るの？」
母「来るよ。父ちゃんがそう言うんだもの」

ふり返る余裕もなく炊き出しを続ける母。

○家の中
ガーゴイル「それで、雪崩は起きたのか？」
かや乃「……はい、村の半分がやられてしまい、たくさんの人が亡くなって……両親もその時に……」
ガーゴイル「たくさんの人？　村人たちは信用しなかったと？」
かや乃「家にいましたから、なにがあったのかはわかりません。村長は、父が雪崩が来るのはまだ先だと言っていたから油断していたと……そのため被害が大きくなったと言って……それで今も」
ガーゴイル「村人たちから恨みを買っている……というわけか」
うつむくかや乃。
かや乃「あの時の父は、すぐにでも雪崩が起きそうな様子だったんですけど……どうして父がそんなことを言ったのか」
軒から、つもった雪のかたまりが落ちる。
顔を上げ、外を見やるかや乃。
かや乃「！……だいぶ降ってきましたね……平太、どこ行ったのかしら？」
ふと横を見るとガーゴイルはもういない。
かや乃「!?……ガーゴイル様!?」

○どこかの洞窟
雪が降り続く。
穴の中でうずくまってる平太。
平太「姉ちゃんなんて嫌いだ」
両手でひざをかかえ、寒さをしのいでいる。
ガーゴイル「平太よ」
ハッとして顔上げる平太。
穴の外、見おろしてるガーゴイル。
平太「山神様……！」
ガーゴイル「かや乃が心配している。帰ろう」
背を向けて拒否する平太。

平太「ふん」
ガーゴイル「守り人である汝らの両親の思いは我にも共感できる。我も門番であるからな」
平太「門番？……」
ガーゴイル「やはりよく似ている」
平太「似てる？　……誰と？」
ガーゴイル「我の主人だ」

○吉永家（夜）
門柱の札を三階のテラスから見ている和己と双葉。手すりにもたれているさびしそうな双葉。
双葉「ちゃんと見つかればいいんだけどな」
和己「東宮さんを信用しようよ。僕たちに出来ることって今はそれしかないんだし」
双葉「……」

○平太の家（夜）
囲炉裏《いろり》を囲んで夕食をとる平太とかや乃。
ガーゴイルにはお供えがされている。
かや乃「そんなに似てるんですか？」
ガーゴイル「ただし男女は逆転している」
平太とかや乃、顔見合わせつつ苦笑い。
平太「なんか、女に似てるなんてやだな」
かや乃「だよねぇ？　あたし、そんなに男の子っぽいかな？」
ガーゴイル「違う。双葉が男子に似ており、和己が女子に似ているのだ。汝らの方が、一般的だと我は思う」
かや乃「はぁ……」
いまいち納得できないかや乃。
双葉のママと同じしぐさをする。
平太「……」
じっとガーゴイルを見つめていた平太。
突然、ガーゴイルにだきつく。
ガーゴイル「ぬ？」
かや乃「こら、平太！」
ガーゴイル「突然どうしたのだ？」
平太「行っちゃやだ、山神様！」

かや乃「だからガーゴイル様は山神様じゃないの。他にお家があって」
平太「山神様だ！　守り人のおれたちを助けてくれたんだから！　山から来てくれた山神様だよ！　ずっとおれたちを守ってくれるんだ！」
平太、顔を押しつけたまま駄々をこねる。
かや乃「！……」
ガーゴイル「平太……」
平太、泣き疲れて眠ってしまう。
囲炉裏端で話を続けるかや乃とガーゴイル。
かや乃「この子が笑ったの、久しぶりに見た気がします。平太のことはお気になさらず」
かや乃、平太にそっと布団をかぶせる。
かや乃「いつでもここから……」
ガーゴイル「それはできぬ」
かや乃「ガーゴイル様には待っている家族の人たちが……平太にはよく言い聞かせますから」
少し顔を上げるかや乃。その表情には母によく似た意志の強さが見える。

ガーゴイル「平太のことよりも汝のことだ！」
かや乃「！」
ガーゴイル「我は病状を抑えているだけだ。言いたくはないが汝の身体はもう……」
かや乃「わかっています。自分の身体です」
ガーゴイル「我に治療はできぬ」
　平太の頬にかや乃の涙が落ちる。

○翌朝
　軒下、つららから雫がポタポタ落ちている。まな板の上の菜物を、かや乃が力強く切っていく。
平太「わ～、姉ちゃんがごはん作ってくれるなんてさー」
　かや乃のうしろで驚いて見ている平太。
かや乃「今までだって具合いがよいときは作ってたでしょ。そんなこと言ってるヒマがあったら、薪とってきて」
　ふり返らずに包丁打ちつづけるかや乃。
　ねまきのまんまとび出す平太。
平太「うん。行こ、山神様」
ガーゴイル「了解した」
かや乃「こら！　ガーゴイル様に何言ってんの！」
ガーゴイル「気にするな、かや乃。我も汝らをもう一つの家族だと思っている」
　ハッとして包丁の手を止めるかや乃。
かや乃「！」
ガーゴイル「むろん、いつかは戻らねばならぬが……今はそう認識している」
かや乃「ガーゴイル様」
　ふり返るかや乃。ガーゴイル、すでにいない。

○雪山　斜面
　ガーゴイルの発する光線が雪面をなぎはらう。雪が消え、木々が姿をあらわす。平行な光線が走り、木々が裁断されていく。あっという間に山のような木片が出来上がる。

ガーゴイル「薪よりも炭の方が効率がよい」
　薪に光線をあびせると見事な炭が出来上がる。
平太「うわ～～～～」
ガーゴイル「これでふた冬は越せるはずだ」
　ガーゴイルにだきつく平太。
平太「山神様すげえや！」
　氷の上、小さな湖。ガーゴイル、細い光線を出し、氷に丸い穴をあける。
平太「お～～～～」
　その穴から魚をつり上げる平太。
平太「うほほ～い！」
ガーゴイル「おお！」

○平太の家（夜）
　囲炉裏。夕方釣り上げた魚が焼かれている。
平太「そんでさー、スゲーんだぜ。木の枝なんかあっという間にまっ黒でさ」
かや乃「へえ、姉ちゃんも見たかったな」
　笑うかや乃。だが笑顔に疲れが見える。
ガーゴイル「かや乃……」
かや乃「はい？」
　背後にいるガーゴイル。
ガーゴイル「効果が切れたようだ」
かや乃「！」
　かや乃にいやし光線浴びせるガーゴイル。
かや乃「すみません」
ガーゴイル「礼には及ばぬ」
　その様子を窓の外からのぞいてる村人三人。
村人Ａ「な、なんだありゃ」
村人Ｂ「魔物じゃ。見ろ、かや乃も魔物に取りつかれとるんじゃ」
村人Ｃ「ガキどもの言ったこたぁ本当だ」
　コソコソと逃げ出す村人たち。
ガーゴイル「む？　今、外に人がいたようだが？」
　土間の方を向くガーゴイル。
かや乃「人？」

平太「こんなところに誰も来やしないよ。タヌキかキツネだろ」
ガーゴイル「確かに察知した。賊ということはあるまいが……」
平太「泥棒が来たって、盗む物なんか無いしなあ、はははは」
　ふと遠くを思うガーゴイル。
ガーゴイル「泥棒……御色町は無事であろうか？」

○御色町
　泥棒二人。勝手口前で止まり、様子をうかがいつつドアノブに手をかける。
泥棒Ａ「この御色町はな、防犯対策が日本一ゆるいって話だそうだ」
　ドアノブひねると難なく開く。
泥棒Ａ「な？　鍵も掛けてねえ」
泥棒Ｂ「なある。石犬のいねえ今、入れ食いってことっすか」
泥棒Ａ「ふふふ。今夜は稼げるだけ稼ぐぜ」
　ドアをあけて中へ入ろうとすると、頭の上から声が響く。
ケルプ「失礼いたします」
泥棒Ａ・Ｂ「!?」
ケルプ「あなた方の会話、及びその挙動。露骨な空き巣狙いのように見受けられますが……」
　屋根の上から泥棒たちに話しかけるケルプ。
泥棒Ａ「お、おい……なんだコイツ？」
泥棒Ｂ「こ、こいつが例のガーゴイル？」
ケルプ「小生をあの方と誤解なさるとは……あまりにも失礼千万！」
　いきなり電撃攻撃され道へ飛び出す泥棒たち。
泥棒Ａ・Ｂ「!〜〜〜〜」
　悲鳴はあげず逃げるが、立ちはだかる影にギョッとして立ち止まる。
泥棒Ａ・Ｂ「んな！」
　ズーンとデュラハンの巨大な影。

デュラハン「ルルル……俺……悪い奴見つけた……梨々喜ぶ」
泥棒A・B「うわ〜〜！　化け物だ〜〜〜！」
声に出して悲鳴をあげる泥棒A、B。あわてて逃げ出す。逃げて行く泥棒A、Bをデュラハンの攻撃が追う。上空からデュラハンの前に立ちふさがるケルプ。
ケルプ「首なし騎士殿、これは小生の獲物。横取りは無用に願います」
ゆずらないデュラハン。
デュラハン「これ……俺の……仕事……悪物……俺、退治する」
右手をかかげ、泥棒に向かってビームを連射。避けるケルプ。
弾よけつつ逃げる泥棒A、B。
泥棒A「あぴゃ〜〜〜〜！」
泥棒B「た、助けて〜〜〜！」
走ってきて、曲がり角の向こうから近づいてくる影に気づく泥棒たち。

泥棒B「ん!?」
泥棒A「だ、誰だ!」
　女体のシルエットに一安心。
泥棒A「……女じゃねえか……」
　さらに近づくと、にょろっと一本触手が出る。
泥棒B「いっ?」
　そしてついにオシリス本体が現れる。
泥棒A・B「いいっ!?」
　シュルン!と絡みつく触手。
　泣きわめく泥棒A、B。
泥棒A・B「ぎゃあ〜〜〜!」
オシリス携帯「なんとあっけない。反撃くらいせぬか」
　オシリスが携帯かかげて見上げてる。
　ケルプ、上空へ出現。
ケルプ「これはこれは。噂《うわさ》に聞く植物の神ですか。貴女《あなた》までお出ましとは」
　デュラハンも追ってくる。
デュラハン「ルル……よこせ。それ……俺が倒す」
泥棒B「た、倒すって……」
　オシリス、携帯をつき出して自らの主張。
オシリス携帯「邪魔だてすると容赦《ようしゃ》はせぬぞ」
泥棒A・B「石犬どころか、化け物横丁じゃねえか!」
清川「やあ。ご苦労さん!」
　声に反応してふり返る泥棒A、B。
泥棒A「やっとまともな人間が……」
　ほっとしてる泥棒A、B。
泥棒B「地獄に仏〜、助けて下さ〜い」
　清川歩いて来つつ、にこやかに、
清川「ガーゴイル君の留守を狙うとは太い奴らだ!」
泥棒A「え?」
泥棒B「あ、あんたは?」
　清川、ニヤッと笑って警察手帳出す。
清川「警察だ」
　トホホな泥棒A、B。

泥棒Ａ「な？　なんで？」
泥棒Ｂ「つうか、まだ何もしてないんすけど……」

○平太の家の前（深夜）
家の前で銃声が響く。
家の前に集まった村長、村の男たち。
村長「こら、とっとと出てこい！　次は家の中にぶち込むぞ！」
突然びくっとする村人たち。
村人Ａ「お、おい……」
村長「ん？」
家の前にガーゴイルが立っている。
村人Ｂ「で、出た！　村長さん、アイツだ！」
ガーゴイル「何の理由も告げずに発砲とは、まともな人間のすることとは思えぬが」
村人「うう……」
村長「魔物めが！　かや乃たちをたぶらかしおって」
かや乃「違います！　この方は」
かや乃と平太は、玄関口で不安気に抱き合っている。
ガーゴイル「我は魔物ではない。かや乃たちの家でやっかいになっているだけにすぎぬ」
銃を向けて威嚇《いかく》する村長。
村長「やかましい！　お稲荷《いなり》さんのふりなぞしおって」
ガーゴイル「撃ちたければ撃つがいい。汝が村長か？」
村長「なに？」
ガーゴイル「汝にたずねたいことがある。一昨年の雪崩のことだ」
村長「!!」
？？となる村人たち。
村人Ｃ「雪崩？」
村長「お、お前なんぞに話すことなぞ、なにもないわ！」
村長、気を取り直してふたたびガーゴイルへ銃を向ける。
村長「撃ち殺されたくなければ、この村から消え去れ」
平太「山神様！」
　戸口前からとび出す平太。
かや乃「平太やめて！」
ガーゴイル「やめろ平太」
　村長へつき進む平太。
平太「この野郎！」
　猟銃ごと村長にドロップキックを食らわせる。尻もちをつく村長の上へ馬のりになる平太。
村長「うわ！　このガキ！　平太のヤツも魔物にたぶらかされてるぞ」
平太「ぐぬう〜〜！」
　平太、村人Cにえり首をつかまれ、ひょいと持ち上げられてしまう。ジタバタもがく。
平太「は、はなせ〜〜〜！」
村人B「子供だからって油断するな」
村人A「やっちまえ！」
　平太を押さえつける村人たち。
ガーゴイル「む！」
かや乃「!!」
平太「痛ぇ！」
ガーゴイル「よさぬか！」
　ガーゴイルが威嚇《いかく》の光線を発射。
　雪が大きくはじけとびちる。
村人「うひゃあ！」
村長「あ、あわわ……」
　腰を抜かした村長をおいて逃げ出す村人たち。
村人C「に、逃げろ！」
村長「あ、こら！」
　村長も立ち上がり、ふり返りざまガーゴイルをにらみ、捨てゼリフを言って逃げ出す。
村長「くそっ！　岳蔵《たけぞう》もおまえらも、村の疫《やく》病神《びょうがみ》じゃ！」
　ガーゴイルの後から顔だしてどなる平太。
平太「父ちゃんの悪口を言うな！　バッキャロ

ー、二度と来んな」
かや乃「もうやめなさい」
ガーゴイル「あの村長……なにか隠しているな」
降り続く雪。
平太、空を見上げてウンザリ顔になる。
平太「また降るのかよ……」
何かが落ちた音がして、ふり返る平太。
平太「!?」
かや乃が雪面に倒れこんでいる。
平太「姉ちゃん!」
ガーゴイル「外に出たのが負担になったのだ。すぐ中へ運べ」
平太「う、うん。姉ちゃんしっかり。……!?」
平太、かや乃をだき上げようと腰をおとすが、不気味な気配にハッと顔を上げる。
ガーゴイル「平太、どうした?」
山を見上げている平太。
平太「山が……鳴いてる」

○村　寄り合い所（夜）
村人A「そういや村長さん。岳蔵さん、雪崩はしばらく来ねえって、わざわざあんたに伝えに来たんだよな?」
村長、ちょっとギクッとしてさらりと流す。
村長「あ、ああ。それがどうした」
村人A「いや、あの雪崩の晩、岳蔵さんとおかみさんが雪崩が来るって触れ回ってたのを見た者がおるんだ」
村長「!……」
村人A「まあ、ほとんどあの一帯は埋もれちまって、生き残ったもんはいねえし、見まちがいかもしれねえがな」
村長、話をすりかえようと声を張り上げる。
村長「今はそんな話より魔物のことだ!」
村人A「で、どうすべ?　村長さん」
立ち上がる村長。
村長「村の男衆を集めて、実力行使しかあるめえ」

○平太の家
　床にふせたかや乃にいやし光線を浴びせるガーゴイル。心配気に見ている平太。
平太「どうしたの山神様！　姉ちゃん、元気にならないじゃないか」
ガーゴイル「現状維持が精一杯で、一向に回復せぬ。我の力ではここまでが限界だ。かや乃……すまぬ」
　かや乃、うっすらと目を開きゆっくり話す。
かや乃「い、いいんです。今まで、ありがとうございました」
ガーゴイル「だが我は……」
　かや乃、少し顔を上げ平太に問いかける。
かや乃「……平太、なにしてるの？」
平太「な、なにしてるって」
かや乃「山の声が聞こえたんでしょ？　急いで……村の人たちに報《しら》せにいかないと」
　かや乃から目をそらす平太。
平太「き、気のせいかもしんねえし」
かや乃「……平太」
平太「父ちゃんのことをあんな悪く言う奴らだぞ？　何で助けなきゃなんねえんだよ」
　かや乃、ふるえる体をおこし平太を叱る。
かや乃「父さんや母さんの名誉のためにも、今度こそ村の人たちを救わないと」
　平太、プイとまたそっぽ向き毒づく。
平太「へ、あんな村、無くなっちまえばいいんだ」
　その頬にかや乃の手が飛ぶ。
　平太、頬をおさえ涙目になる。
平太「姉ちゃん……」
　息荒く、しかし力強く語るかや乃。
かや乃「私たちは山の守り人よ。代々受け継がれた使命を果たしなさい！」
　ガクッとくずれるかや乃。
かや乃「！……」
平太「でも、だってさ。姉ちゃんがこんなで行けるわけないよ！」
　ガーゴイル、光を浴びせつづけながら、
ガーゴイル「平太よ、かや乃は我が守る。汝は村人を守れ！」
平太「山神様……」
ガーゴイル「行くのだ平太！　おのれに与えられた使命を果たせ」

○杉の多い屋根道
　必死で走る平太。前方に気づきはっとする。

平太「ん？」

　松明《たいまつ》をかかげた村の男衆がのぼってくる。

　村人たち、平太、双方に気づき立ち止まる。

村長「!?」

村人B「平太だ！」

　平太、全身で村人に叫ぶ。

平太「大雪崩が来る！　沢のうら手に逃げるんだ！」

　ギョッとする村長、村人たち。

村人たち「なに〜〜〜」

村長「黙れ！　オヤジのようにまた俺たちをだますつもりだろ！　そのスキに逃げる気か」

　村長の前へにじり寄る平太。

平太「そんなんじゃねえ、信じてくれよ」

平太（岳蔵）「信じてくれ！」

　平太に岳蔵の姿がダブる。ギョッとする村長。

村長「!?　じゃ、邪魔だ。捕まえておけ」

　村人二人に捕まってしまう平太。

平太「やめろ！　ばっきゃろ！　こんなことしてる場合じゃねえんだ！」

　もがきつつ抗議する平太。

　山の鳴く声にハッとして振り返る。

平太「！……」

　雪山の鳴く声が大きくなる。

平太「じ、時間がねえよ。どうすりゃ……」

○平太の家
ガーゴイル「いかん、平太が……」

平太の危機を察知したガーゴイル。
　だが光は止められない。
かや乃「ガーゴイル様、あたしはもう、平気です……」
　あお向けに寝て、胸の上に手を組んでいるいるかや乃。
かや乃「お願いします。平太と村の人たちを助けに行って下さい」
ガーゴイル「だが、今我が出て行っては……おそらく汝の身体は……」
かや乃「雪崩から皆を救えば、今までの誤解もとけます。そうすれば平太もまた村で暮らせるんです」
ガーゴイル「しかし……」
　うつろな目で語りつづけるかや乃。
かや乃「あなただって、いつまでもここにいられるわけではないのでしょう?」
ガーゴイル「……」
かや乃「あたしたちにそっくりな双葉ちゃんと

和己さんが、あなたの帰りを待っているんでしょう?」
ガーゴイル「しかし……汝を捨て置いてはゆけぬ」
　手で光をさえぎるかや乃。なえるようにガーゴイルの目から光が消える。
かや乃「あたし、分かったんです」
ガーゴイル「む?」
かや乃「やっぱりガーゴイル様は山神様なんです。山神様を村に遣わして、村の人たちを守るのが、このあたしに与えられた役目……だって私も……山の守り人ですから……」
　ガーゴイルにあてた手をもどし、ほほえむかや乃。
　突然、山からの轟音《ごうおん》が響く。
ガーゴイル「!　この音は!?」
かや乃「山鳴りだわ」
ガーゴイル「雪崩か!」
かや乃「弟と同じく、私にも使命を果たさせて下さい」
ガーゴイル「かや乃……」

○雪山の山道
村人B「雪崩だ!」
　山頂から雪ケムリが押しよせてくる。山の斜面を下りる雪崩。立ちつくす村人たち。
平太「くっそお!　もう間に合わねえよ!」
　あせる平太。雪ケムリが間近までせまる。
村人たち「ああ……いかん、逃げろ!　のまれるぞ!」
　立ちつくしていた村人たち。あわてて我先にと逃げはじめる。
　村人に見捨てられ取り残される平太。
平太「あ……」
　もう逃げられないところまでせまる雪崩。
平太「あ、あ……」
　雪の上へへたりこんでしまう。
　と同時にガーゴイル、目の前に現れる。

平太「!!」
目が青く光り、ガーゴイルの光線が走る。
雪崩が青白い光につつまれ凍り付く。
平太「山神様!?」

○村
小川にかかる橋。せまる雪崩に光線が走り、雪崩を凍り付かせる。なおも村を襲う雪崩。
ガーゴイル「うおおおおおおおお！」
ガーゴイル、雄叫びを上げながら光線を発射し続け、雪崩を片っ端から凍り付かせていく。
村人Ｄ「山神様じゃ！」
村人たちがふり返る。
村人女「山神様が雪崩を……」

○山道
ひざ立ちの平太。

平太「姉ちゃんは……山神様がいなかったら姉ちゃんの身体はどうなるんだよ！」

空のガーゴイルへ向かってさけぶ。

ガーゴイル「すまぬ……平太。これはかや乃の……守り人としてのかや乃の務めだ。我は、自分の務めを果たそうとする者を止めは出来ぬ……かや乃は皆を救うため、我が身を犠牲にして、我をここによこしたのだ」

平太の家、かや乃はいなくなっている。囲炉裏の炎が弱くなり、最後の炎がはじけて消える。

平太「!!」

ガックリ腰を落とす平太。

村長「すまねえ……」

肩を落として語る村長。

○回想　村の寄り合い所
岳蔵「いそいでここから逃げないと、たいへんなことになるぞ！」

村長と村人たちの前で力説する岳蔵。

村長「そう言われてものう、山は別段変わりはせんし、もし何もなかったら、すいませんじゃすまねえ」
だらだらと言い訳を続ける村長。
説得しつづける岳蔵。
岳蔵「信じてくれ、村長！」
村長、拒否の姿勢を最後まで崩さない。
村長「悪いが。ワシには判断できん」
村長の説得は諦め、村中を叫んで回る岳蔵。
岳蔵「雪崩が来るぞ～！」
戸口を伝えまわる母。
母「早くここから逃げないと！」
聞き入れない村人。
村人「雪崩？　アホぬかせ」
家々をまわる岳蔵と母。
山の鳴き声に山を見上げる。
岳蔵「！　いかん。間に合わん！」
村をのみこむ大雪崩。
雪にうもれた村。愕然《がくぜん》とする村人たち。
村人Ｃ「なんてこった」
村人Ｄ「村長さん」
村長「！」
村長Ｄ「守り人の岳蔵さん、村長に何も言わなかったのか？」
村長「い、いや……しばらく雪崩はねえと……」

○山道
平太に土下座する村長。
村長「すまなかった。すまなかった」

○村
氷のカべとなった大雪崩。

呆然と立ち尽くす村人たちに向かって、ガーゴイルの声が響く。

ガーゴイル（山神の声）「村の民よ！　今のうちに逃げよ。我は山の神！　一時的だが、これならば逃げる猶予《ゆうよ》はあるはずだ」

ガーゴイル目から光が消える。

ガーゴイル「むう。力を放出しすぎたか」

落下し、雪に埋もれてしまうガーゴイル。

○雪原
　三人の声が聞こえてくる。
双葉「ガーゴイル！」
和己「ガー君！」
イヨ「あ、この下よ」
　雪を掘り返す双葉たち。
双葉「いた！」
　掘り出されたあと、雪をはらってもらうガーゴイル。
ガーゴイル「村など存在していない？」
イヨ「正しくは、もう存在していない、ね。むかし大雪崩があって、村そのものが消滅しちゃったんだって」
ガーゴイル「馬鹿な……」
　車にもたれかかりウンザリ顔の天祢。
　ヤレヤレのメイドさん。
天祢「遅いなあ、なにやってるんだ？　もう高《たか》原《はら》イヨに関わるのはゴメンだ」

ガーゴイルのうしろで勝手気ままにしゃべってる双葉、和己。
和己「僕にそっくりな女の子か。ちょっと会いたかったかも？」
双葉「あたしたちそっくりな姉弟ねえ」
イヨ「……」
イヨはガーゴイルの前で考えこんでる。
イヨ「過去を透視するだけのはずだったのに……」
ガーゴイル「過去……そうであったか」
納得するガーゴイル。
双葉「へえ。タイムマシンじゃん。すっげ〜」
イヨ「ふう。また失敗か……」
和己「失敗なんですか？」
イヨ「この土地に、おもしろい逸話が残ってるのよ」
和己「逸話？」
イヨ「確かに雪崩で村は埋まったんだけど、雪崩による犠牲者は一人もいなかったんだって」
ガーゴイル「まことか！」
イヨ「雪崩を察知した如来様《にょらい》が自分の命と引き換えに、天より山神様をつかわし、人々を救った、というお話が残ってるの」
ガーゴイル「自分の命と引き換えに……」
ガーゴイルに残る雪が溶け、頬を伝い流れる。
それはあたかも涙のように。

第九話「怪盗梨々」

○御色神社《ごしき》　境内（夕方）
　走る足音が聞こえてくる。
梨々《りり》「やったぁ！」
百色《ひゃくしき》「参ったな……」
　社の前。ステッキで頭をかいている百色。
百色「近頃警戒が厳しいから、そう簡単には盗めないだろうと思っていたんだが」
　両手でイヨの乳パンツをかかげる梨々。
梨々「へへ……どう？」
百色「おそらく相手が梨々ちゃんだから、きっと彼女も油断していたんだろうな」
梨々「約束は約束。ちゃんと盗んできたよ」
百色「う～ん……確かに指示通りではあるが……」
　困り顔の百色。
イヨ「やっぱそうか！」
百色、梨々「！……」
　社の対面。怒りのオーラをまとい、イヨが胸をおさえて立っている。
イヨ「あんたの指示だったのね、黒テント！」
　百色のうしろにかくれる梨々。
百色「人を劇団みたいに呼ばないでくれ。いや、これはちょっとした試験でね。後先になってしまったが、ご協力に感謝する」
　努めて平静を装おうとする百色。
　なおもプルプルふるえているイヨ。
イヨ「ふ……ふざけろ……！　この黒ゴキブリ」
　イヨ、ついにブチキレ。ジャンプして槍を何本も投げつける。降ってくる槍をよける百色と、百色の背にしがみついている梨々。
百色「お詫びは後だ。今は逃げたほうがよさそうだ」
梨々「そ、そうみたい……」
瞬時に逃げだす百色と梨々。
イヨ「あっ！　あたしの乳ぱんつ返せ〜っ!!」

☆オープニング

○通学路（夕方）
下校中、会話しながら歩く双葉《ふたば》と美森《みもり》。
少し後ろを、うつむきながら歩く梨々。
美森「和己《かずみ》さん、風邪で寝込んでるんだ……今、流行ってるもんねぇ」
双葉「兄貴がひ弱すぎるんだよ、うちは兄貴以外、病気には無縁だっつーのに」
梨々を気にして、立ち止まり振り向く美森。
やや遅れて双葉も振り向く。
美森「梨々ちゃん、どうしたの？　さっきから黙って」
うつむいたまま立ち止まる梨々。
梨々「……ちょっと将来のことで」
双葉・美森「将来？……」
梨々「怪盗って……どうやったらなれるのかな？」
双葉・美森「はぁ？……」
呆然とする双葉、美森。

☆第九話「怪盗梨々」

○公園
ベンチに座って話す三人。
双葉と美森は、必死で梨々を説得している。
双葉「なぁ梨々、考え直せよ」
美森「そ、そうよ。梨々ちゃんって器用だし、運動神経もいいし、他になんのお仕事だって……」

立ち上がる梨々。
梨々「あなたたちには怪盗のロマンが分からないのよ！」
双葉「なんだよ、ロマンって」
　双葉と美森の前へ出て力説する梨々。
梨々「怪盗はスゴイのよ。どんな人にも負けないし、ピストルだって避けるんだから！　精神的にも豊かで、芸術だってわからなくっちゃ、怪盗なんてできないんだから」
　うんざり顔で梨々の話をさえぎる双葉。
双葉「お前、一番大事なこと忘れてねえか？」
梨々「？」
双葉「人のもの盗むのは犯罪だろうが！」
梨々「……」
双葉「自分で犯罪者になりてえって言ってんだぞ！　バカかお前？」
美森「ふ、双葉ちゃん……」
双葉「あたりめーだろ！　誰だって、犯罪者になりてえ、なんて奴がいたら止めるに決まって

……」

　梨々、たまらず双葉の頬を張る。

双葉「て、てめ……」

梨々「怪盗をそこら辺の空き巣なんかと一緒にしないでよ！　怪盗は義賊《ぎぞく》なんだから！」

双葉「んなうまくいくか！」

　双葉、梨々にドロップキック。

　直後、梨々の動きにハッとする双葉。

双葉「！」

　不敵な笑みを浮かべ、双葉のキックをジャンプでよける梨々。双葉に向かって降下。拳を振りおろす。側転でかわす双葉。

梨々「私は真面目に将来を考えてるの。猿みたいにいっつも何も考えていない双葉ちゃんよりマシだよ！」

双葉「猿たぁなんだ」

　双葉と梨々、取っ組み合いのケンカになる。

　不安そうに二人を見守る美森。

双葉「犯罪予備軍よりマシだ！　第一お前に怪盗なんて出来るか！」

梨々「出来るモン！」

　梨々におおいかぶさっている双葉。

双葉「なんでそんなに、怪盗なんかになりてーんだよ！」

　ひっくりかえし上になる梨々。

梨々「おじさんに守られてばっかじゃ、私なんの意味も無いじゃない！」

双葉「はぁ？　お前なに……怪盗なんてなれるもんか」

梨々「なるモン！　絶対なるモン！」

美森「双葉ちゃんも梨々ちゃんも、やめてー！」

○駐車場

　ネコたちの群れ。ガーゴイルの前に夫婦ネコ。

ガーゴイル「……」

　双葉が通りかかる。

双葉「ん？……何やってんだ⁉」

ガーゴイル「ネコの結婚式の立会人を頼まれて

な」
双葉「神父とか神主みてぇなもんか？」
ガーゴイル「うむ。我《われ》は今、御色町の動物たちの代表をしている立場ゆえ、このような雑事も多いのだ」
双葉「お前、いつからそんな微妙な立場に？つか、お前、動物なのか？」
ガーゴイル「それより双葉よ、またケンカをしたのか？」
双葉「ああ……梨々のバカとな」
途端に不機嫌になる双葉。
ガーゴイル「梨々と？」
夫婦ネコ、寄りそいあいながら去ってゆく。
ガーゴイル「なにを心配する。双葉の気持ちも分かるが」
双葉「あんな奴、もう友だちじゃねぇ！」
ガーゴイル「ぬう」

○百色の館　リビング（夜）

ソファに座っている百色。カップとソーサーを持ち、梨々のわがままを聞いている。
梨々「兎轉舎《とてんしゃ》のお姉さんからブラジャー盗んだら考えてもいいって、おじさんが言ったんじゃない」
百色「考えてもいいと言ったんだ。梨々ちゃんが怪盗になるのを許した訳じゃない」
百色、ソファにカップを置く。
顔を上げる菊一文字《きくいちもんじ》。
梨々「どうしてもダメなの？」
百色「犯罪者だから……という理由じゃダメかな？」
菊一文字、カップを少しのぞきこみ、顔をつっこんで舐《な》めてみる。にがそうな顔とピリピリふるえるヒゲ。梨々と百色の会話中、ずっともだえ続ける菊一文字。
梨々「おじさんだって、そんな事、覚悟の上で怪盗になったんでしょ？」
百色「それはそうだが……」

梨々「でも怪盗はただの泥棒じゃなく、困ってる人のために盗むんでしょ？　正義のために泥棒するんだって、いつも言ってるじゃない」
デュラハン「ルルル……百色、いつも言ってる……盗む……正義」
手をかかげ、梨々の肩を持つデュラハン。
さわやかな笑顔で答える百色。
百色「あれはウソだ」
梨々「……ウソ……？」
あっさり答える百色に、目が点になる梨々。
百色「どんな理由であろうと、盗みは悪なんだ」
梨々「そんな……だって……」
百色「話は、お終いだ」
ムッとする梨々。
梨々の側を通り過ぎる百色。
梨々「おじさん！」
梨々が振り向かないうちに、後方で何かが倒れる音がする。
梨々「！」
倒れている百色。何が起きたのか理解できずに、立ち尽くす梨々。
梨々「……！」

○南口商店街（昼）
臼杵《うすき》豆腐店。鼻歌まじりに窓を拭いているケンジ。背後をデュラハンが通過し、驚くケンジ。
ケンジ「♪……　っ!?……」
見送りつつ、梨々に問いかけるケンジ。
ケンジ「でっかいの連れて、おつかい？」
梨々「うん、ちょっと」
ひとり残され、つぶやくケンジ。
ケンジ「中に誰か入ってるのかな？」

○石田《いしだ》薬局店
双葉が和己の薬を買いに来ている。
双葉と話す歳三《としぞう》。レジには石田もいる。
歳三「やっぱさ、お前んちの兄貴だけは人並みってことだよな」

双葉「どーいう意味だ！　コラッ！」
　ドアが開く音がして、入り口に目をやる三人。
石田「いらっしゃい」
　入り口から梨々が入ってくる。
双葉「梨々……」
　ムッとして、背を向ける双葉。
双葉「……」
　あせる歳三。
　二人を見比べ、双葉に耳打ちをする。
歳三「なに、お前らケンカしてんのか？」
双葉「さぁね」
　梨々、石田に話しかける。
梨々「風邪のお薬を下さい」
　気になってチラ見する双葉。
双葉「風邪？……」
石田「どんな症状？」
梨々「熱が下がらないんです。咳もひどいし、寒気とか節々の痛みとかあるみたいで……」
石田「ああ、今流行ってる奴だね、それならねえ……」
　石田、薬を取りに行く。
　気になって梨々に問いかける双葉。
双葉「なぁ、風邪引いたって、まさか」
　答えず、ツンと横を向く梨々。
梨々「……」
双葉「てんめぇ～！」
　慌てて止めに入る歳三。
歳三「や、やめろ！　双葉」
双葉「むぎっ！」
歳三「店ん中でだけはやめてくれ！」
　ショーケースに顔を押しつけられる双葉。
双葉「ふんががが……」

○吉永《よしなが》家　ダイニングキッチン（夜）
　皿の割れる音がひびく。驚いているママ。
和己「百色さんが風邪？」
双葉「多分な。他に考えらんねえし……あんな奴でも風邪引くんだなぁ」

ガーゴイル「我が様子を見に行ってみよう」
双葉「お前が？」
ガーゴイル「梨々の事も気になる」
　水で薬を飲む和己。コップをおろしつつ問う。
和己「梨々ちゃんのことって？」
　柿を食べながら事情を説明する双葉。
和己「……へえ、梨々ちゃんが怪盗にねえ」
双葉「勝手にすればいいんだよ、あんな奴」
和己「憧れるのも、わからないでもないけど」
双葉「よりによって、あんな奇天烈《きてれつ》な奴に憧れるなんてさ～」
和己「！……シッ！」
　ママを気にする和己。
双葉「！」
　双葉もママの方を見る。ママの雷は落ちず、あるのはカゴ一杯になった見舞いの品。まだもの足りなそうな顔のママ。
ガーゴイル「……ママ殿」
ママ「……」
双葉「ウチにも一人いたんだった……」

○百色の館　百色の部屋
　体温計をくわえたままベッドに寝ている百色。体温計を見る。
百色「まずいな。上がる一方だ」
ガーゴイル「風邪か？」
　声の方を見る百色。見舞いの品を体中にくくり付けられたガーゴイルが立っている。
百色「やぁ、門番が怪盗にお見舞いかい？」
ガーゴイル「犯罪者がどうなろうと、我は一切同情はせぬ。これは吉永家のママ殿からだ」
百色「普段、風邪など引いたことが無いから、一気にひどくなってしまってね……ゴホッゴホッ……奥さんによろしく言っておいてくれ……」
　ワープ音がして百色が見やると、床に見舞いの品が散らばっている。
百色「……」

ベッドの上に移動しているガーゴイル。
ガーゴイル「梨々が怪盗になりたがっているとのことだが……」
百色「……そうみたいだね」
ガーゴイル「汝《なんじ》の見解を聞きたい」
思い出すように天井を見る百色。

○回想
暖炉の前で、シルクハットを手にステッキをかまえている百色と梨々。

シルクハットから、ハトを出す百色と梨々。

百色「最初は護身術のつもりで、色々技術を教えていたんだ。あの子が望むから、ついでに、手品師の技術も教えてやったんだが」

○百色の部屋
百色「呑み込みがいいんで、つい調子に乗りすぎて……」
ガーゴイル「泥棒の技術まで教えたのか？」

百色「解錠術やら侵入術やら……ね……まさか梨々ちゃんがそっちに興味を示すとは、思ってもみなかった……反省してるよ。でも、それだけの問題じゃない」
ガーゴイル「む？」
百色「梨々ちゃんは、怪盗をスーパーマンか何かと勘違いしているんだ。だから……これもいい機会だよ。私としては、まあそういうことだ」
ガーゴイル「承知した。病床に邪魔をしたな。甚《はなは》だ不本意であるが、お大事にと言っておいてやる」
百色「そりゃどうも……!?」
ガーゴイルは既にいない。苦笑する百色。
百色「ククク……ゴホッゴホッ……」
携帯電話が鳴る。出る百色。
百色「はい……その件は断ったはずだ……いや、単に気がすすまないだけでね」
真剣に電話の声と話す百色。

○百色の館へ通じる森の小道
薬袋を手に、デュラハンの肩に乗って帰宅中の梨々。
梨々「おじさん、早く良くなるといいね」
デュラハン「ルル……誰か、いる」
梨々「え？……」

○百色の館
門の前に一人の男が立っている。
梨々「あの、うちに何か用事ですか？」
レイジ「うち？　娘がいるなんて聞いてなかったな」
百色の屋敷を見て……チラッと梨々に目線を戻すレイジ。警戒し、身を堅くする梨々。
梨々「……」
レイジ「ああ、私は怪しいものじゃない。いや、怪盗を訪ねてきて怪しくないもないが……」
梨々「！　あなた、誰？」
レイジ「依頼していた仕事の催促《さいそく》に来たんだが」

梨々「催促？」

レイジ「彼は中に？」

梨々「え？　えっと……今、外出中で……」

○百色の部屋

眠っている百色。ベッドサイドには、新聞を手に持った梨々とデュラハン。

デュラハン「ルルル……百色、起きない」

梨々「薬で……薬で眠ってるだけだよ」

○回想

梨々に顔を近づけるレイジ。

レイジ「君が代理……ねぇ」

梨々「信用できないなら帰って下さい」

レイジ「フン……じゃあ、伝言を頼まれてくれるかな？　予告状は出した、とね」

○百色の館　リビング

夕刊紙を見て、ため息をつく梨々。

梨々「ハア……」

○兎轉舎（夕方）

イヨにそれとなく相談しにきた梨々。

カウンターに新聞を広げ、考え込むイヨ。

イヨ「ククルカンの台座ねぇ……南米は錬金《れんきん》術《じゅつ》よりも魔術のほうが盛んだから、そっち系の道具かもしれないわ」

目を細めて梨々に問いかけるイヨ。

イヨ「黒テントに頼まれたの？」

梨々「えっ!?」

イヨ「美少女ちゃんが、わざわざ次の獲物のこと、訊きにくるなんて」

梨々「あ、いえ……少し興味があっただけです。これ、届けに来ただけで」

梨々、手にした紙袋を差し出す。

イヨ、袋を受け取り、中を確認。

ハッと驚き、乳ぱんつを引っぱり出す。

イヨ「ん？　あ〜、忘れてた！」

ペコペコと何度も頭を下げる梨々。
梨々「ちゃんと洗濯してアイロン掛けときましたから、じゃ!」
ピュッと逃げだす。ポカーンと見送るイヨ。
イヨ「まったく……あいつ、あの子にどういう教育してんのよ……」
イヨ、再び新聞に目をやる。
イヨ「暇があったら調べてみよ」

○通学路(夕方)
下校する双葉、美森。
美森「梨々ちゃんが休むなんて、やっぱり風邪かなぁ? 昨日まで元気だったのにね」
双葉「……どうでもいいよ、あんな奴」
どこか元気のない双葉。
美森「双葉ちゃん……」
心配そうに双葉の顔をのぞきこむ美森。

○吉永家　門前(夜)
清川《きよかわ》がガーゴイルに仕事の依頼に来る。
双葉もそばで話を聞いている。
ガーゴイル「承知した」
清川「おお、やってくれるか」
ガーゴイル「奴とは公の場で勝負をしたいと思っていた。またとない機会だ」
清川「では、さっそく本部に戻って対応を検討しなくては。じゃ、詳しくは後ほど」
コートを正し、手を上げて走り去る清川。
ガーゴイル「どうやら百色は復調したようだな。我が見たときは、相当酷《ひど》い様子であったが」
双葉「あたしも一緒に行くぞ」
ガーゴイル「なにを言っている? 小学生が立ち会う場でも時間でもないぞ」
双葉「清川のおっちゃんには、あたしが近くにいねーとガーゴイルはうまく操縦できねえって言えばいいしさ」
ガーゴイル「我は、双葉の好きなアニメのロボットではないぞ」

不安そうな表情で、顔を上げる双葉。
双葉「ちょっと気になることがあるんだよ」
ガーゴイル「む？……」

○百色の寝室
ベッドでスヤスヤ眠る百色を、心配顔で見つめている梨々。
梨々「……」

○梨々の部屋
ポータブルＤＶＤプレーヤーでニュースを見ている梨々。
アナウンサー「ここ、皇帝閣ホテルの展示ホールでは、不敵なる怪盗百色の挑戦に備え、万全の警備態勢を整えております。明日深夜零時、ついに百色の逮捕なるか？　あるいは百色の勝利か？　世間の注目が集まっております」
画面にはガラスケースに入っている「ククルカンの台座」が映り、その周囲を清川たち警官隊が警備している。梨々、決意の表情で立ち上がる。クローゼットを開け、白いシルクハットを手に取る。心配するデュラハン。
デュラハン「梨々……なにを…する？」
梨々「これは、おじさんの信用問題に関わることなの。菊一文字さん、おじさんをお願いね」
菊一文字「にゃあ～ご！」
梨々「私の出番よ！」
顔を上げる梨々。りりしい笑顔。

○皇帝閣ホテル　展示ホール
清川「百色め、今日という今日こそ引っ捕らえてくれる。ふふふ……心強い味方も用意したしな」
台座を覗《のぞ》き込む警備員。レイジが化けている。

○会議室
テーブルに座って煎餅《せんべい》を食べている双葉。すぐ横にはガーゴイルの姿もある。

清川「やぁ、お疲れさん」
双葉「うい〜っす」
清川「双葉ちゃんも、すまないね」
双葉「気にすんなって、ご近所さんの頼みだもんな」
ガーゴイル「警備に多少の隙があるのはやむを得ぬ」
清川「う〜ん……隙があるか……」
　双葉、ガーゴイルの前で考えこむ清川。
レイジ「奴の侵入を防ぐのは難しいと思われます。むしろ逃走経路を押さえてもらい、現行犯逮捕した方が良いのでは」
清川「うん、確かにそうだな。どうかな、ガーゴイル君」
ガーゴイル「侵入してしまえば、ヤツの動きは捕捉できる。異存はない」
　ニターッと笑みを浮かべるレイジ。
レイジ「……」

○百色の館
　ガウン姿の百色。
　梨々を捜してリビングに下りてくる。
百色「梨々ちゃん……」
　梨々の部屋へ行ってみる。
百色「梨々ちゃん、もう寝たのかい？」
菊一文字「にゃあ〜ご」
　鳴く菊一文字の横。百色の予告の記事が目に留まる。おどろき、新聞に駆け寄る百色。とびのく菊一文字。
百色「予告状だって？　馬鹿な……！」
菊一文字「ふぎゃあ!?」
　ハッとして、クローゼットを開ける百色。
百色「！……梨々ちゃん……」
　中のハンガーが空になっている。

○皇帝閣ホテルの上空
　デュラハンに乗り、白色の怪盗コスチュームに身を包んだ梨々。自分に言い聞かせる。

梨々（M《モノローグ》）「落ち着いて、落ち着いて、梨々……」

　梨々、腕時計を見る。

　時計は零時一分前をさしている。

梨々「デュラハン、ゴー！」

　降下するデュラハン。

○展示ホール
清川「いよいよだな……」

　腕時計を見ている清川。何かの飛行音に気づき、顔を上げおどろく。

　窓越しに、左肩から突っ込んでくるデュラハン。梨々の姿は見えない。

清川「な？　正面からだと!?」

　突入したデュラハンを包囲する警官隊。デュラハンのスカート部から煙幕が吹き出される。デュラハンの背中に張りついていた梨々は、既にガスマスクをしている。

清川「え、煙幕か!?　出口を固めろ！」

　涙目になりながらも指図を出す清川。

警官隊「ゴホゴホゴホ」

　煙幕の中、セキこむ警官隊の中をぬうように走りぬけてくる梨々。ガラスケースにたどりつくと、シルクハットの中からガラスカッターを取り出す。切ったガラスを引き抜く。

梨々「よし！　あっ……」

　双葉、階段の途中で梨々に気づく。

双葉「梨々！　やっぱりお前」

梨々「双葉ちゃん」

　双葉の前にデュラハンが立ちはだかり、そのまま上昇。梨々は何も盗まずに姿を消す。

　何も出来ず見送る双葉。

○上の階の廊下
　煙幕の海からとび出すデュラハン。

　デュラハンの背につかまっている梨々。

清川「上に逃げたぞ、追え！」

　清川が警官隊を引きつれ階段をかけ上がって

ゆく。双葉は階段の途中で上を見上げている。

双葉「あいつ……ん？」

　双葉、ガラスケースの側から逃げ去る人影に気づく。ケースに駆け寄り、中を確認する。

双葉「あーっ！」

　からっぽのガラスケース。驚く双葉。

○階段
　警官隊の先頭を走る清川。
清川「急げ、ガーゴイル君が足止めしているはずだ」
　清川が駆け上がっていくと、踊り場にレイジが立っている。
清川「どうした、そこで何をしている？」
レイジ「少しの間、眠っていただきたくてね」
清川「なに？」
警官隊「ツァコール！」
　笑っている警官隊。清川も異変に気づく。
清川「……」

後ろからククルカンの台座を出すレイジ。
レイジ「ツァコール」
清川「！……貴様ら」
レイジ「フフフフフ……」

○通路
梨々を背に乗せ、なおも廊下を進むデュラハン。梨々の指示通りに進む。
梨々「右！」
デュラハン「ルルルル……」
廻りこむように右へ曲がってゆく。

○階段の踊り場
眠らされ倒れている清川。
レイジ、服を脱ぎ捨てマント姿に変わる。
レイジ「復讐《ふくしゅう》の時は来た……ツァコール」
いつの間にかローブ姿になっている警官隊。
ツァコル教団信者たち「ツァコール！」
階段を上がってくる双葉。清川に気づく。
双葉「……あっ！　おっちゃん！」
駆け寄る双葉。清川、意識を取り戻す。
清川「双葉……ちゃんか」
双葉「おっちゃんをやったのは梨々……じゃねえ、百色か？」
清川「違う……気をつけろ。おかしな奴らが」
ハッとする双葉。
双葉「ガーゴイル！」

○通路
廊下を進むデュラハン。梨々はデュラハンの上でＰＤＡをいじっている。ＰＤＡにはホテルの通路図が表示されている。
梨々「左！」
左へ曲がるデュラハン。ＰＤＡが出口を示す。
梨々「そのガラス窓から飛び出して！」
デュラハン「ルル……わかった」
返事と同時に急停止するデュラハン。
梨々「きゃあ！　……どうしたのっ？」

通路と広間の間、ガーゴイルが先回りして立ちふさがっている。
ガーゴイル「そこまでだ。百色よ」
梨々、デュラハンの陰から立ち上がる。
梨々「ガーゴイル……さん」
ガーゴイル「梨々か!? 百色の変装ではないようだな。我が間違うとは……」
梨々「間違う？」
ガーゴイル「百色に命じられてきたのか？」
梨々「違います！ わ、私は……私も怪盗になったんです！」
ガーゴイル「……承知した。ならば我は我の任務を果たすだけだ」
ガーゴイル、目からビーム発射。ビームは梨々の頬をかすめ、軽いヤケドをおう。
梨々「あ……」
戦慄《せんりつ》してガーゴイルを見つめる梨々。
ガーゴイル「今、考えを改めるなら許してやってもよいぞ」
梨々「改めません！」
決然と答える梨々。
突然動きだすデュラハン。ダッシュのポーズになりガーゴイルの横をすり抜ける。
梨々「きゃ!?」
デュラハンのマシンガンが火を噴き、窓を打ち抜く。
デュラハン「ルル……逃げろ、梨々」
梨々「ダメだよ。一緒に！」
デュラハン「ルル……梨々守りながら、あいつと戦うの、無理。逃げろ、梨々」
広間に出るデュラハン。急停止&ターンをかける。遠心力で窓外へ振り落とされる梨々。
梨々「あぁぁぁぁぁぁ……」
梨々、タキシードのボタンを引く。一瞬でパラシュート開きゆっくり降下してゆく。
梨々「デュラハン！」
ガーゴイルの目が怪しく光る。だが、双葉がガーゴイルとデュラハンの間に割って入る。

双葉「待て!!」
○皇帝閣ホテル　ガーデン
　パラシュートから出てくる梨々。
レイジ「動くな！」
梨々「……！」
　銃を構えるローブの男たち。
　中央にはレイジが立っている。
梨々「何なの、これ？　きゃっ！」
　レイジ、梨々に近づき、アゴをつかみグッと
引き寄せる。
レイジ「ん？　あの時の娘か？」
梨々「その声！　あなた、ウチに来た……な、
なんのマネよ！」
レイジ「復讐だ」
梨々「ふ、復讐!?　あ！」
　梨々、レイジが手にした燭台《しょくだい》に気づく。
レイジ「何も盗らずに逃げるとは、呆れた怪盗
だな」
梨々「……」
　くやしげに唇をかむ梨々。
レイジ「……百色はどうした？」
梨々「知らない！」
　レイジ、梨々を放り飛ばす。
レイジ「構わん。言わなければ、このまま殺す
だけだ。やれ！」
　ローブの男、銃を構え撃つ。
梨々「きゃ！」
　銃声と同時に二つに割れた銃弾が落ちる。
　地面には一枚のカードが刺さる。
レイジ「む！」
　唖然と見つめるレイジ。オブジェの上、パジ
ャマ姿の百色が高笑いを響かせる。
百色「うわっはははは……碧眼《へきがん》の少女に銀
の刃は届かない。闇夜を照らすこの月が全て見
ているように、この怪盗百色の目が全てを見通
し…ゴホッゴホゴホッ」
　決め台詞を言い切る前に、大きく咳き込んで

しまう百色。足元はふらついている。
百色「依頼人はお前だったのか？　レイジ」
梨々「おじさん！」
百色「わざわざ日本まで、ご苦労なことだ」
レイジ「くくく、やはり隠れていたな。何だその格好は？」
百色「気にするな。この仕事は断ったはずだぞ」
ハッとする梨々。
梨々「断った……の？」
百色「あの件以来、依頼仕事には慎重になっていてね」

○梨々の回想　ハミルトンの顔

○皇帝閣ホテル　ガーデン
梨々「あ……」
レイジ「ふん。だから代わりに予告状まで出してやったんだ」
百色「いい考えだ。従う義理はないが、あの予

告が偽物でも私は必ず来ただろうな。で、全ての罪を私に着せ、お宝を入手した上で……消そうという訳か」
梨々「！」
レイジ「娘を囮《おとり》にするとはな。おかげで予定が狂ったぞ」
百色「勘違いするな。この子は娘ではない。囮にしたつもりもない。この子だけは解放してくれ。狙いはこの私だろう？」
レイジ「貴様はこの目と私たちの聖なる教団を潰した重罪人だ」
梨々「潰した？」
レイジ「お前に関わるもの全て、我が神ツァコールの裁きに遭わねばならん」
　レイジ、銃をかまえる。
百色「！」
　百色も銃を抜くが、手が滑って落としてしまう。銃に気を取られて、バランスをくずしオブジェから落下する百色。
　百色の醜態《しゅうたい》をポカーンと見ていたレイジ。たまらず苦笑する。
レイジ「くく……そうか、病気だったのか？これもツァコールの思し召し」
　腰を押さえ、苦しそうに倒れている百色。
梨々「おじさん！」
レイジ「ハハハハハ、いいざまだ。ツァコール！　天の裁きを！」
信者たち「天の裁きを！」
　銃を構えるレイジと信者たち。
梨々「やめてっ！」
　上空から飛行音。デュラハンが百色をかばうように立ちふさがる。
デュラハン「ルルル……」
梨々「デュラハン！」
レイジ「お前は……あの石像にやられたのではなかったのか？」
ガーゴイル「相打ちを目論んでいたという訳か。偽警官よ」

レイジ「！」
ガーゴイルの声にあせり、振り返るレイジ。
すでに信者たちは黒コゲになっている。
百色「！」
レイジ、逃げようと振り返るが、後ろにはデュラハンが回り込んでいる。
レイジ「な……」
デュラハン「ルルル……梨々離せ。離さないと、俺許さない」
梨々のみけんに銃を突きつけるレイジ。
レイジ「来るな！　来ると……この娘を殺す！」
ガーゴイル「むう……」
デュラハン「ルルル……」
百色「梨々……ちゃん！」
レイジ「フッ」
勝ちほこるレイジ。
梨々「ハァ……ハァ……ハァ……ハァ……ハァ」
梨々、レイジの様子をうかがいつつ、反撃のタイミングを探る。ゆっくりとフトコロに手を

入れ、瞬時に銃を引き抜く。
梨々「！」
レイジ「!!」
梨々、レイジの銃から身をそらすと同時に、自分の銃をレイジのみけんに向ける。
直後に銃声。百色の表情が青ざめる。
レイジ「ぐわっ！」
梨々の銃はクラッカー銃。
紙吹雪にまみれて唖然とするレイジ。
レイジ「き、き、き、貴様！　こんな子供だましで！」
ブチ切れるレイジ。梨々に向けて銃を上げた瞬間、かなたから双葉がドロップキックで飛んでくる。
双葉「ふざけんなボケ――――――！」
レイジ「うわぁぁぁぁぁぁ」
もろにキックを受けたレイジ。銃を乱射しながら吹き飛んでいく。決めポーズの双葉。
双葉「梨々」
梨々「双葉ちゃん！」
双葉「わり。飛んだり消えたりできねーから、来るのが遅れた。」
梨々を百色に押し付ける双葉。
梨々「ふ、双葉ちゃん、あの……」
双葉「病人ほっといて、なにやってんだよ！」
百色「双葉ちゃん、感謝する」
双葉「いいから、後はアイツらに任しとけ」
プールの対面。レイジがガーゴイルとデュラハンに挟まれ逃げ場を失っている。
ガーゴイル「もはや逃げられぬ。観念せよ」
レイジ「くく……くくく。私は負けん。百色を亡き者にするのは失敗したが……これさえ手に入れれば」
激しく震える燭台。
ガーゴイル「いかん！」
レイジ「ツァコール！」
レイジ、燭台を高くかかげる。光とともに爆発が起こる。煙につつまれるレイジ。

百色「目くらましか……」
ガーゴイル「わからぬ。だが、気配は消えた」
双葉「やっぱりあいつが盗んだのか……」
梨々「え？」
双葉「梨々が逃げた後、誰かが盗んだのを見たんだよ。清川のオッチャンを眠らせたのもあいつだな」

○回想
デュラハンとガーゴイルの間に割って入っている双葉。
双葉「待て！　盗んだのは梨々じゃねえ！」
ガーゴイル「双葉！」
デュラハン「ルルル……？」
説明なしにガーゴイルに指示する双葉。
双葉「梨々を助けに行け！」
ガーゴイル「なに？　どういうことだ？」
双葉「いいから、行けっての！」
双葉、問答無用でガーゴイルにドロップキッ

クをかます。

○皇帝閣ホテル　ガーデン

梨々「そうだったんだ……あ、ありがとう」

微笑む梨々。

双葉「礼なんかいらねぇよ。だって友だちだろ？」

笑う双葉。

梨々「双葉ちゃん」

○吉永家　双葉の部屋

大の字で眠っている双葉。

○和己の部屋

風邪で寝込んでいた和己。ガーゴイルから一連の顛末《てんまつ》の説明を受けている。

和己「そうか、みんな大変だったんだね」

ガーゴイル「信じられぬことだが……我は梨々が潜入した時、梨々を百色だと認識してしまった」

和己「間違えたってこと？」

ガーゴイル「理由は分からぬ」

○百色の屋敷　百色の寝室

体温計を口に入れている百色。体温計を見る。

百色「だいぶ下がったな。無理に体を動かしたのがよかったのかな？」

うつむいている梨々。

梨々「ごめんなさい……こんな事になるなんて……」

百色、やさしく語りかける。

百色「あのレイジって男はね」

梨々「……」

百色「南米の……新興宗教の教祖だったんだ」

梨々「南米？　じゃあこの間の外国の出張って……」

百色「頼まれて、ある子供を救いに行ったんだ。その子を救うだけで仕事は済んだんだが……あのツァコル教団は、信徒をつなぎ止めるのに薬を使っていた」
○百色の回想　爆発する教団本部。
○百色の屋敷　百色の寝室
　ハッとする梨々。

梨々「！」

　起き上がる百色。手に力が入る。

百色「だがこれは正義じゃない。私憤だ。ただ私が許せなかっただけだ。そんな子を……もう……増やしたくないからね」

　梨々に笑顔を向ける百色。

　唇をかんで涙をこらえる梨々。

梨々「……」

　こらえきれず百色の胸に飛び込む。

百色「お、おい、風邪がうつるじゃないか！」

　泣きじゃくる梨々。やさしく見つめる百色。

○数日後　通学路（朝）
　仲良く歩く双葉と梨々。
双葉「じゃあ、百色、すっかり元気になったんだ」
梨々「私、付きっきりで看病したもん」
双葉「お前、自分のいる意味がねえとか言ってたけどさ」
梨々「？」
双葉「ちゃんと役に立ってるじゃん」
　赤くなる梨々。
梨々「もういいよ、その話は……」
美森「あ！」
　美森の声に立ち止まり振り返る二人。
美森「おはよ〜〜」
双葉・梨々「おはよ〜〜」

第十話「商店街狂想曲」

○御色町《ごしきちょう》北口（昼）

建設中の樽井《たるい》デパートに「近日オープン」という大きな垂れ幕がかかっている。

店先でビルを見上げている宮村《みやむら》。

宮村「……ふう……」

ため息まじりにうなだれる。

佐々尾《ささお》「塩饅頭《しおまんじゆう》、もらいたいんだけど」

宮村「え……あ、佐々尾さん」

佐々尾「隣の子が好きでね」

宮村「ああ、吉永《よしなが》さんとこ……ただいま用意を」

宮村、店へ入って行く。振り向く佐々尾。

商店街の人通りはまばら。

佐々尾「……」

表情が寂しそうにくもる。

☆オープニング

○佐々尾家（夕方）

門柱の上でのんびりしている菊一文字《きくいちもんじ》。

佐々尾の家には双葉《ふたば》と梨々《りり》が招かれている。

双葉「あ、さとみやの塩饅頭！」

佐々尾「そろそろ双葉ちゃんが来る頃だと思ってね」

菓子受けの塩饅頭を双葉が無造作につかみ取る。お茶を入れている佐々尾。

一個丸ごと口に入れる双葉。

双葉「あぐっ……これ大好物なんだよなぁ」

佐々尾「そうかい……さ、梨々ちゃんもお食べ」

双葉に湯飲みを出す佐々尾。もう一つ取る双葉。遠慮のない双葉を梨々は唖然と見ている。
梨々「あ……はい、いただきます」
　饅頭を食べながら話す双葉。
双葉「梨々ってさ、いっつも一人で留守番してばっかなんだ」
佐々尾「まぁ、偉いねぇ」
　照れてうつむく梨々。
梨々「……」
　双葉、乗り出して梨々に、
双葉「な、いいばあちゃんだろ」
梨々「うん……」
双葉「いつもなんか食わせてくれるしさ」
梨々「そっち!?」
　あきれ顔で双葉を見る梨々。
佐々尾「あたしも一人だから、遠慮なく遊びにおいで、梨々ちゃん」
梨々「は、はい」
佐々尾「そういや、双葉ちゃんとこの狛犬さん

も元気かい？」
梨々「狛犬？」
　不思議そうに双葉を見る梨々。
双葉「ネコの結婚式だの迷子の仔イヌ捜しだの、忙しそうによく出かけてるよ」
梨々「あ、ガーゴイルさんのこと……」
佐々尾「こんな年寄りの茶飲み話の相手もよく付き合ってくれるし、いい人だよ」
双葉「ごくっ……人じゃなくて石だけどな」
　双葉、お茶を飲みほし「おかわり」という感じで佐々尾の方に湯飲みを降ろす。
双葉「ぷは〜〜！　ばあちゃんちはお茶もうまいんだ」
佐々尾「そりゃそうよ、これでも昔は商店街でお茶を売ってたんだから」
双葉「あんがと」
　双葉、注いでもらったお茶を手に取る。
　次の饅頭を食べながら話を続ける双葉。
双葉「商店街って、御色町の？」
佐々尾「ずいぶん昔だけどね」
　柱にかけられた亭主の遺影。
佐々尾「商店街も寂しくなったねぇ」
双葉「寂しいって？」
佐々尾「お客の少ない商店街は寂しい……あそこは、あたしの大事な想い出の場所なんだよ……」
　佐々尾を見つめている双葉、梨々。

☆第十話「商店街狂想曲」

○吉永家（夜）
　門柱にガーゴイル。吉永家は晩ご飯。
パパ「確かに最近の南口はあまり人が来てないかな」
　ごはんをよそったまま、浮かない顔で話を聞いているママ。
和己《かずみ》「春には、北口にデパートがオープンするしね」

双葉「隣の佐々尾のばあちゃんが、寂しがってさ」

ガーゴイル「佐々尾殿が？」

突然、話に入ってくるガーゴイル。

双葉「ほんと、都合よく出てくる石ッころだな」

和己「こればっかは、僕たちじゃどうにもできないし」

パパに茶碗を渡したまま寂しそうに和己の話を聞いていたママ。名案が思いついたように笑顔で手をたたく。

ママ「！……」

ガーゴイル「ぬ……ママ殿……。その笑顔の意味は……？」

ママ「……」

ガーゴイルの頭をニコニコとなでるママ。

○さとみや（昼）

商店会会長の宮村を訪ねる和己と双葉、ガーゴイル。

宮村「ガーゴイルさんを？」

和己「うちのママのアイデアなんですけど」

双葉「ありがた迷惑じゃねーかって言ったんだけど」

宮村「吉永さんとこの奥さんとは、趣味の寄り合いでいつもご一緒させてもらってるんだが……さっすが考えることが違うねぇ」

双葉「趣味の寄り合いって？……ママの趣味ってなんだっけ？」

和己「えーと……」

ガーゴイル「それで、我《われ》はなにをすれば良いのだ？」

○さとみや前　桜の木の下

台に乗った宮村の前に商店街の人々が集まっている。

花村《はなむら》「商店会長さん、急になんでごわすか？」

佐藤《さとう》「なにもこんな所で顔つきあわさなくてもねぇ」

金澤《かなざわ》「まぁ、まずは会長の話を聞きましょうや」
宮村「ああ、皆さんお忙しいところすみませんな。ご存じのように、この歴史ある南口商店街も年々不景気になるばかり。追い打ちをかけるように、春には駅向こうにデパートができます」
うんざり顔で横やりをいれる石田《いしだ》、小森《こもり》。
石田「そんなこと、あらためて言われなくてもわかってますよ」
小森「人が来ねえんじゃ仕方ねえよ、べらぼうめ」
ざわめく人々を制して話を続ける宮村。
宮村「あ〜〜〜、お静かにねがいます。そこでね、吉永家の皆さんが、御色町南口商店街の活性化に協力を申し出てくれましてね」
宮村の前、照れくさそうに立つ双葉、和己。
和己「こんにちは……うう……」
双葉「あ、ども……」
ピエール「んま、吉永さん家《ち》が？」
宮村「嬉しいじゃありませんか。お客さんから

春木屋《はるきや》「さとみやさん、その話長いから次いって」

宮村「おほん……では、ご覧下さい」

宮村、横の布に手をかけ、布を引き取ると下からガーゴイル。台に鎮座《ちんざ》し、首に「おしゃべり石像ガーくん」の札がかかっている。

店主たち「おお〜〜」

宮村「ガーゴイルさんに南口商店街のマスコットキャラクターになってもらったんですわ」

ケンジ「そりゃいいや。ついでに店の宣伝とかしてもらえると嬉しいな」

花村「道案内もできるでごわすな」

ガーゴイル「おやすい御用だ。商店街のためになることであれば、我になんでも言いつけるがよい」

ガーゴイルの言葉に盛り上がる商店街の人々。

怪訝《けげん》そうにガーゴイルを見上げる双葉。

双葉「お前、なんか気合い入ってねーか？」

ガーゴイル「佐々尾殿には借りがある。借りを返す良い機会だ」

双葉「借りって？」

ガーゴイル「……」

そこへマダム・ヤンが遅れてやってくる。

マダム・ヤン「遅れちゃった。で、話ってなに？」

ケンジ「吉永さん家が商店街の売り上げに協力してくれるんだって」

マダム・ヤン「ジュルルル……」

妖しい笑顔で舌なめずりをするマダム・ヤン。

和己「ひっ……」

いつの間にか和己をだきしめているマダム・ヤン。

マダム・ヤン「じゃあ、うちは和己君をお借りするわん」

和己「え？　え……」

キッと振り向くえるされむ店主。
えるされむ店主「水滸伝《すいこでん》がそうくるなら、この天麩羅《てんぷら》処《どころ》えるされむだって黙っちゃいねえ！」
瞬時に双葉の背後に回るえるされむ店主。
えるされむ店主「こっちは双葉ちゃんを預からせてもらうぜ」
双葉「な？　こら待て！」
突然、話に入ってくるイヨ。
イヨ「え？　双葉ちゃんたちがアルバイト先を探してる？」
双葉「違うっての！　こ、こら、人の話をちゃんと聞けよ」
イヨ「いいわ、知らない仲じゃないし、二人ともうちで面倒を……」
和己「あ……水滸伝で働きます。んぷっ！」
マダム・ヤン「やん！」
胸におしつけて喜ぶマダム・ヤン。
双葉「あたしはえるされむって決まったからさ」
あきらめ顔で苦笑いの双葉。
イヨ「あら、残念ねぇ。実験の助手が欲しかったのに」
双葉「実験台の間違いだろ？」
イヨ「分かっちゃった？」
双葉「や、やっぱり……」

○吉永家　庭

エサを食べている菊一文字を見ているママ。

○南口商店街

ガーゴイルに道案内をしてもらっているカップル。
ガーゴイル「図書館は、この先の信号を渡り、御色町公園の中ほどにある。看板が出ている。それに従うがよい」
顔を見合わせる二人。
女「へぇ、本当に教えてくれたよ」
男「どういう仕組みなんだろ」
女「ありがとね」

ガーゴイル「待たれよ」
　振り向きざま、立ち止まる二人。
ガーゴイル「春木屋精肉店は、牛挽き肉の特売日のようだ。ぜひとも購入を勧める」
男「そ、そりゃどうも……」
　とまどいつつ立ち去るカップル。
ガーゴイル「……確かに……人の出入りが少なすぎる……」

○吉永家　リビング（夜）
パパ「ハハハハハ……いやあ感心感心、君たちに惜しみない拍手を送ろう」
　バイトで疲れきり、ぐったりとしている双葉、和己。拍手をしているパパ、ママ。テーブルの上のガーゴイルだけ、平然としている。
ガーゴイル「しかし……あらためて商店街の人通りの少なさを実感した」
和己「そうだよね、ランチタイムはめちゃくちゃ忙しかったけど、あとは……」
双葉「あたしらが働いたからって、人が来るってもんじゃねーし……」
双葉・和己「ん？……」
　怪訝な顔になる双葉、和己。
和己「なんだか勢いで乗せられちゃったけど」
双葉「あたしたちの働く意味なんか全然ねーじゃん」
パパ「働くことも勉強のうちだぞ。ハハハハハハハハハ」
　笑顔のパパ。コクコク頷くママ。
双葉「あのな……」

○御色町公園（夕方）
　池の柵に座っている双葉。美森《みもり》と梨々に事情を説明している。
美森「へー、天麩羅屋さんで働いてるんだ」
双葉「ガーゴイルだけのはずだったのにさ、これからまたうどんこねだよ」
美森「いつまでやるの？」

双葉「一応、今週いっぱい。でもさ、ガーゴイルくらいじゃ人なんかこねえよ。街の人は見なれてるし、元々よそからの客は少ねえんだしさ」
美森「そうだね、テレビでも来れば違うんだろうけどね」
　考えている梨々。

○回想　梨々
佐々尾「お客の少ない商店街は寂しい」

○御色町公園
梨々「そうだ！」
　ハッと何かを思いつく梨々。
双葉「うわっ！」
美森「双葉ちゃん！」
　おどろき、手すりから池に落ちそうになる双葉と、あわててささえる美森。
双葉「な、なんだよ急に」
梨々「ごめん、なんでもない。じゃあね」
双葉「バーイ」
美森「バイバーイ」
　池の対岸から夜倶《よぐ》先生の声。
夜倶「よりみち」
双葉・美森「うっ！………」
夜倶「しないで帰るんですよ〜〜」
美森「夜倶先生……」
双葉「ついに出ちゃったよ」
美森「反則だよね」

○百色《ひゃくしき》の館　リビング（夜）
百色「商店街に予告状だって？」
梨々「お願い、おじさんが予告状を出せば、テレビ局が来るし、そしたら宣伝になるでしょ」
菊一文字「うにゃ……にゃにゃ……にゃうん……みゃにゃ……にゃご？」
　百色はステッキにシルクハットをかぶせ、菊一文字をじゃれさせている。
百色「……あの商店街には梨々ちゃんもお世話

になってるし、協力してもいいんだが……」
梨々「ほんと?」
百色「盗むに値するものがあれば、の話だ」
梨々「……」
表情がくもる梨々。百色、ステッキにかみつく菊一文字をはずそうとしながら、
百色「盗むものがないのに予告状を出すわけにはいかないよ」
明るい表情になる梨々。
梨々「乳ぱんつのおねーさんとこ」

○兎轉舎《とてんしゃ》
明かり消えている。
カウンターにつっぷして寝ていたイヨ。
イヨ「っくしん! むにゅ……にゅ……」
大きなくしゃみをするが、そのまま寝てしまう。

○百色の館　リビング
梨々「珍しいものがいっぱいありそうだし」
百色「いや、どう考えても後が面倒すぎる」
ソファに座り、ヒザの上の菊一文字のノドをくすぐりながら落ち込む梨々。
梨々「やっぱり無理か……いい考えだと思ったんだけどなぁ」
菊一文字「ゴロゴロゴロ～」
百色「待てよ? 今、商店街にはガーゴイル君がいるって言ってたね」
梨々「うん……え! おじさん、ガーゴイルさんを盗む気?」
百色「門番を盗んでも意味はないよ。でも最強の門番の持ち物なら意味はある!」
梨々「?……」

○さとみや前（昼）
店の前に集まっている店主たち。
清川《きよかわ》の姿も見える。
清川「百色の予告状ですって!?」

宮村「見ておくれよ、清川さん」
清川「一二月一〇日午後零時、御色町南口商店街にあるおしゃべりガーくんの鈴を頂戴する……間違いない、奴の予告状だ！」
店主たちにまぎれたイヨがつぶやく。
イヨ「あたしの乳ぱんつとか、アホなこと言わないだけマシね」
小森「てーへんなことんなっちまったぜ、べらぼうめ」
清川「しかしまた、鈴とは妙なものを……しかも昼間？……」
清川、不思議そうに予告状を見ている。

○御色神社
賽銭箱《さいせんばこ》の向こうからニューッと出るヒッシャムの手。箱に手を入れつつ顔を出す。
ヒッシャム「必ずあとでお返ししまーす。お許しくーださーい」
ガーゴイル「久しぶりだな」
ヒッシャム「はぅ！」
サッと引っこむヒッシャム。
二体の狛犬と話をするガーゴイル。
狛犬阿《あ》「お参りに来る人が話していたぞ」
狛犬吽《うん》「我らとお揃いの鈴を盗もうとする輩《やから》がいるとか」
ガーゴイル「この鈴は我にとって宝以上のものだ。怪盗風情に奪われてなるものか」

○回想　吉永家前
ガーゴイル「あれは我が吉永家に来た日のことであった」
門柱にいるガーゴイル。
まだ首に鈴がついていない。
双葉「まだいやがったのか！」
ドロップキックでふっとばされるガーゴイル。
双葉「帰れっつっただろ、ウチはお前みてえな石ッころはいらねえんだよ！」

ガーゴイル「そうはいかぬ」
　門柱に半分乗っているガーゴイル。
　押されるようにバランスをくずす双葉。
双葉「あわわわわ……ぐっ……」
ガーゴイル「我はこの家を守るよう指令を与えられたのだ、変更は出来ぬ」
　門柱にしがみつき落下をまぬがれ、しがみついたままガーゴイルをにらむ双葉。
双葉「ぐぬぬうう……」

　御色神社の御神木の桜から、花びらが舞う。

○回想　吉永家前
　門柱に立つガーゴイル。桜の花びらが一枚風に流れてガーゴイルの鼻先に落ちる。
ガーゴイル「吉永家に用事か？」
　ガーゴイルをじっと見つめて立っている佐々尾。
ガーゴイル「ならばまず、名前と用件を話せ」
佐々尾「立派な狛犬さんだねぇ」
ガーゴイル「狛犬？……」

○回想　御色神社
狛犬阿「見かけない顔だね」
狛犬吽「我らと同じ石像かい」
ガーゴイル「門番型石像というらしい。名はない。今日、汝《なんじ》らと間違えられた」
狛犬阿「君は人間と話すことができるのか？面白いね」
ガーゴイル「我はまだ、自分がなにをなせばよいのかわからぬ」
狛犬吽「門番だから門を守るんだろう。我らと同じじゃないか」
ガーゴイル「任務は理解できるが、それだけでは、なにかが足りぬ」

○回想　吉永家前
　アーク燈が点滅して消える。

佐々尾家から逃げだす泥棒。バッグをかかえあたりをうかがいつつ走ってくる。
ガーゴイル「待て！」
泥棒「うっ！……な、なんだお前？」
ガーゴイル「我はこの吉永家の門番である。この家にも侵入するのであれば、我は即座に貴様を排除する」
泥棒「見てやがったのか？」
ガーゴイル「見るというのは正しくない……動きをずっと監視してはいたが、汝はいわゆる窃盗犯か？」
泥棒「くそ！　くらえ！」
泥棒、ガーゴイルにナイフをつきたてようとする。
泥棒「ぎゃああああ！」
光線の閃光《せんこう》がきらめく。
やがて灯りがもどるアーク燈。
佐々尾家の前にパトカー。
清川の事情聴取を受ける佐々尾。
佐々尾「あたしゃ眠ってたんで全然気が付かなくて……怖いねぇ」
側には吉永家のパパ、ママ、和己、双葉も起き出してきている。ガーゴイルを見る双葉。
双葉「お前、なにしたんだ？」

○御色神社
ガーゴイル「あれが、我の賊《ぞく》退治のはじまりであった」

○回想　翌日　吉永家前
門柱のガーゴイルの前に立つ佐々尾。
ガーゴイル「何の用だ？」
佐々尾「狛犬さん、下りてもらえないかしらね」
ガーゴイル「我に何の用だ」
佐々尾「まぁ、素早いこと」
ガーゴイルの首に三つの鈴を掛ける佐々尾。
ガーゴイル「む……なんの真似だ？」
手前を歩いてゆく天祢《あまね》とメイドC。

佐々尾「夕べのお礼」
ガーゴイル「お礼?……」
佐々尾「泥棒を捕まえてくれたでしょ。本当にありがとう」
　佐々尾、頭を下げる。
ガーゴイル「ぬう」
佐々尾「なんだい?」
ガーゴイル「いや、感謝には及ばぬ」

○回想　御色神社
　舞う桜の花びら。
狛犬阿「我々にこの鈴を?」
ガーゴイル「三個は多すぎる。汝らに進呈しよう」
狛犬吽「ありがとう、とっても嬉しいよ」
ガーゴイル「……」
狛犬阿「どうしたんだ?」
ガーゴイル「この気持ちの揺れ……やはりそうか」

狛犬吽「なんだい？」
ガーゴイル「……おそらく…………我は嬉しい」
　風にゆれる鈴。

○御色神社
ガーゴイル「あのとき、我は佐々尾殿と汝らに感謝されることで……そして同時に喜びという感情を得た。この感情こそ、我と我の周囲の人々を繋《つな》ぐ宝であり、それを得ることが出来たこの鈴は、我にとって宝以上のものであるのだ」
ヒッシャム「オウ、なんてリーリカルでビュチィーホゥなお話でしょう」
　賽銭箱の裏で泣きながら感動しているヒッシャム。
ガーゴイル「なにをしている？」
　ガーゴイル、賽銭箱の横へ移動。
　賽銭箱の陰からとび出すヒッシャム。
ヒッシャム「うわっちゃっとぉ!?」
ガーゴイル「まさか賽銭泥棒などを……」
ヒッシャム「NO・NO・NO！　私はガゴイールさんのお話を聞いてベリベリー感動していーたのでーす。そんなベリベリ大切なガゴイールさんのパソナールチャイムを盗もうとするなんて許せまーせん。ドタマきーたこれ。私にお任せくださーい。ではでは、マーアッサラーマ！」
ガーゴイル「任せるとは？」
　答えず立ち去るヒッシャム。
　ガーゴイル、ポツンととり残される。

○えるされむ店内
　テンプルナイツの実演の横。台の上でうどんをガンガン踏みこんでいる双葉。
双葉「百色も……なんで……今さら……ガーゴイルの……鈴なんか……！」
　入り口からのぞき、手まねきする梨々。
双葉「梨々……？」

○商店街　さとみや前

ガーゴイルを囲み、あたりを気にしながら話すイヨ、梨々、双葉、和己。

ガーゴイル「では、人を集めるための策ということか？」

イヨ「アイデアとしちゃ悪くないいんじゃない」

梨々「そうでしょ」

和己「一応、商店街の人には話しておいた方がいいんじゃない」

双葉「そうだな。さとみやのおっちゃん、心配しすぎて寝込んじまったもんな」

○さとみや　奥の和室

宮村「はぁ……そうだったのか……ありがたい話だが、どうして怪盗百色が私たちのためにそんなことを？」

和己「えと、前にここで大暴れしたことがあったでしょ。そのお詫びじゃないかと」

双葉「だから全然心配いらねーよ。客寄せのヒーローショーみてえなもんだから」

勢いよく立ち上がる宮村。

宮村「そうとわかれば、こうしちゃおられん。皆さんと御色町南口商店街を全国的にアピールする策を練らなくては。よーし、燃えてきたぞ」

双葉「あーいや、ガーゴイルが有名になるだけで充分アピールできっから……」

苦笑する和己、双葉。

○ヒッシャムの山小屋

ヒッシャム「行ってくれますか？　マイラブリープラント、オシリース」

携帯をかかげているオシリス2号。

オシリス2号「はて？　あの犬めを守れというのか？」

ヒッシャム「今回は特別でーす。オシリス、愛のために立つのでーす！」

○吉永家（夜）
パパ「パパも明日会社休んで商店街に行こうかな、ハハハハハハ」

○駅前（昼）
　商店街入り口に集まっているTV中継車とパトカー。

○商店街
清川「俺の地元に予告とは、ちょこざいな」
アナウンサー「商店街のマスコット、おしゃべり石像ガーくんを怪盗の手から守れとばかり、商店街の方々も自ら自警団を結成したようです」
　アナウンサーを撮っているカメラマン。アナウンサーに合わせてカメラをパーンする。
ヌマタ「目分量のヌマタ！」
タグチ「まぶしのタグチ！」
アキヒコ「揚げのアキヒコ！」
　三人の後ろに、やる気のない双葉。
双葉「あ、うどん踏みの双葉」
三人「我ら、天麩羅処えるされむ従業員テンプルナイツ！　へいお待ち！」
　横から顔を出し、やはりやる気なく、
双葉「おまち……」
ヌマタ「営業時間は」
タグチ「午前一一時から」
アキヒコ「午後九時まで」
双葉「なんであたしまで、こんなことしなきゃ……」
　呆気にとられるアナウンサーとカメラマン。
アナウンサー「はぁ……え!?」
　マダム・ヤンが扇でカメラを自分の店の方に向ける。おどろくアナウンサー。
リナ「刻みのリナ！」
リン「いためのリン」
リム「あんかけのリム」
　照れくさそうにフレームに入ってくる和己。

和己「えーと、ウエイターの吉永和己です」
四人「人呼んで、水滸伝 梁山泊《りょうざんぱく》！」
リン「中国料理水滸伝は」
リナ「なんとランチタイム」
リム「御飯おかわり自由でーす」
汗ジトのアナウンサー。
アナウンサー「で、では不安に怯える商店街の方にもお話をうかがいましょう」

○さとみや前
宮村にマイクを向けているアナウンサー。
両手を後ろに組みつつのけぞる宮村。
宮村「おほん……商店会会長の宮村と申します、和の材料を吟味《ぎんみ》し、アンより全て自家手作り。和菓子のさとみやを経営しております」
アナウンサー「あの、ありがとうございました」
苦笑いでマイクを引くアナウンサー。
アナウンサー「では、他のお店の方々にお聞きしたいと思います」
宮村「我が御色町南口商店街は、地域住民と共に歩んだ五十年の歴史を誇っておりまして……」

○春木屋前
春木屋「ほんと、怖いわよねぇ、うちの安くて新鮮なお肉や評判の揚げたてコロッケとかも狙われそうだわ。あ、ちなみに特売日は火曜日なんだけどね」

○小森青果店前
小森「百色がなんぼのもんでい。なにしろうちは産地直送、全部有機栽培だぜ！　いつでもドンと来いってんだ、べらぼうめ！」

カメラをつかんでまくしたてる小森。

アナウンサーもタジタジになっている。

○洋菓子店かまい前
「かまピーくん」の横でくねりながら宣伝する

ピエール。

ピエール「うちの新作スイーツよん。百色さんにも食べさせたいざます。あ、ここのミントがポイントなのん、美味しそうでしょ。トレヴィアン〜」

かまピーくんの上に落ちるスイーツ。

ピエール「あ……」

脱力しているアナウンサー、カメラマン。

○兎轉舎前
イヨ「いいなー。うちも宣伝してもらおーかな」
双葉「露骨というか……」
和己「全然、不安に怯えてるように見えないし……」

○ちゃんこ屋おけはざま前
花村「どすこい!!」

取材陣「おお〜!」

巨大な土鍋を持ち上げる花村。

感心しつつ写真を撮っている取材陣。

その後ろで「よしよし」と首をタテにふっている宮村。

清川、腕時計を見て時間を気にしている。

清川「あと一五分か……」

建物の隙間から外をうかがうヒッシャム。

ヒッシャム「そろそろ百色さんが現れる時間でーす。オシリス?……どこですか、オシリス」

あたりを捜すがオシリスが見当たらない。

○さとみや前
台座にガーゴイルが乗せられる。

宮村「我が南口商店街が誇る、おしゃべり石像ガーくんです」

アナウンサー「たった今、おしゃべり石像ガーくんが到着したもようです」

ガーゴイルを取り囲む取材陣。ガーゴイルにインタビューを試みる。

その背後、マンホールのフタが開き、オシリスの触手がニョロニョロ這い出してくる。
アナウンサー「そろそろ時間ですが、今のお気持ちをお聞かせ下さい」
リポーターA「百色に勝つ自信は？」
リポーターB「写真いいですか？」
リポーターC「なにか一言」
ガーゴイル「ここは危険だ、下がるがよい」
アナウンサー「おお、しゃべった」
リポーターA・B・C「おお～～!!」
オシリスの携帯音に気づくガーゴイル。
ガーゴイル「む、これは！」
リポーターA、B、Cと、オシリス2号の触手に、巻き上げられてゆく。
リポーターA「うわ～」
リポーターB「わわわ～」
リポーターC「ひぇ～」
おどろくイヨ、双葉、和己。
双葉「オシリスじゃねーか！」
イヨ「どういうこと？」
和己「さぁ……」
アナウンサー「な、なんだこりゃ」
リポーターD「ば、化け物だ～！」
オシリス2号「賊めが。妾《わらわ》が全部成敗してくれるわ」
オシリスが手をふりはらうと触手がとびだす。
ガーゴイル「ぬう、オシリスの登場は聞いておらぬが？」

○上空
デュラハンに乗って飛ぶ百色と梨々。
百色「まぁ、うまく盛り上げて退散するよ」
デュラハン「ルル……鈴、盗まないのか？」
百色「今回は特別興行だからな」
デュラハン「ルル……特別？」
アーケードの上空まで到着し、下をのぞく百色、梨々。
百色「ほう、なかなか盛大じゃないか」

梨々「なに騒いでるんだろ？」

○商店街内

逃げてゆく取材陣。メガホンで叫ぶ清川。

清川「こら、やめんか！　なんの真似だ、あっ！」

オシリス2号の触手にメガホンを取られる清川。メガホンに携帯をあてるオシリス2号。

オシリス2号「妾の邪魔をするでない！」

清川「ううう〜」

大音量&ハウリングに耳をふさぐ清川、警官たち。

清川「おのれぇ！　公務執行妨害で逮捕だ！」

立ち向かってゆく警官たち。

清川「な、なに！」

触手の中、警官たちがポンポン放りなげられていく。

警官たち「うわ〜」

ガーゴイル「双葉よ、我はどのように行動すればよいのだ」

双葉「なんでオシリスが出てくるんだ？」

和己「さぁ……」

宮村「めちゃくちゃだ、なんでこんなことに」

気配を察知するガーゴイル。

ガーゴイル「ぬ、来たか」

○商店街　アーケードの上

アーケードの上に立ち、見下ろしている百色。

百色「何の騒ぎだこれは？」

ガーゴイル「我にもわからぬ」

声の方向を向くと、アーケードの反対側にいるガーゴイル。

梨々「ガーゴイルさん」

百色「おしゃべりガーくん、状況を説明してくれないか？」

ガーゴイル「ただ、この状況で汝が現れても混乱を増すだけなのは確かだ」

百色「う〜ん、キャンセルは僕のプライドに関わるんだが……」
ガーゴイル「そもそも我は茶番など好かぬ。この場で勝負しても構わぬぞ」
　ステッキをかまえる百色。
百色「ふ、真剣勝負といくか、おしゃべりガーくん」
ガーゴイル「いつまでもその名で呼ぶな！」
梨々「こんな所で真剣勝負しても意味ないよ」
　百色とガーゴイルを止めようとする梨々。
　突然、下からヒッシャムの悲鳴が聞こえる。

○商店街内
ヒッシャム「NOO〜〜〜！」
百色「ん？」
双葉「ヒッシャム、てめえの仕業か！」
ヒッシャム「オシリスは、あの人たちがガゴイールさんの敵と勘違いしたのでーす」
和己「ガー君の敵？」
　オシリス2号の触手にからめとられている取

材陣と警官たち。
　オシリスは悠然《ゆうぜん》とメールを打っている。
ヒッシャム「そなのーです、私は、ガゴイールさんの鈴をガードするようオシリスに命じたのでーす」
イヨ「とにかく、みんなを下ろしたほうがいいわよ」
ヒッシャム「い、いえーす。オシリス、皆さんを放しなさーい」
オシリス2号「もう良いのか、つまらぬのう……」
取材陣・警官たち「うわ～」
　バラバラ落ちてくる取材陣と警官たち。

○商店街　アーケードの上
ガーゴイル「鈴を……なるほど、そうであったか」
百色「オシリスがなぜ、ガーゴイル君を守るんだ？」
ガーゴイル「百色」
百色「ん？」
ガーゴイル「なんとかこの場を収めたい。協力してもらえぬか？」
百色「……!?　フッ……」
　百色、納得したようにニッと笑顔になる。

○商店街内
　どこからともなく、百色の笑い声が響く。
百色「ははははは……」

○吉永家　リビング
　レコーダー録画ランプがつき動きだす。ＴＶの前、リモコンを握りしめうれしそうなママ。

○商店街
清川「ひゃ、百色！」
　見上げる清川。
　ガーゴイルは台座にもどってきている。

ガーゴイル「我が助っ人の力を見たか！」
清川「助っ人だって!?」
双葉「おい、ガーゴイル」
和己「しっ、黙って見てようよ」
　アーケードの上で、わざとらしくくやしがる百色。
百色「く……よくぞ私がウナギや蛇などといった長いものが苦手だと見破った」
清川「な、なんだって!?」
ガーゴイル「おそれいったか」
百色「やむを得ない、今日のところは引き下がろう。フハハハハハ」
　マントをひるがえすと、カードが舞い落ちてくる。ガーゴイルの所へやってくる清川。
清川「ガーゴイル君、こりゃどういうことだ？」
ガーゴイル「あやつは我が呼んだ助っ人で、百色牽制《けんせい》のため少々暴れてもらったのだ。驚かせてすまなかった」
清川「そうだったのか」
　リポートするアナウンサー。
アナウンサー「ご覧下さい。御色町南口商店街には、おしゃべり石像だけではなく、このような不思議な植物まで……」
ヒッシャム「すみませんでした、ソーリー許して」
　オシリス2号の前でみんなに頭を下げているヒッシャム。カメラのフレームに入っている。
ヒッシャム「？……」

◯上空
　デュラハンに乗って飛ぶ百色、梨々。
百色「いささか強引だったかな？」
梨々「かなり。……でも話題になったから」

◯商店街内
　商店街出口へ向かって走る清川。
清川「百色の弱点を掴《つか》んだのは大収穫だぞ。ウナギや蛇を大量に用意するよう、警視庁に報告しなければ。これで逮捕したも同然だー！」
何も言えず清川を見送る和己と双葉。
ガーゴイル「……すまぬ……」

○上空
梨々「警部さんには悪いことしたかも」
百色「そうだね……蒲焼《かばや》きは大好物でね」
デュラハン「ルルル……」

○吉永家　ダイニング（朝）
パパ「写真入りで載ってるぞ。御色町南口商店街も有名になったな」
新聞「謎の動く植物、百色を撃退！　携帯を使って会話も？」という見出し。小見出しには「警視庁、ウナギ養殖業者と契約」とある。
双葉「一時はどうなるかと思ったけどな」
和己「百色さんのおかげだよ」
ガーゴイル「今回だけは、我も認める」
百色の顔型の目玉焼きを焼きながら、うれしそうに笑うママ。
ママ「……」

○商店街（昼）
たくさんの人でにぎわっている。人々の前で踊りを披露するオシリス2号もいる。
宮村「ヒッシャムさん。おかげでオシリスちゃん大評判ですよ」
ヒッシャム「私も皆さんのお役に立ててうれしいでーす」
ふと、オシリスの胸元の携帯にさわろうと手をのばす男が。携帯が光り声が出て、ビクッとなる。
オシリス2号「無礼者！」
オシリス、触手から男に向かって光線を放つ。
男「ぎゃあ！」
ヒッシャム「むやみに触らないで下さーい」
さとみやにやってくる佐々尾。
佐々尾「塩饅頭、もらいたいんだけど」

宮村「すみません、ただいま」
　店へ入っていく宮村。見送る佐々尾。
　佐々尾が振り返るとにぎわっている商店街。
佐々尾「ずっと、このままでいてほしいね……」
　うれしそうな佐々尾。

○回想　昔の商店街
　お茶屋の前を掃く若き日の佐々尾。視線に気づき顔を上げる。
　交番の前に立つ若い佐々尾のじいさん。ニカッと笑う。
　微笑み返す佐々尾。

第十一話「人形がみつけた赤い糸」

○電車内
　どんよりした曇り空。
　下校中、ドアにもたれて外を見ている和己《かずみ》。
　演劇部部長の友人、林吾《りんご》が、和己を説得している。
林吾「和己、考えてくれたか？」
和己「やっぱり僕には無理だよ、芝居なんて」
　ガックリうなだれる林吾。
林吾「うーん、残念だ。次の公演はぜひお前主演でいきたかったんだが……どうにも女優不足でな」
和己「女優……!?　ちょ、ちょっと待って」
桃《もも》「お兄ちゃんの言うことなんて、ほっといていいですよ」
　林吾の横から顔を出す桃。
和己「あ、桃ちゃん」
桃「こんにちは、先輩」
林吾「桃、仮にも演劇部員でありながら、部長の切なる勧誘に水差すんじゃねーよ」
桃「どーせ、わけ分かんないアングラ芝居でしょ」
林吾「俺の虚無と破滅に満ちたオリジナル台本をわけ分かんないとはなんだ！」
　プイッと横を向きつつ、和己の方へ行く桃。
林吾「俺の書いた『タナトスの死』はな、我々の愚民《ぐみん》たる自覚、すなわち魂のダークサイドを露わにすることが目的の現代のヌルい時代性を喝破《かっぱ》したアナーキーかつ前衛的な作品で、まあ確かに難解さ複雑さがひとつの背景としてある事は認める。認めはするが、これも芸術の必然であり帰結であって……ゆえにこれは理解できないんじゃなく、しねーほうに問題があるんだ。だから俺は……」

ドアにもたれつつ和己に話しかける桃。

桃「でも演劇部って楽しいですよ。役者じゃなくても大道具、小道具、照明とか、他にもやることあるし」

和己「まぁ、そういうのだったら、やってみても……？」

和己と目が合いドキッとする桃。

桃「！……」

あわてて視線をはずす。

和己「何？」

背を向け外を見て、話題を変える桃。

桃「そ、そういえば、もうすぐクリスマスですね」

和己「？……うん、そうだね……」

アナウンス「間もなく、御色町《ごしきちょう》に到着いたします」

桃「お兄ちゃん、あたしここで降りるね」

林吾「ん？　なんか言ったか」

和己「じゃあ、今日は僕と一緒だね」

桃「はい！」

うれしそうにうなずく桃。

☆オープニング

○御色町北口

建設中の樽井《たるい》デパート。

「春オープン」の幕がかかっている。

和己「買い物？」

桃「はい、ちょっと……じゃ、またね、先輩」

和己「うん、また……うう……今日は寒いな、急いで帰ろ」

寒風にブルッと震え、家路につく和己。

○北口商店街
　キョロキョロと目うつりしながら歩く桃。

☆第十一話「人形がみつけた赤い糸」

○南口商店街
　あたりを見ながら歩く双葉《ふたば》、梨々《りり》、美森《みもり》。
美森「クリスマスが近くなると賑やかでいいね」
梨々「別なとこに来たみたい」
　前方に気づく双葉。
双葉「あ、オシリス」
　さとみやの前。クリスマス・ツリーのようなデコレーションをされたオシリスが、観衆の前で踊っている。
双葉「まだやってたのか」
ヒッシャム「おう、皆さーん。私、クリスマースの間だけ、商店街に協力を申し出たのでーす」
双葉「へぇー」
　お金の入っているオナベ。次々におひねりが

投げ込まれていく。ヒッシャムも左手に持ったオナベで観衆からお金を集めている。
ヒッシャム「私もべリべリビジネスありがたいデース。シュクラム、シュクラム、サンキューベリーまっちでーす」
梨々「協力というか……」
美森「大道芸の許可もらっただけじゃ……」
双葉「つか、植物に食わせてもらうなよ……」
汗ジトで見ている双葉、梨々、美森。
双葉「ま、ご主人のために頑張れよ、オシリス」
オシリス「無礼者。主人は妾《わらわ》じゃ。お主らごときに応援されるまでもないわ」
双葉「相変わらずかわいげねーな……じゃ、あたし兎轉舎《とてんしゃ》に用事があるから」
梨々「兎轉舎に？」
双葉「うん。出掛けに姉ちゃんから、なんか急ぎの用事があるとか電話があってさ」
美森「ガーゴイルさんのこと？」
双葉「多分そうじゃねえかと思うんだけど……」
梨々「だといいけどね」
手をかかげつつ走りぬける双葉。
双葉「またなっー！」
双葉を見送るオシリス。
携帯ディスプレイからハナ子の歌が流れる。
美森「あ、キレイな曲」
梨々「ホントだね」
ハナ子の歌に感動する梨々、美森。
ヒッシャム「シュクラム、シュクラム、ありがとござまーす」
通行人にお金を入れてもらって、お礼をしているヒッシャム。
踊るのをやめて携帯を見つめているオシリス。

○兎轉舎内
たくさんのキルトが展示してある。
双葉「……今日はまた雰囲気が違うな」
イヨ「クリスマスだしね……あ、手を十字に交差させてみて……内装を若い子向けにしてみたの」
双葉「それはいいけどさ、なんなんだよこれ……」
　ケーブルでつながった鍋敷きの上でポーズをとっている双葉。奥にはガーゴイルの姿も。
イヨ「見りゃ分かるでしょ、実験よ」
双葉「だからなんの実験なんだよ」
イヨ「実証実験よ」
　カウンターの下に伸びたケーブルの先が、イーハトーブ式ヘルメットにつながっている。
イヨ「うまくいきそうだわ。でも双葉ちゃん専用になっちゃうかも」
　腕をクロスさせたまま怒鳴る双葉。
双葉「こら！　ちゃんと答えろ」
イヨ「あ、もういいわよ、ありがとうね」
　鍋敷きから降り、クツをはく双葉。
双葉「……」
イヨ「はい」
双葉「ん？」
　イヨ、双葉に毛糸の帽子を被せる。
双葉「まだなにかやる気か？」
イヨ「実験に付き合ってくれたお礼よ」
双葉「お礼？……どっちかっていえば食い物の方がいいんだけどな、へっ？」
　帽子に手をかけ、おどろきあわてて右手で口をおさえる双葉。
双葉「ガーゴイルになんかあったのかと思って、心配だから学校帰りに来てやったのに。あれ？あれ？」
　おどろき、今度は両手で口をおさえる。
ガーゴイル「我《われ》を心配して……双葉が？」
双葉「や、ちが……なんで勝手に喋るんだよ」
イヨ「その帽子を編んだ毛糸に特殊な術が施されていてね」
双葉「術？」
イヨ「被った人が思っていることを、そのまま口に出す愉快な機能が付いてるの」

双葉「どこが愉快だ！」
　帽子を取り、床に叩き付ける双葉。
　イヨ、落ちている帽子をひろう。
イヨ「もう、せっかく手編みしたのに」
双葉「ったく、ろくでもねーもんばっか作りやがって」
双葉「ん？」
ガーゴイル「双葉」
ガーゴイル「我は嬉しいぞ。我を心配して、ということはもちろん、そのように他の者を気遣う気持ちは……」
双葉「お前は黙ってろ――！」
　ガーゴイルにドロップキックをかまし、怒って入り口へ向かう双葉。
双葉「帰る！　時間無駄にしちまったじゃねえか」
　笑顔で見送るイヨとガーゴイル。
イヨ「……」

○駅のすぐ横の踏切
　北口から南口へと渡ってくる桃。
○兎轉舎内
　カウンターで毛糸をほどきながら玉にしていくイヨ。
ガーゴイル「惜しい気がしないでもないが。せっかく作ったものを……」
イヨ「いいのよ。毛糸って昔はこうして再利用したものだし」
　カゴに毛糸玉を入れる。
　入り口からおそるおそるドアを開けのぞく桃。
桃「……」
イヨ「いらっしゃい、兎轉舎にようこそ」
桃「こ、こんにちは」
イヨ「何をお探しかしら」
桃「あ……えっと、そのマスコットっていうか、小さいお人形みたいなのを作りたいんですけど……」
イヨ「あ、それならいいのがあるわよ」
カウンターの下を探すイヨ。
おもむろに奇妙な道具一式を出す。
桃「あのお……これって？」
イヨ「兎轉舎オリジナルのホムンクルス発生キットよ」
桃「ホムン……なんです？」
イヨ「A液とB液を合わせて二四時間後にこの粉末を入れると、人工生命体ホムンクルスが誕生するの。時々、生まれた途端、身の毛もよだつ奇怪な悲鳴を上げて死んだりするけど」
桃、ギョッとしてひきつった顔になる。
イヨ「保証書入れとくから一年以内なら……」
桃「あ、あの、そういうんじゃなくて」
イヨ「ん？」
桃「普通の手作りの人形でいいんですけど……あ……」
まわりの商品を見まわし、ガーゴイルの前に置いてある金色の毛糸玉に気づく。
桃「きれい……」
イヨ「ん？……ん？」

○桃の部屋（夜）
さまざまな色の毛糸玉、布の切れ端などと小さな裁縫箱が並んでいる。桃、兎轉舎で買った毛糸を使って人形を作っている。

○電車内
手をあててあくびをする桃。
桃「ふあぁ……」
和己「おはよ桃ちゃん」
ビクッ!?となり、手で口をおさえる。
桃「先輩！　おはようございます」
和己「眠そうだね」
桃「あ、見られちゃいました。夕べちょっと徹夜しちゃって」
和己「徹夜？」

桃「あ……その、演劇部の台本作ったり……ウチの部、万年人手不足だから」
　頬を赤くし、笑顔でごまかす桃。
和己「別に入部してもいいんだけど、舞台に立つのはちょっと……」
桃「お兄ちゃんの言ったことなんて気にしなくていいですよ。でも考えといてくださいね。ほんと、楽しいですから」
和己「う、うん……そうだね……あ」
　トンネルを抜け、流れる街並。
　雪が降っているのに気づく二人。
桃「雪だ……」

○吉永《よしなが》家　キッチン
　洗い物をしているママ。雪に気づき、窓を開ける。窓からうれしそうに外をのぞくママ。

○小野寺《おのでら》家　テラス
　雪を見ているエイバリー。

満男《みつお》「エイバリー」
呼ばれて中に入ってゆく。
○百色《ひやくしき》の館　リビング
暖炉の前で丸くなっている菊一文字《きくいちもんじ》。ソファでカップを手に窓の外を見ている百色。
百色「とうとう降ってきたか……梨々ちゃん、傘持ってったかな」
デュラハン「無い……俺……迎えに、行く」
百色「うん、たのむよ」
○東宮《ひがしみや》の別荘　テラス
コートを羽織りノートパソコンを打つ天祢《あまね》。

横には傘を持つメイドE。

天祢「はぁ……、この間のガーゴイル君の衛星探査にかかった費用、どうやっても穴埋めできない。といってあの貧乏錬金術師《れんきんじゆつ》が金を持ってるわけないいし。お祖父様もよく会社をつぶさずにいられたものだ。ったく、あのババア！」

入り口で見ているメイドA、B、C、D。

ケルプも加えて、あきれ顔で天祢を見ている。

メイドC「なんでこんな雪の中で……」

ケルプ「我が主《あるじ》ながら理解に苦しみます」
○兎轉舎
イヨ「ックシュ！……んぁ……」

クシャミをするイヨ。窓の外を見る。

降り続く雪。
○商店街入り口
積もった雪を見ている宮村《みやむら》、小森《こもり》、石田《いしだ》、えるされむ主人、マダム・ヤンの五人。
石田「だいぶ積もってしまいましたね」
宮村「こりゃ雪かきしないとダメだね」
えるされむ主人「ならウチのに雪かきさせるよ」
小森「お、さすがだね、次期、商店会長候補！べらぼうめ！」
えるされむ主人「いやぁ」

照れる主人。
ライバル心に火がついたマダム・ヤン。
マダム・ヤン「このくらい、うちの子たちで十分よ」
えるされむ主人「む……」

○商店街　さとみや前
冷たい視線を向けたまま行きかう通行人。

葉にくるまって寝ているオシリス2号。

ヒッシャム「オシリスは寒すぎると活動しませーん。私一人では、ナッシングウケませーんね。今日、ベリコールド～」

一人、不気味な踊りをしているヒッシャム。

○商店街入り口
雪かきをするリナ、リム、リン。

リン「ふう……ん？」

目の前に雪が投げこまれる。雪が投げ込まれた方向を見ると、テンプルナイツの三人がそろってリン側へ雪をかいている。

ヌマタ「ぶほっ」

ヌマタに雪のかたまりがあたる。

見ると、リン、リナ、リムがにらんでいる。

リン、リナ、リム「……」

対峙《たいじ》するテンプルナイツと梁山泊《りょうざんぱく》。

突然、雪合戦が始まってしまう。

○兎轉舎
カウンターで雑誌を見ているイヨ。
イヨ「ヘビ？……こんなのがいいんだ。こないだのお礼に東宮の坊ちゃんにプレゼントすっか……」

○吉永家（夕方）
和己「ふう……ただいま、ガー君」
雪の積もったガーゴイル。
ガーゴイル「和己よ、おかえり。この雪では帰宅も難儀であったろう」

和己「ほんと、坂道だからね……」

　和己、カバンをワキにはさみ、背のびしてガーゴイルに積もった雪をはらう。

ガーゴイル「なんだ？」

和己「積もっちゃってるじゃない」

ガーゴイル「我は特に気にはならぬのだが……」

双葉「あ、やっぱりいた」

　玄関から顔を出す双葉。

双葉「兄貴、電話だ電話！」

和己「僕に？……」

○吉永家　リビング

和己「あ……桃ちゃん……ううん……明日？」

　双葉、ソファにうつぶせに寝そべって「格闘の友」という雑誌を読んでいる。

和己「……わかった、駅に着いたら電話して……うん、じゃあ」

　和己、受話器を置き双葉に話しかける。

和己「今の子、桃ちゃんていってさ、クラスメ

ートの片桐《かたぎり》林吾の……ほら、前に来たでしょ」

振り返ることもせず、ソファで足をプラプラさせながら応える双葉。

双葉「あの頭ツンツンしたメガネの兄ちゃんか」

和己「彼の妹なんだ」

双葉「あー。兄貴は昔っから、女の友だちのほうが多いからな」

和己「引っかかる言い方しないでよ。……雪……止むといいんだけど……」

○鉄橋を渡る電車（夜）

○桃の部屋

ラジカセのまわりに手芸道具と材料が並ぶ。

ラジオからは天気予報が聞こえてくる。

アナウンサー「大気が不安定のため、今朝から降り始めた雪は今夜一杯降り続く模様です」

出来上がった人形をかかげる桃。

桃「出来た！……なんとか間に合ったぞぉ」

人形をだきしめる。

○和己の部屋

和己「……」

寝つけずに寝返りをうつ。

○桃の部屋

桃「気に入ってくれるかな、先輩……」

窓辺に置かれた人形を、ベッドでマクラをかかえて見つめている桃。そのまま眠ってしまう。

○翌日　駅前　券売機横（昼）

雪は止んでいるが曇天の空。

桃、携帯を見つめている。

液晶画面には「吉永センパイ」の文字。

桃「もう、なんで今ごろ緊張するのよ」

両手で携帯をにぎり、頭上へふりかざし、

桃「ううう……おりゃ！」

勢いよくふりおろしつつボタンを押す。

反動でゆれるバッグから紙袋がとびだし、後ろの雪山に落ちてしまう。
○御色神社
和己「雪の神社っていうのも、なんか風情があっていいよね」
桃「そ、そうですね……」
社の前。あたりを見て考える和己。
和己「うーん、案内するといっても、ウチの近所だと、あとは……」
桃「あ、もういいんです」
和己「でも次の芝居の舞台、御色町がモデルなんでしょ？　だったらもっと……」
振り返り歩き出す和己。桃が呼び止める。
桃「あ、あの……先輩」
和己「なに？」
バッグに手を入れる桃。
桃「こ、これを……あれ？　え！」
人形が無い事に気づき、バッグを広げ、のぞく。
桃「どうして？……落としちゃった……どうしよう」
あたりを見る桃。
桃「え〜〜ウソォ」
和己「？……」
○駅前　券売機横
雪山の袋がやぶれて、そこから小さな足跡がつづいている。
○商店街入り口（駅側）
クリスマスデコレーションされた桜の木を、にこやかに見ているケンジ。

ケンジ「商店街もクリスマス一色だなぁ……でも、イヴに豆腐やガンモドキ買うウチなんてねーもんな……へぎっ!?」

ギョッとする。デコレーションされた桜の木の下を人形が歩いている。

ケンジ「なんだあれ……？」
　行きかう人々の足元。
　何かを問いかけている人形。
女客Ａ「人形よね」
女客Ｂ「どう見ても、それ以外には……」
男客Ａ「まぁ、喋る石像とか踊る植物がいるところだし、人形が動いたってねぇ」
　人形を見つつ立ち去る人々。
　ガッカリする人形。
「リヒテンシュタイン」の袋をかかえて走る佐《さ》藤《とう》。
佐藤「早く、早く」
　佐藤に引っ張られている宮村。
宮村「布団屋さん、いきなりなんだい。私はこれから孫に頼まれたケーキを買いに……」
佐藤「和菓子屋さんのクセに、ケーキなんてどうでもいいでしょ」
宮村「そう言われても」
　うろつく人形を指差す佐藤。
佐藤「あれはなんなんだい？」
　アベックに寄ってゆく人形。
男客Ｂ「わ、なんだよ」
女客Ｃ「気味悪いわね」
　宮村もあっけにとられる。
宮村「なんだいありゃ？」
佐藤「ああやって、通る人通る人にちょっかい出してんのよ。会長さん、あんたまたどっかから変なの呼んできたんじゃないの？」
宮村「私は知らないよ。しかし、あれじゃお客さんの迷惑だな」
　行きかう人々の足元でウロチョロと何かを訴え続ける人形。
○駅前　券売機横
　ぬれてグチャグチャになった袋からのぞく壊れた箱。
桃「……うそ……」
和己「その包みに間違いないんだ？」

桃「……」
落ちていた場所を見てしゃがみ、雪山の中から半分うもれたリボンをひろい上げる和己。
和己「中だけ持って行かれたってことかな……そうだ、交番に行ってみよう。もしかしたら」
無理に笑顔を作る桃。
桃「いいんです」
和己「でもさ、一応念のために」
桃「仕方ないですよ……私が落としたからいけないんだし」
和己「そんな簡単にあきらめちゃダメだよ」
体ごとのりだす和己。
桃「！……」
おどろく桃。
和己「桃ちゃんの大事なものなんだろ！」
桃「……」
和己「あ……ごめん……で、でもさ、捜すだけ捜してみようよ」
桃「そうですよね……簡単にあきらめちゃダメですよね」
笑顔になって顔を上げる桃。
和己「うん……」
和己も笑顔でうなずく。

○商店街　佐藤寝具店前
葉にくるまって眠っているオシリス2号。

オシリス2号を背負って歩くヒッシャム。

ヒッシャム「今日もオシリスが眠ってしまい、マネーナッシング……クリスマス、寂しいデース……ん？」

立ち止まり足元を見る。ヒッシャムのズボンに人形がまとわりついている。

ヒッシャム「おう、ムービングドール、ってコンチークショー、オシリスの新たなライバル登場でーすかぁ」

手を離し何かを訴える人形。

ヒッシャム「ホワット？」

○踏み切り
通過する急行。男に尋ねている和己と桃。
首を横にふる男に頭を下げる。

○カマイの前
かまピーくんの側を歩いてくる人形。
かまピーくん「あら、あなた歩けるの？」
声に立ち止まりキョロキョロする人形。
かまピーくん「んま、歩ける人形なんて初めて見たわよ」

○吉永家　玄関
双葉を見送るママ。
双葉「んじゃ、行ってきまーす」
ガーゴイル「双葉がすすんでお使いとは。雪が降るのもさもありなん……といったところか」
双葉「石ッころが、言うようになったじゃねえか」
ガーゴイル「こういう皮肉的表現は元来苦手なのだが、誉めてもらえて嬉しいぞ」
双葉「誉めてねえよ！」
ドロップキックをかます双葉。
ふっとぶガーゴイル。
ママ「……」
雪まみれになったガーゴイルに耳打ちするママ。
ガーゴイル「なるほど。和己と双葉が毎年交替でケーキを買いに行くのか」
双葉「去年は兄貴の番だったから、ゴテゴテしてちっちゃくて最悪だったんだ。今年はとりあえずでっかいのを……ん？」
門を出ようとした双葉。オシリス2号を背負い門先に立っているヒッシャムに気づく。
双葉「うわっ！」
ヒッシャム「メリークリスマースね、アグレッシブガール」
双葉「ヒッシャム？」

○歩道
　手を横にふりつつ立ち去る女性。
　ため息をつく和己、桃。

○吉永家　門前
ガーゴイル「人間の如く動く人形……むう奇怪な」
双葉「喋る石像とどっこいだろ」
ヒッシャム「そのムービングドールが、なにかを伝えたがってる様子なのでーす。ガゴイールさんなーら、ドールとスピーキングできるでーす」
双葉「ケーキ買うついでに行ってみっか？」
ガーゴイル「うむ」

○御色神社　社前
和己「ふぅ……戻って来ちゃったね」
　桃、和己から少し離れた所に立っている。
桃「ごめんなさい。こんなことにずっと先輩を付き合わせちゃって」
和己「だって、僕の方が捜そうって言ったんだし。……少し休もうか？　喫茶店かどっかで」
桃「ここでいいです！」
和己「ここで？」
桃「だって、雪の神社なんて……」
　桃、口の中でつぶやく。
桃「滅多にデートできないし……」
和己「なに？」
桃「あ……せ、先輩言ってたじゃないですか、風情があるって。お店の中じゃもったいないですよ」
和己「それもそうか……」

○洋菓子屋カマイ
双葉「そういう細かいのはいいからさ、でっかい苺、カー杯並べてくれよ」
ピエール「んもう、和己ちゃんはあたしの繊細なデコレーションを、それはもう喜んでくれたのに」

　店の前、双葉たちは無視してかまピーくんと話すガーゴイル。

ガーゴイル「和己？　和己と言っていたのか？」

かまピーくん「間違いないわ。和己先輩、どこにいるの？って」

ガーゴイル「むう……？」

　ケーキを買い、店の外へ出てくる双葉。

　ガーゴイルから話を聞いてキョトンとする。

双葉「兄貴？　なんで人形が兄貴を捜すんだよ？」

ガーゴイル「和己かどうかはまだ断定できぬ。同じ名の別な人物である可能性もある」

双葉「ま、その人形を捜さねえと、はじまんねえな」

ガーゴイル「聞くところによれば、かなり小さいらしい。捜すのに難儀するやもしれぬ」

双葉「とにかく、その辺の奴らに聞いてみるしかねえな……うわっ！」

歩き出したところ、足を引っぱられつんのめる双葉。あわててケーキの箱をキャッチする。
ガーゴイル「ぬう」
双葉「なにしやがん……だ!?」
　双葉のズボンを引っぱっている人形。
　手をはなし何かを訴える。
双葉「こいつか……金色の…毛糸……?」

○双葉の回想
　金色の毛糸の帽子を持ったイヨの、凶悪な笑顔。

○商店街
双葉「もしかして?」
ガーゴイル「我もそう推察する」

○兎轉舎内
　カウンターの上、一人芝居の人形。
ガーゴイル「和己先輩どこにいるの? 私、和己先輩に会いたいの。ねえ、教えて」
　人形を見つめているイヨ、双葉、ガーゴイル。
ガーゴイル「……と言っている」
イヨ「実に興味深い現象だわ。毛糸に封じ込められた意志が行動に反映してるのよ」
双葉「意志?」
イヨ「言い換えれば願望、みたいなものね」
　ウロウロと店内を歩き出すイヨ。
イヨ「編み方の違いかな? それとも人型であることに意味が……」
双葉「あー、そういうのは後にしてさ。これ、なんとかなんねーのかよ」
イヨ「ならないわ!!」
双葉「簡単に返すな!」
　ドロップキックをかます双葉。ふっとんでゆくイヨ。直後、闇に走る閃光《せんこう》。両足で青龍刀を白刃取りする双葉。
イヨ「持ち主の願望が叶えば動かなくなるから、心配いらないわよ」

双葉「持ち主が誰かわかんねーのにか？」
ガーゴイル「とりあえず、人形を和己に会わせてはどうか？」
双葉「無駄だって。和己ってのは、どっか別の女だよ」
ガーゴイル「いや、我もそう思うのだが、和己が近くに来ているのでな」
双葉「近くに？……」
ガーゴイル「神社にいる」

○御色神社
　桜の御神木の下で待つ桃。和己、缶コーヒーと缶ジュースを手に小走りで桃のもとへ走る。
和己「はい、お待たせ」
　桃に缶ジュースを渡す。
桃「……ありがと」
和己「本当に冷たいのでよかったの？」
　缶を頬にあてる桃。
桃「はい……」

和己「いっぱい歩き廻ったからね……僕も冷たいのにすればよかったかな」
桃「……」
和己「あ、あのさ、桃ちゃん知ってる?」
桃「……?」
和己「この木って桜なんだよ」
桃「……そうだったんだ」
和己の言葉に、木を見上げる桃。
和己「春になると、ここが桜の天井みたいになるんだ」
桃「へぇー……」
和己「でね、この桜は神社の御神木で、言い伝えがあって」
桃「言い伝え……ですか?」
和己「うん。この桜の下で約束したことは、必ず叶うっていう」
桃「必ず……?」
和己「!……あ……そんなんじゃないからね、誤解しないで」
ごまかすように弁解する和己。
桃「え? なにが?」
桃、キョトンとして問う。
話題を変えようとする和己。
和己「あはは……あ、まずいな、降ってきたよ」
雪が降りはじめる。
桃「……」
チラッと桃を見る和己。
視線を空へもどしながらつぶやく。
和己「……これじゃまるで僕が、桃ちゃんを口説いてるみたいじゃないか……」
少し気まずい空気と空模様を気にする和己。
和己「桃ちゃん、そろそろ帰らないと」
桃「…………先輩」
和己「ん?」
桃「……あのね……」
御神木に積もっていた雪が落ちる。
木を見上げる和己。
和己「……」

桃、目を閉じ力をため、意を決し顔を上げる。

桃「……わ……私のこと」

和己、突然桃をだくように押しやる。木に桃を追しつけると後ろに雪の塊が落ちてくる。

和己「危なかったぁ……あ」

赤くなって硬直している桃。

自分たちの体勢に気づき、桃から離れる和己。

和己「あの……桃ちゃん、今なんて……」

桃「……」

和己「……」

ゆっくり顔を上げる桃。

桃「……ううん……なんでも…ないです……」

和己「……」

桃「……」

ガーゴイル「なんと！」

突然、和己と桃の間に入ってくるガーゴイル。

和己「ガ、ガー君？」

ガーゴイル「汝《なんじ》は和己の知り合いであったのか？」

桃「え、あの……あ、手芸屋さんにいた」

ガーゴイル「我の名はガーゴイル、吉永家の門番だ」

桃「あぁ、あなたが先輩んちのガーゴイルさん」

和己「ねぇガー君、なんで桃ちゃんを知ってるの？」

ガーゴイル「それは……」

双葉「兄貴」

人形を手に立っている双葉。

双葉「なにやってんだ、そんなとこで」

桃「あ、そのお人形！　私の」

和己「え？……ええ？……」

和己、状況が理解できず桃と双葉を交互に見やる。

桃「良かったぁ」

人形を手にして喜ぶ桃。

和己「人形が勝手に動きだすなんて……全然動かないじゃない」

桃「本当に歩いたら面白いけどね」

双葉「おっかしいなぁ……でもさ、確かに……」
　人形に手をかけようとのりだしたところを、イヨに肩をつかまれ止められる双葉。
イヨ「もう、いいのよ」
双葉「姉ちゃん。いつ来たんだよ。いいって、なにが？」
　双葉を引きずって去っていくイヨ。
イヨ「だからいいの！　お使いの途中なんでしょ。ケーキ持って早く帰りなさい」
双葉「こら、てめー！　なんなんだよ。ちゃんと説明しろよ！」
　桃に自分のマフラーを巻いてやる和己。左手で頭に積もった雪をはらってやる。
　うれしそうに人形を持った手でマフラーを引き上げる桃。
桃「……」
和己「……」
　笑顔で見つめ合う和己と桃。
　無言で二人を見つめているガーゴイル。

○小野寺家（夜）
テラスにも雪がかなり積もっている。

美森「ははは……やだもう中尉《ちゅうい》ったら。お母さん、早く早く」

ソファに座る満男。エイバリーにだきついている美森。カメラのフラッシュがたかれる。

エイバリー中尉（Ｍ《モノローグ》）「自分は……幸せであります」

少し頬が赤いエイバリー。

○百色の館　リビング
二本のステッキが交差すると、それぞれの先がはじけて花が咲く。黒コスチュームの百色と白コスチュームの梨々。
手前では菊一文字がケーキを食べている。
百色・梨々「ちゃらららら－♪」
それぞれステッキをかざし、菊一文字にステッキを向けると小爆発。煙が消えて菊一文字も消える。梨々、ステッキでデュラハンをたたく。
梨々「はい！」
デュラハンの首元から驚き顔で頭を出す菊一文字。
菊一文字「にゃご？……」
百色「メリークリスマス！」

○東宮の別館　ダイニング
おごそかにクリスマスの食事をとっている天祢。猛烈に長いテーブルと、両サイドに並ぶメイドたち。テーブルの対面にメイドEが大きなプレゼントの箱を運んでくる。

天祢「ん？　なんだそれは……ん？」

トレイにカードを乗せたメイドAが天祢の側へ。カードを見る天祢。

天祢「……すてきな聖夜に乾杯？」

数秒考えたあと、身をのりだし指示する天祢。

天祢「！　そいつをすぐにすてろ！」

直後、爆発する箱!!

天祢「おそかったか……！」
煙が引いてゆくとエビロールヘアーでポーズを取っているイヨがテーブルの上に。
イヨ「メリークリスマス、東宮の坊っちゃん」
天祢「な、なんだそのカッコは！」
イヨ「えー、今はやってんでしょ、ヘビちゃん」
脱力している天祢。
天祢「ばあさんが何を言ってるかな……」
イヨ「あんたのためにしてやってんだよ。これでこないだの借りは無しね」
天祢「ふざけるな！」
イヨ「さぁ、みんな朝まで盛り上がるよ！」
メイドたち「きゃー」
三角帽をかぶせられたケルプ。
ケルプ「おろかな……」

○吉永家　庭
雪の上。パパ、素足にトランクス一枚。
パパ「おお～～メリークリスマス、ホーリーナ

イトぶぁんざーい！」

明らかに酔っぱらって天に向かってほえている。和己、玄関口でシャンパンのラベルを見る。

和己「あー、このシャンパン、アルコール入りじゃないか」

パパ「はははは〜〜〜〜」

後ろからパパに近づくママ。だきつく。

パパ「おう、ママ、一緒に踊ろうじゃないか」

ママ、背後からだきついた体勢から、パパにゴッチ式ジャーマンスープレックスをかます。

○リビング
苺だらけのでっかいケーキをじかに食べている双葉。ケーキの向こうにガーゴイル。
双葉「人形のこと、兄貴たちに話す必要ねえって姉ちゃん言ってたけど……」
ガーゴイル「うむ」
双葉「だって兄貴のこと捜してたわけだろ？」
ガーゴイル「我にもよくわからぬ。おそらく人間の心の機微、のようなものなのであろう」
口のまわり、クリームだらけの双葉。
双葉「キビ？　なんだそりゃ」

○屋上
雪の中、街を見ているガーゴイル。

○和己の部屋
寝ている和己。手前の机に桃が落とした箱のリボンが置いてある。

○桃の部屋
桃「結局、あなたを渡せなかったけど……」

窓辺にもたれて人形を見つめている桃。

桃「先輩とずっと一緒にいられたし……ありがとね」

和己のマフラーに頬よせて、人形の頭をちょんと突く。

人形の後ろに降りつづく雪。

第十二話「夫婦喧嘩も祭りの華」

○ヒッシャムの小屋前（夜）

雲が流れ月に重なり合う。時々しか月が見えない。

オシリスに新しいダンスを勧めるヒッシャム。

オシリス2号「妾《わらわ》はあの舞いが気に入っておるのじゃ」

ヒッシャム「NONO、あのダンスが悪いというわけではありーません。同じもーのではお客も飽きてしまいまーす。別なパターンも考えてーみては？と言ってるのでーす」

プィッと向くオシリス2号。

オシリス2号「妾に命令するでない」

ヒッシャム「ふぅ……無理にとは言いまーせん。オシリスあっての私ですから……」

肩を落とすヒッシャム。

ヒッシャム「じゃ、私、眠ーります」

ちょっと気にして小屋の方向を見るオシリス。オシリス。踊りを続ける。最初はいつもの通り。考え、別パターンで踊る。しっくりこないのかすぐにやめてしまい、次にパラパラもどきを踊ってみる。ふいに胸元でゆれる携帯が光り、戦闘的な着メロが流れる。

オシリス2号「誰じゃ？」

ディスプレイに怒ったオシリス2号の顔。

闇の中からデュラハンと同じ右手が出てくる。ハッと身を引くオシリス2号。青色光線が撃たれる。

反撃ポーズで凍り付いているオシリス2号。
月灯りに照らされている。

☆オープニング

○御色町《ごしきちょう》 北口（浅い夕方）

完成した樽井《たるい》デパートを見上げている双葉《ふたば》、美森《みもり》、梨々《りり》。

デパートには「近日オープン」の幕がかけられている。

双葉「さすがにデカいな」
美森「近日って、いつオープンするんだろうね」
双葉「ん？」
美森「あ、桜。もう春なんだねぇ」

舞い落ちてくる桜の花びら一枚。鼻の上に落ちてきた花びらをつまみ、笑顔になる双葉。

双葉「そっか、もうすぐさくら祭りなんだ」
梨々「さくら祭り？」

○御色神社
　桜の御神木の下。買い物袋を下げたママが、にこやかに木を見上げている。

☆第十二話「夫婦喧嘩も祭りの華」

○電車の中
桃《もも》「さくら祭り？」
　ドアを背に立つ桃。
　その前、手すりにつかまっている和己《かずみ》。
和己「うん。御色町南口商店街でやる春のお祭り。ほら、クリスマスイブの時に」
　グッと身を乗り出す和己。
　近づいた顔におどろき赤くなる桃。
桃「え!?」
和己「見たでしょ？　神社の御神木」
桃「え、え？……」

○回想　雪の御色神社。
　桜の御神木を見上げている和己と桃。

○電車の中
桃「あ……あの大きな桜の木？」
和己「うん……元々はあれを祀《まつ》るものだったらしいんだけどね。おいでよ桃ちゃん、にぎやかで楽しいよ」
　笑顔になりうなずく桃。
桃「……はい」

○南口商店街
　さくら祭りの飾り付けが始まっている。
　商店街を歩く双葉、美森、梨々。
美森「もう準備始まってるんだ」
梨々「ここって、いつもお祭りやってる印象あるけど、今回のは本格的だね」
双葉「いつものはお祭りじゃなくて、ただのお祭り騒ぎだから……ん？」
　さとみや前の桜の木の下に「ダンシングプラ

ントオシリスちゃん」の看板だけが置いてある。
双葉「オシリス休みか。珍しいな」
佐々尾《ささお》「おや、今帰りかい？」
　さとみやの入り口から出てきた佐々尾。
双葉「ばあちゃん」
　佐々尾、塩饅頭の入った包みをかかげて、
佐々尾「また買っといたから、いつでも寄っとくれ」
双葉「あんがと」
佐々尾「梨々ちゃんもね」
梨々「はい……」
美森「あのおばあさん、誰？」
双葉「ああ、うちの隣の」
梨々「塩饅頭」
美森「え……」
双葉「え……そっちかい」
宮村《みやむら》「双葉ちゃん、待ちきれなくなったのかい」
　店から出てきて、店頭の屋台に箱を置く。
宮村「さすが御色っ子だねぇ」
双葉「あたぼーよ」
宮村「でも今年は屋台壊さないでおくれよ」
美森「壊しちゃったの？」
双葉「ん……よその不良中学生が喧嘩売ってきてさ。あ、売ったのはあたしだったっけ？　そいつらがそりゃもうムカつく……」
美森・梨々「あう、ぅ」
　汗ジトになる美森、梨々。そこへママが通りかかる。気づいて挨拶《あいさつ》する美森と梨々。
美森・梨々「こんにちは」
　笑顔のママ。
双葉「あ、ママ……」
宮村「奥さん、今年もお世話になりますわ」
双葉「お世話？」
宮村「毎年、装飾とか演《だ》し物のことで色々助言してもらってるんだ。それが的確なんで、すっかり頼りにしちゃってねぇ」
　笑顔のママ。
美森「双葉ちゃんちのママって、すごーい」

双葉「いや、ママがそんなことしてるなんて、あたしも知らなかった」
宮村「今年は奥さんに加えて、もう一人強力な助っ人がいるしね」
双葉「助っ人？」
イヨ「あ・た・し」
法被《はっぴ》姿で現れるイヨ。
宮村「お、やる気満々ですな、兎轉舎《とてんしゃ》さん」
双葉「ねえちゃんかよ……」
イヨ「なに？　その露骨に不安げな顔は？」
身を起こし、すずしい顔になるイヨ。
イヨ「装飾プロデュースを任されたのよ！　期待してね。ホ、ホ、ホ、ホ……」
不気味な笑顔を向けるイヨ。
双葉「だから、その笑いやめろ！」

○御色神社
イヨ「ママさんの言うとおり、この神社を中心にしてハデな飾り付けを追加しないとね……そこら中に燐《りん》をともして、人魂みたいな照明ってどうかな？」
笑顔のまま首をかしげるママ。
ママ「………！」
御神木の下に気づくママ。木の下に、ガーゴイルを中心に犬たちと猫たちが集まっている。
ガーゴイル「猫たちの言い分も分かる。だが犬たちの立場を考慮すれば、飼い主の家に侵入されれば威嚇《いかく》するのはやむを得ぬ。犬たちとて、本気で噛《か》みつこうとしているわけではなかろう」
菊一文字《きくいちもんじ》「まぁ、旦那がそう言うんなら、あっしらもむやみに人んちに入らねえよう気をつけまさ」
老犬「すみませんでした、ガーゴイル先生。エイバリー中尉《ちゅうい》に報告しますわ。今回の件を気に病んでましたからな」
ガーゴイル「うむ、よろしく頼む」
ガーゴイルに背を向け去ってゆく犬猫たち。

イヨ「なにしてるの？」
ガーゴイル「とある家の庭に入った仔猫が、番犬に吠え立てられ、軽い怪我をしたのだ」
　手前ではママが桜の御神木を見上げている。
イヨ「で、仲裁役を？　手広くやってるわねぇ」
ガーゴイル「頼りにされては、断るわけにはいかぬ」
佐藤《さとう》「奥さん、兎轉舎さん」
　慌てた様子で走ってくる佐藤。
○さとみや店内
松川《まつかわ》「冷静になって下さいよ。私はご挨拶に伺っただけなんですから」
小森《こもり》「ふざけてんな、べらぼうめ」
松川「ふざけてなどいません。利潤を追求した結果です」
ガーゴイル「誰だ？」
佐藤「北口のデパートの支配人さんだよ」
イヨ「なんでお祭り日にわざわざデパートの開

店を合わせる必要があるのよ!」
騒ぐ店主たち。
気にも留めず、自らの主張を続ける松川。
松川「デパートにとってオープン日というのは一番重要なんです。一年で一番多くの人がやってくる日に開店日を合わせることは、戦略としてなんら間違ってません。せっかくのお祭りなんですから、一緒に盛り上がればいいじゃありませんか」
小山田《おやまだ》「客がみんなそっちに行っちまうだけだろうが」
メガネを上げる松川。
チラッとガーゴイルを見てニヤッと笑う。
松川「それはお客が決めることでしょう? 私はお客を呼び込む努力をするだけです。あなた方もそうなされればいい。また、そこのおしゃべり石像でも使ってね」
ガーゴイル「む!?」
宮村「このさくら祭りは、単なるバーゲンとかそういうものじゃないんです。伝統行事なんです。売り上げを上げるだけのものでは……」
松川「フッ……伝統ねぇ」
小森「商店街の良さは銭勘定だけじゃねえんだ、べらぼうめ」
松川「とにかく、オープン日を変える気はありません。ご挨拶に伺っただけでも感謝して欲しいものですな」
イヨ「宣戦布告のつもり?」
松川「そうとっていただいて構いません。伝統とやらで、どこまで対抗できるのかわかりませんが」
イヨが松川に青龍刀を突きつける。
イヨ「あんたねえ!」
微動だにしない松川。
店主たちの後ろ、ジャガイモを握り潰すママ。
ギョッとして振り向く宮村たち。
店主たち「!……」
怒りを隠さないママ。松川を片手でつかみ上げ、左の拳を握っている。
松川「だ、誰ですか、あなたは？」
天野《あまの》「お、奥さん、落ち着いて」
春木屋《はるきや》「短気は損気だよ、吉永《よしなが》さん」
金澤《かなざわ》「誰か奥さんを止めろ〜！」
ガーゴイル「やめるのだ、ママ殿、暴力はいかん！」
宮村「松川さん、早く逃げなさい。あんたまで潰されるぞ！」
　中を気にしつつ松川を追い出す宮村。
松川、気にしつつ走り去る。
　さとみやの入り口、ママの足が強くふみこむ。
足元からはオーラのように湯気が。しがみつく店主たちを引きずりながら出てくる怒りのママ。

○坂道（夕方）
パパ「双葉、今帰りか？」
双葉「あ、パパ」
　階段を昇ってゆくパパと双葉。
パパ「ハハハハ、そうか、もうさくら祭りの季節なんだなぁ」

○吉永家前の道
パパ「さくら祭りは、僕とママの……」
　門前に立っている松川に気づく二人。
双葉「お客さんか？」
松川「……」
パパ「マッカチン！　マッカチンじゃないか」
松川「久しぶりだな、ヨッちゃん」
双葉「ヨッちゃん？」
パパ「この人は松川さんといって、パパの幼なじみなんだ。紹介するよマッカチン」
　ランドセルごと双葉をつまみ上げるパパ。
パパ「これはウチの娘の双葉」
双葉。
　ぶら下げられたまま、だるそーに手を上げる
双葉「ちぃ〜〜す」

松川「ほぉ、娘さんがいるのか」
パパ「上にも一人、息子もいるんだ」
松川「あいにく私は、独身でね」
パパ「訪ねてきてくれて嬉しいよ」
松川「御色町に転勤になってね。君がこの町にいるのを思い出したんだ」
パパ「いやぁ、懐かしい。あがってくれ」
松川「ああ、いやいや。まだ仕事が残ってるんでね。またそのうち、ゆっくりと」
パパ「そうか、残念だなぁ……で、なんの仕事をしてるんだ」
松川「デパートの支配人をね」
双葉「デパートって、北口の……」
松川「……そうだよ。……ヨッちゃん、昔のよしみで頼みたいことがあってね」
パパ「ああ、なんでも言ってくれ、ハハハハハハ……」
ぶらさがったままの双葉。
双葉「どーでもいいけど、降ろしてくんねーか

な……」

○吉永家　ダイニング（夜）

パパ「なんだって？　マッカチンが商店街を潰しにかかってる」

ママ「………」

　怒りながら食べているママ。

　山のようなサラダをほおばり食べる。

和己「よりによって、デパートの支配人がパパの幼なじみなんてねぇ」

双葉「あこぎな真似しやがるな」

パパ「う〜〜ん、そんなことする奴じゃなかったんだがなぁ……」

双葉「あんな奴の協力なんて、するこたぁねぇよ」

和己「協力って？」

ママ「!……」

○回想　吉永家前（夕方）

パパ「オープンセールの手伝い？」

松川「この町のことは、まだよく分からないんでね。そこで、ヨッちゃんに色々協力してもらいたいんだ。もちろん日当は出すよ」

パパ「金なんていらないよ。私の出来ることならなんでもするぞ」

○吉永家　ダイニング

和己「ええー!!」

ママ「!……」

パパ「協力といっても、まだどんなことするかも分からないしなぁ」

和己「でも、デパートの開店の手伝いはマズいんじゃない？」

　コクコクうなずくママ。

双葉「パパ、断っちまえよ」

パパ「いや、それはできない。約束してしまったからな」

　怒りに箸をへし折るママ。

立ち上がりキッチンへ向かう。
パパ「ん、どうしたんだいママ？」
テーブルの上にのりだして話す双葉と和己。
双葉「兄貴知ってたか？　ママは、毎年さくら祭りの準備の手伝いやってたんだってさ」
和己「えぇ!?　知らなかった……」
パパ「ママ、私の話を聞いてくれ」
聞く耳持たず。パパにゴッチ式ジャーマンスープレックスをかますママ。
門柱のガーゴイル。
キッチンの方を見ている。
パパ「仕方ないだろ、約束したんだから」
ノーザンライトスープレックスをかますママ。
パパ「わからないのか、彼は僕の友達なんだ」
ダブルアームスープレックスをかますママ。
双葉「あーあ……」
和己「そりゃママも怒るよね」
家が大きく揺れる。

双葉・和己「うわっ！」
双葉「ま、まずいぞ」
テーブルの下に避難する双葉と和己。
ガーゴイルも心配してキッチンに来る。
ガーゴイル「むう？　これは何の騒ぎだ？」
和己「ガー君、ママを止めて！」
ガーゴイル「むぅ……」
廃墟《はいきょ》のようになったダイニング。
箸と茶碗を持ったまま伸びている双葉。
壁にもたれかかり一息つく和己。
ガーゴイル「和己よ、無事か」
和己「ガ、ガー君、どうして止めてくれなかったの？」
ガーゴイル「家屋の倒壊を防ぐだけで精一杯であった」
和己「まぁ、こんな大喧嘩はじめてだから……」
頭に炊飯ジャーをかぶせられ伸びているパパ。ひしゃげた冷蔵庫の横ですすり泣くママ。
ガーゴイル「汝等の兄妹喧嘩ならいざしらず

……」
和己「え？」
ガーゴイル「我《われ》が一時的に喧嘩を止めたところで……」
ママ「……」
和己「ママ……」
ガーゴイル「なにも解決せぬだろう」
ママ「……」
　ママ、すすり泣き続ける。

○ヒッシャムの小屋前
　ヒッシャム「オシリス！　オゥNOOOO！どこへ行ってまったのーですかー!?」

○吉永家　ダイニング（朝）
　壊れたテーブル。

　応急処置がされているが大きく傾いている。

　朝食をとっている双葉と和己。

和己「なんとか仲直りさせる方法はないかな」

　傾いているテーブルの上を、和己のカップがすべってゆく。手をのばすが追いつかず、双葉がキャッチしてあげる。

双葉「あんなに怒ってるママ、初めてだしさ……」

　上着とバッグを手に、ダイニングへ入ってくるパパ。顔はボコボコ。絆創膏《ばんそうこう》だらけ。

パパ「ふぁあ、おはよう」

　キッチンのママ。

　キッとにらみ、ツンと行ってしまう。

パパ「……ママ……」

パパ「……」

　困り顔で見ている双葉、和己。

双葉「こりゃしばらくは続きそうだな……」

和己「うん……」

　フライパンの上、目玉焼きがコゲている。

○通学路
　登校する双葉、美森、梨々。

美森「双葉ちゃんちのおじさんが、デパートに協力？」
双葉「ママは商店街のほうの手伝いしてるしさ、もう大喧嘩だよ」
梨々「いつもあんなに仲がいいのにね」
双葉「うん……」

○北口樽井デパート　支配人室
パパ「おはよう、マッカチン」
松川「通勤途中にすまないね、ヨッちゃん」
パパ「ハハハハ……気にするな。それで……私はなにをすればいいのかな？」
　窓辺に立ち町を見下ろしている松川。
　パパはソファに座り松川と話している。
松川「ヨッちゃんは、なんでも協力すると、言ってくれたよね」
パパ「ああ。出来ることなら、なんでも協力するさ」
松川「君の家にあるガーゴイルを貸してくれないか？」
パパ「ガーゴイル君を？」
松川「商店街が、以前ガーゴイルをマスコットにしてテレビに出たことがあったろう？　今度はウチのオープンセールに使いたいんだ」
　ソファにもたれるパパ。
パパ「……悪いけど、それは無理だよ……」
松川「なんだって？」
パパ「ガーゴイル君は、ウチの家族なんだ。持ち物でもペットでもないから……。本人と掛け合ってくれ」
松川「じゃあ、君から頼んでくれれば……なんでもすると言ったじゃないか」
パパ「私の出来ることならなんでもする、と言ったんだ。吉永家で協力するのは僕だけだ」
松川「うーん……」

○吉永家
　キッチンで洗い物をするママ。洗う音が荒々しい。
　側で見ていたガーゴイルが、タイミングを見計らって声をかける。
ガーゴイル「ママ殿」
　洗ってた皿にヒビが入る。
　そのまま洗いつづけるママ。
ガーゴイル「むっ……」

○吉永家　屋上
　洗濯物を干すママ。横にガーゴイル。
ガーゴイル「ママ殿」
　布が引き裂ける音。
　ちぎれたパパのYシャツが落ちてくる。
ガーゴイル「む……」

○樽井デパート　支配人室
パパ「よしわかった！　任せておいてくれ」
　パパの元気な返事に対し、力なくうなだれて窓辺によりかかっている松川。

松川「ああ……適当にやってくれればいいから」
パパ「そうはいかないさ、友達の頼みだからね」
　イラつくように、マユをピクつかせる松川。
パパ「ハハハハハ……おっと遅刻してしまう、それじゃ」
　憎々しげに目を開ける松川。
松川「ちっ……当てが外れたな……やはり彼らを使うか……」

○吉永家　庭（昼）
　ホウキで庭先を掃くママ。
ガーゴイル「ママ殿。ただ怒るだけでは埒《らち》があかぬ。パパ殿と話し合ってはどうか？」
　ホウキを折ってしまうママ。立ち去る。
ガーゴイル「むう、ほぼ二時間にわたる我の説得も無駄であったか……む」
　門柱をはうように、ヒッシャムの手が上がってくる。
ガーゴイル「何用だ？　ヒッシャム」
　疲れてボロボロのヒッシャムが顔を上げて懇願する。
ヒッシャム「オゥ、ガゴイールさん、もはやぁなーただけが頼りなのーでーす！」
ガーゴイル「なにがあったというのだ⁉」
ヒッシャム「オシリスが……私のオシリスが家出してまったーのでーす」
ガーゴイル「なに⁉」
ヒッシャム「オッヒョヒョヒョヒョヒョ……」
　石畳に頭をつけ、むせび泣くヒッシャム。
　その前にコーヒーを出すママ。
　しかし挨拶もせずに立ち去ってしまう。
ヒッシャム「ん？……シュクラムありがとございまーす」
　ヒッシャム、カップを取りつつガーゴイルに事情を話し始める。
ヒッシャム「私がオシリスのダェンスにクレームを付けたから、きっとオシリスはアングリーしてエスケープしたのでーす」

ガーゴイル「我には植物の気配は読めぬ。だが周囲の者達に聞き込んでみよう」
ヒッシャム「オゥ！　シュクラム、ありがと、ガゴイールさーん」
ガーゴイル「礼には及ばぬ」

○南口商店街　兎轉舎前
イヨ「あ、光漏れないようにね」
　宙に浮いている水晶球。
花村《はなむら》「オバケ屋敷でも作るんでごわすか？」
　テント設営をしている花村、石田《いしだ》。
　宮村が様子を見にやってくる。
宮村「お、やってますな」
イヨ「特設イベントよ。デパートなんかに負けられるもんですか」
宮村「他の皆さんも、あのことがあって逆に意気も盛んになりましてな」
イヨ「あと二日よ！　頑張るわよー！」
店主たち「おぉ〜!!」
　イヨの音頭のもと、気勢を上げる店主たち。

○小野寺家《おのでら》　テラス
　ロッキングチェアーに座るガーゴイル。
　その前のエイバリー、首をふる。
エイバリー中尉「自分は……見てないであります」

○どこかの屋根の上
　手をふる菊一文字。
菊一文字「そういや、ここんとこ商店街にも来てねえでやすね」

○御色神社
狛犬阿《あ》「オシリスというのは、あの動く草だろう？」
狛犬吽《うん》「ここには来ていないな」
ガーゴイル「感謝する……む？」
　ガーゴイル、御神木を見上げているママに気づく。
ガーゴイル「……ママ殿……」
ママの足元へと瞬間移動。
ガーゴイル「ここでなにを…………!?　泣いているのか？」
ママ「……」
こぼれ落ちる涙がはじける。
小さく頭を振り、小走りで立ち去るママ。
ガーゴイル「……いつまで隠れているつもりだ？　怪盗よ」
社の屋根から姿を現す百色《ひゃくしき》。
百色「やあ……」
御神木から舞う桜の花びら。
社の屋根に座る百色とガーゴイル。
百色「梨々ちゃんの言ってたことは本当だったのか」
ガーゴイル「我の説得も徒労に終わってしまった」
百色「夫婦喧嘩は犬も食わないって言うしね」

ガーゴイル「それより貴様は、こんな所で賽銭《さいせん》泥棒か？」
百色「暇があるときは、よくここに来るんだよ。ここは商店街を一望できるからね」
ガーゴイル「商店街を？」
百色「最初に来たとき、この商店街をすっかり気に入ってしまってね。だから御色町に住むことにしたんだ」

○回想　アーケードの上
わざとらしくくやしがる百色。

○御色神社
ガーゴイル「そうであったか。ならば、商店街の活性化に汝《なんじ》が協力したのも合点がいく」
百色「ずっと裏の世界で生きてきた僕にとって……うまく言えないが、どこかに置いてきてしまったものが、あの商店街にはある気がするんだ……吉永家と同じようにね」
ガーゴイル「怪盗などに気に入られては、どちらも迷惑であろう」
百色「ふっ……確かにそうだ」
ガーゴイル「だが、その気持ちは我にも理解できなくもない」
静かに町を見下ろす百色とガーゴイル。

○佐々尾家
双葉、避難に近い状態で佐々尾の家を訪れる。饅頭《まんじゅう》を食べながら佐々尾にグチを聞いてもらう。
双葉「一言も口をきかないんだよ、ママったら。ま、もともとあんまりしゃべんないけどな」
佐々尾「心配ないよ、あの二人なら」
双葉「うちん中の空気が重くって。食いもんもろくに喉通りゃしない」
佐々尾「おやまぁ」

○東宮《ひがしみや》の別荘　ケルプズ・ルーム
　台座の上のケルプを磨いているメイドたち。
　ケルプにのみ聞こえる声が響いてくる。
ハミルトン「ケルプ……美しき天使よ」
ケルプ「ん？」
ハミルトン「おのれの誇りに目覚めるのだ」
ケルプ「どちら様でありましょうか？」
メイドD「はぁ？」
　怪訝《けげん》そうにケルプをのぞきこむメイドD。
　他のメイドたちも手を止め、ケルプの様子を見ている。
ハミルトン「よもや忘れたのではあるまいな？貴様の本来の使命を」
ケルプ「小生の……本来の……」
　やはり変だと顔を見合わせるメイドC、D。
ハミルトン「貴様は、主人が目的を忘れ、単なるふぬけに成り下がったと思っている」
ケルプ「いいえ、滅相もない……」

○回想　東宮の屋敷
　クリスマスの大騒ぎ。ヘビちゃんイヨ。脱力している天祢《あまね》。三角帽をかぶせられ、シャンパンをラッパ飲みさせられている天祢。ベロンベロンのイヨ。後ろではしゃいでいるメイドたち。

○東宮の別荘　ケルプズ・ルーム
　磨くのをやめて怪訝そうにケルプを見ている
メイドB、C、D。
メイドC「ねぇ、ケルプ君、おかしくない？」
メイドD「うん、なんかブツブツ独り言言ってるし」
ハミルトン「おのれを偽る必要はない、私に全てを委ねよ。誇りを取り戻すのだ」
ケルプ「誇りを……」
メイドB「私、ご主人様呼んでくる」
ケルプ「誇りを取り戻さなくては……」

○兎轉舎（夜）

カウンター後ろのカベにもたれるイヨ。
イヨ「あ～疲れた。やっぱ一日中働くって、あたしに向いてないわ……」
カウンターにはイーハトーブ式ヘルメットが置かれている。
イヨ「これも最後の仕上げしなきゃね」
ヘルメットを眺めるイヨ。
イヨ「明日にでも双葉ちゃんに来てもらわなきゃ。とりありず、シャワーあびて……」
シャワーに向かおうとすると電話が鳴る。
イヨ「なによ、こんな時間に？」
文句を言いながら電話に出るイヨ。
天袮「失礼はお詫びします。すみませんが急いでウチに来てもらえませんか？」
イヨ「これから？　若い娘がこんな遅くに？」
天袮「急いでるので今回は突っ込みません」
イヨ「なによ、気に障る言い方ね」
○東宮の別荘　ケルプズ・ルーム
イヨ「急ぎってなに？」
天袮「実は、ケルプが大変なことになっていまして……力を貸して欲しいんです」
メイド達が必死でケルプを鎖で縛りつけている。
浮き上がろうと震動するケルプ。
コントロールパネルを操作しているメイドA。
○兎轉舎
イヨ「ケルプ？……ケルプがどうしたの？」
天袮「迎えは寄越しましたので」
車の停車音。いやな顔するイヨ。
イヨ「用意がいいことで……」
○桜の御神木
舞う花びら。下から燐の炎のようなものが一つ舞いのぼり消えてゆく。

○東宮の別荘　ケルプズ・ルーム
入り口のドアを勢いよく開けて入ってくるイヨ。
イヨ「来てやったわよ！……!?」
ガレキの中、ぐったりしている天祢とメイドたちを見て驚くイヨ。
イヨ「ちょ、ちょっと、なにがあったの？」
天祢「間に合いませんでした」
天井までふっとんでいるケルプズ・ルーム。
天祢「ケルプが……」
○回想　東宮の屋敷　ケルプズ・ルーム
天祢「しっかりしろ！　どうしたんだ、ケルプ」
メイドA「ご主人様、これを」
天祢「なんだ」
パネルをのぞきこむ天祢。メーターがレッドゾーンまで振り切れているのを見て驚く。
天祢「馬鹿な！　暴走だって？」
天祢、ケルプに顔を寄せ問いかける。
天祢「ケルプ、なにがあった？」
ケルプ「小生の主人はあなたではない」
天祢「なっ！……」
上昇するケルプ。
鎖ごとメイドたちを引き上げてしまう。
メイドB・C・D・E「あぁ～……きゃっー！」
途中で手をはなし、落ちてくるメイドたち。
上空で強力な電撃を放つケルプ。ふっとぶケルプズ・ルーム。爆煙の中からとびだすケルプ。
そのまま飛び去ってしまう。
○東宮の別荘　ケルプズ・ルーム
イヨ「普通じゃ、あり得ないことだわ」
天祢「でも実際に脱走したんだ！……主人はあなたではない、と捨てゼリフまで残して……」
イヨ「主人はあなたではない？　そう言ったのね」
天祢「ええ、確かに」
コントロールパネルを見るイヨ。

イヨ「暴走時のデータは？　……あ、これね」
　スイッチを入れ、モニターを注視するイヨ。
イヨ「やっぱり……外部から強力な干渉波《かんしょうは》が見られるわ」
天祢「干渉波だって!?」
　モニター内、一定の波形の中に別の波形が素早く流れる。
天祢「確かに……動転して気付かなかった」
イヨ「何者かが、ケルプの心を操ったのよ」
天祢「一体誰が？　なんのために？」

○樽井デパート　支配人室
　窓辺に立つ松川。ゴールデンボーイズのリーダーに仕事の依頼をしている。
リーダー「ユーが今度のビジネスのボスか」
松川「よく来てくれた。日本一イベントを盛り上げるのがうまい、お祭り屋と聞いているぞ」
リーダー「イエー、ジャストウィドベター。気合い入れて、ゴイロ町を俺たちのカーニバル＆フェスティバルで、バーニングだぜ、ベイベー」
松川「あ、いや。ゴイロでなくてゴシキ町なんだが」
　リーダー、パチンと右手の指を鳴らす。
リーダー「ヘイ、ガイズ！　石像なんぞ、屁でもねぇ、楽しくやろうぜ！　シェキナベイベナウ！」
　両手で指を鳴らす。
　後ろの闇から腕だけ現れるゴールデンボーイズ。リーダーに合わせて指を鳴らす。
ゴールデンボーイズ「ベイベナウ！」

○吉永家　門柱
ガーゴイル「まだ、なにが起こったわけでもないが……」

○吉永家　ダイニング
双葉「なぁ、パパ、考え直せよ」
和己「商店街に敵対するなんて」

パパ「そうは言ってもなぁ……あ、そうそう、パパな、デパートのオープン日に……」

カレーをスプーンですくい食べる。

パパ「からっ!?」

双葉・和己「から?」

立ちあがるパパ。口のまわりが赤くはれ上がっている。

怪訝な顔の双葉、和己。

口をおさえて右に左に走り廻るパパ。

パパ「かっら！　ななななんだこの辛さは〜!?　ひぃ〜！」

ツンとして出口へ向かうママ。カレーの鍋の横にタバスコ、ハバネロ、和がらしなど辛いものがいっぱい並んでいる。

○森の中
叫ぶヒッシャム。
ヒッシャム「オシリース！　カムバーック！でーす」

○駅北口
「近日オープン」の幕が下がった樽井デパート。

○南口商店街
兎轉舎の怪しげな黒テント。

○吉永家　夫婦の寝室
ドアが開き、パパが入ろうとするとマクラが投げつけられる。
マクラが落ちると困り顔のパパ。

○双葉の部屋
大の字で寝ている双葉。

○和己の部屋
寝ている和己。

○リビング
ネクタイをとってYシャツのまま、ソファで寝ているパパ。リビングの入り口にはママが立っている。顔は影に入っていてよく見えない。
ママ「……」
唇を噛みしめるママ。涙が頬をつたう。
ガーゴイル「この湧き上がる不安はなんなのだ?……」

○桜の御神木
舞う花びら。先ほどより多量の燐の炎のようなものが舞い上がる。

桜の御神木の根のあたりに、ボーッと光るクルカンの台座。台座から燐の炎があがり、レイジの笑い声が響きわたる。

第十三話「祭りよければ終わりよし！」

○御色神社《ごしき》

　ククルカンの台座から燐《りん》の炎が上がっている。

ハミルトン「賢者の石を作り出したと言われるククルカンの台座……」

レイジ「ハミルトン教授、あなたと出会えたおかげで、私は復讐《ふくしゅう》を果たすことが出来る」

ハミルトン「お互い様だ、レイジ」

　ハミルトンの側には、葉にくるまり眠っているオシリスの姿が。

ハミルトン「この結界内では、ガーゴイルの探知も及ぶまい」

　ハミルトン、錬金《れんきん》銃をかかげ御神木にむかって撃つ。御神木に光の波紋が広がり、燐の炎がみだれ、台座がうずまきながら煙になる。続いて御神木の光の波紋に吸い込まれるオシリス。

ハミルトン「十二時間後に目覚めるがいい……来たようだな」

　空を見上げるハミルトン。別方向、神社の石畳の上を眠そうに歩いてくる菊一文字《きくいちもんじ》。

菊一文字「……!?」

　ハミルトンの横に着地するケルプ。

ケルプ「ガーゴイル殿を破壊せしめよ。我が主《あるじ》は小生が世に生まれ出でたとき、そう申しつけました」

　寝ぼけ眼で様子を見ている菊一文字。

菊一文字「……」

○回想　サングラスをはずすハミルトン。

○御色神社

菊一文字「にゃ！……」

　ハミルトンを思い出して、奥の茂みへ向かってとびのく菊一文字。

ケルプ「小生は本来そのために……いえ、そのためだけに存在するのです」

レイジ「ツァコール！　この町に恐怖と破壊を！　ハハハハハハハ……」

ハミルトン「ハッハッハッハッハ……」

　菊一文字、茂みの中から様子をうかがう。

☆オープニング

○樽《たる》井《い》デパート（朝）

　幕に「樽井デパート本日オープン」の文字。

　会議室では、ゴールデンボーイズが仕事前の気合いを入れている。

リーダー「ひと〜つ、反省はしても後悔はするな」
ゴールデンボーイズ「ひと〜つ、反省はしても後悔はするな」
リーダー「ひと〜つ、オーディエンスの灰色気分はゴールドにするぜベイベ」
ゴールデンボーイズ「灰色気分はゴールドにするぜベイベ！」
リーダー「ヘイガイズ、行くぜ。ゴイロ町のオーディエンスに、とびっきりのカーニバルを見せてやるぜー、シェキナベイベ！」
ゴールデンボーイズ「見せてやるぜ、シェキナベイベ！」
松川《まつかわ》「ふふ……頼もしいな……だがゴイロではなく御色町だ」

☆第十三話「祭りよければ終わりよし！」

○南口商店街（昼）

午前九時頃。水滸伝《すいこでん》店頭。実演している梁山泊《りょうざんぱく》。梁山泊を見つつ歩く双葉《ふたば》と美森《みもり》。美森はエイバリーもつれている。
美森「朝から盛況だね」
双葉「まだデパートの開店時間前だからな、安心はできねえよ」
えるされむ前。
店頭ではテンプルナイツが実演している。
石田《いしだ》薬局前。
歳三《としぞう》「よう、双葉」
お好み焼きの屋台から声をかける歳三。
双葉「トシ、お前、今年は手伝いか？」
歳三「まぁな。クラスメートのよしみで買ってけよ」
石田「あ、歳三、焦げてるぞ！」
歳三「ああ、やっべぇ……」
あわててコテをかえす歳三。
双葉「……悪いけど遠慮しとく」
ガーゴイル神輿《みこし》を担ぐ店主たち八人（村田《むらた》、

高《たか》橋《はし》）。大きなうちわを持ち、一緒に歩くママ。
店主八人「わっしょい！　わっしょい！　わっしょい！」
双葉「お、来たな」
南口商店街の法被《はっぴ》を着て、鉢巻きまで締めたガーゴイルが揺れている。
にこやかに見ているママ。
ママ「……」
ガーゴイル「むぅ……」
双葉「ぶわっははは……似合うぞガーゴイル」
ガーゴイル「見るでない、双葉」
エイバリー中尉《ちゅうい》「閣下《かっか》。さすがにお似合いでありますす。敬服いたしました」
ガーゴイル「エイバリー中尉……」
百色《ひゃくしき》「おっと、そのまま」
フラッシュがたかれる。百色と梨々《りり》が現れ、百色は盛んに写真を撮っている。
双葉「ようッ、梨々」
美森「おはよう、梨々ちゃん」
梨々「おはよ、双葉ちゃん、美森ちゃん」
ガーゴイル「ここは犯罪者の来る場ではない。とっとと消え」
ママの大きなうちわで遮《さえぎ》られる。
ガーゴイル「むっ！」
シッ！と指を口にあてるママ。
ママ「……」
ガーゴイル「ママ殿……あ、いや、しかし」
百色「おはようございます、奥さん」
ママ「……」
笑顔で会釈するママ。
百色、ガーゴイルに話しかける。
百色「いいじゃないか、楽しそうだぞ」
ガーゴイル「だが、菊一文字の情報によればハミルトンが」
百色「わかってるさ。だからといってお祭りを楽しみにしていた梨々ちゃんを悲しませたくないからね」

神輿に乗っかり、小声で話す百色。
丸田「百色さん、重いよ」
百色「いや、失敬」
とびおりつつ手を上げる百色。
ガーゴイル「ママ殿、そろそろここから降りたいのだが」
ママ「……」
ブンブン首を振るママ。
丸田「何言ってんです、まだ一周も練り歩いてないじゃないですか」
コクコクうなずくママ。
丸田「そーれ！」
大きく揺れだすガーゴイル。
百色のカードが舞ってくる。
ガーゴイル「むむ……!?　怪盗、なんのまねだ」
百色、神輿の先頭に立ち、楽しそうにカードをバラまいている。
百色「演出に協力してあげてるんじゃないか」
ガーゴイル「要らぬ世話だ」

ガーゴイルが威嚇《いかく》の光線を放つ。
よけつつ、なおもカードをバラまく百色。
百色「ハハハハハハハ……」
去ってゆくガーゴイル神輿。
見送る梨々、美森、双葉。
梨々「おじさん、すごく楽しそう」
美森「あんな動揺してるガーゴイルさん見たの初めて」
双葉「ママの命令だからな」
苦笑する双葉。
エイバリー中尉「おいしいであります……閣下」

○北口駅前　二階コンコース
和己《かずみ》「パパ……は、いないようだけど……」
桃《もも》「先輩」
和己「おはよ、桃ちゃん」
突然、大きな破裂音。
驚き、思わず和己に抱きついてしまう桃。
和己・桃「!?」

舞い上がる多量の風船。黄色い煙の中から、ピンクのキャデラック神輿を担ぐゴールデンボーイズたちが登場する。その上に立つリーダー。

和己「な、なんだ？　あの金ピカの人たちは……？」

桃、ハッとなって少し離れるが、和己が神輿に気を取られているのを見て、またピタッとうれしそうにくっつく。

リーダー「垂れ幕、オープン！　チェケラ！」

「本日オープン」の幕の横に、もう一枚「全品三割引き」の幕が下りる。

○南口商店街
北口方向を見ている人々。
男客A「なんだ？」
女客A「あ、今日はデパートの開店日じゃない！」
女客B「全品三割引きですって！」
人々の足が北口へと向かってしまう。

宮村《みやむら》「ま……まずいぞ」

○樽井デパート
　二階入り口、クレープ屋などの模擬店を出しているゴールデンボーイズたち。
　人々が殺到している。
　入り口には風船を配っているクマもいる。

和己・桃「……」
　クマが桃と和己に風船をあげる。
桃「ありがと」
和己「ど、どうも……」
　和己の頭だけ撫《な》でて、頷き去っていくクマ。
和己「え？……」
桃「うふふ、クマにナデナデされるなんて先輩、子供みたい」
和己「また女の子だと思われたんだ、きっと……」
　和己の左手をつかんで引いてゆく桃。
桃「行こ、先輩」
和己「う、うん」

○踏み切り付近
　樽井デパートを見ている宮村、小森《こもり》。
宮村「オープンセールというより、お祭りじゃないか」

○南口商店街
　さとみや前に集まっている店主たち。
小森「くそ、真っ向から勝負に来やがったぜ、べらぼうめ」
佐藤《さとう》「参ったわね、お客がドンドン流れてくわ」
イヨ「大丈夫よ、まだこっちには奥の手があるんだから」
　黒テントを背に立つイヨ。
宮村「兎轉舎《とてんしや》さん」
マダム・ヤン「奥の手って何かしら、ヤンヤン」
小森「そいつだ！　べらぼうめ」
イヨ「行くわよ！」

　スキャナーの外面が光り、回転が速くなる水晶球。レンズが光る。絶句して見上げる双葉、美森、梨々、エイバリー中尉、店主たち。
一同「……」

○駅前　南口商店街
　入り口へ向かう和己と桃。
桃「それでね、先輩……！」
　桃が異変に気づいて立ち止まる。
和己「桃ちゃん？　……うっ!?」
　桃の視線の先を見て驚く和己。
和己「兎轉舎のお姉さん!?」
　アーケードの上、巨大な立体映像のイヨが客引きを始める。
イヨ「さぁ、さくら祭り恒例の巨大立体映像よ！　あなたも巨大に自己表現してみない？」
　見上げている双葉たち。
美森「すごーい！」
梨々「さすが乳ぱんつのお姉さん」
双葉「いつから恒例になったんだよ」
和己「双葉ちゃん」
桃「こんにちは」
双葉「ちぃーす」
イヨ「ホホホホホ……」
　高笑い、踊る、巨大イヨ。
双葉「なぁ兄貴、向こうはどうだった？　パパいたのか？」
和己「ううん、見あたらなかった……ママは？」
双葉「今んとこ元気そうにしてるけどさ……パパ、どこでなにしてんだろ」
　アーケードの上では、巨大イヨが暗黒舞踊のような踊りを披露している。

○樽井デパート　店内
　にぎわっている店内に、ほくそ笑む松川。
松川「ふふ、開店一時間で勝負あったな」
　ポーズを作り、すべってくるリーダー。
リーダー「ボスッ！　ビッグアンラッキーだ

ぜ！」
松川「どうしました？」
○二階入り口前
リーダー「シェキナベイベだぜ！」
一方を指差しているリーダー。
落ち着いた足取りでやってきた松川が驚く。
松川「なっ！……」
ピエール「さくら祭り限定、芸者型タルトざます。名付けてゲシュタルトよん」
松川が見上げると、巨大ピエールがスイーツの宣伝をしている。
松川「なんですか？　あの巨大なオカマは！」
リーダー「ノー！　ビゲストオカマはソークールだぜ、ベイベ。それより、あのカーニバルのせいでお客が向こうにいっちっちっだぜベイベ」
ピエール「トレヴィア〜ン。次はかまピーくんそっくりなモンブランよん。たのしみにしてててね〜ん、ジュテームジュテームシルブプレ」
松川「客が……」
○黒テント内
スキャナー台から降りるピエール。
ピエール「はい、交替」
テントから出てゆくピエール。
イヨ「さあ、上がって。美少女ちゃん」
梨々「はい」
梨々が台に乗ると、アーケード上に巨大梨々が現れる。
梨々「……どう？　大きい、ホント!?」
○北口　デパート二階入り口前
松川「向こうは喋る石像だけじゃなかったのか。君、なんとかしたまえ」
リーダー「セイ、ホー、ホー。ゴールデンボーイズをなめちゃいけねえぜ」
手をかかげるリーダー。

リーダー「南口にアタックだ、ヘイガイズ！」
ゴールデンボーイズ「イエーィ！」

○南口商店街
　アーケード上の巨大ケンジ。
ケンジ「えーと、豆腐買って下さい」
　黒テントの側で、百色と梨々が話している。
百色「ゆっくり楽しんでおいで」
梨々「うん」
　建物の陰。レイジが百色の様子をうかがう。
レイジ「ククク……お前の愛するもの全てを破壊してやる。ツァコール」
　アーケードの上。恥ずかしそうな巨大桃。
桃「えっと……あの……先輩どこ？」
　テントの外で写真を撮っていた和己。
　カメラを下ろしテントの方向を見やる。
和己「桃ちゃん……そっか、外が見えてるわけじゃないのか」

○南口商店街　出口側
　とまどっている巨大桃が見える。
ハミルトン「ふん、アストラルの実体投影か。下らぬことに秘術を使いおって。やはり私が最高の錬金術師だ、高原《たかはら》イヨ」
　順番を待っている美森とエイバリー中尉。
イヨ「はい一分、交替よ」
桃「ああ、恥ずかしかった」
　頬をおさえつつ降りる桃。
　続いて現れる美森とエイバリー中尉。
　テントの外では、イヨが桃と話している。
イヨ「そっか、人形はもう動かないのね」
桃「あの……動くって？」
イヨ「あ、いいのいいの、気にしないで」
和己「桃ちゃん、ちょっとデパートの方、行きたいんだけど、いいかな」
双葉「む－……なんでデパートなんかに！」
和己「パパのことが気になるから」
双葉「あ、そっか」
　思い出したように顔を上げるイヨ。
イヨ「あ、そうそう。双葉ちゃん」
双葉「ん？……」

○兎轉舎内
　イーハトーブ式ヘルメットを持っているイヨ。
双葉「これって……例の植物と喋れる」
イヨ「ううん、同じなのは外側だけ。ほら、金色の毛糸、覚えてるでしょ」
双葉「ああ、あの歩く人形の」
イヨ「あれは心を読み取るものだったんだけど、あれを逆位相して今度は心の中に……」
双葉「あ－解説はいいから」
　鬼の形相で拒絶する双葉。
双葉「実験なんて絶対やらね－からな！」
　怒って去ってゆく双葉。イヨ、引きとめる。
イヨ「あ、双葉ちゃんも巨大になってみない？特別三分に延長したげる」

○南口商店街
　ピンクキャデラックの神輿を担ぐゴールデンボーイズ。その上に立つリーダー。ビラをまきながら練り歩く。
双葉「何の騒ぎだ？」
　ビラを手にする梨々。
梨々「デパートの広告だよこれ」
双葉「なっ……こりゃ嫌がらせじゃねぇか」
　松川に抗議する店主たち。
宮村「祭りを潰すつもりですか」
小森「あこぎなまねするねい！　べらぼうめ」
松川「人聞きの悪いこと言わないで下さい。駅の反対側まで宣伝しに来ているだけでしょう。これを汚いというなら、宣伝活動なんてできなくなってしまいますよ」
　何かの折れる音。音に振り向く松川。
　ママが怒りで大きなうちわをへし折っている。
ママ「……」
　折ったうちわを投げすて、松川に近づくママ。
松川「それじゃ、そういうことで」
　松川、あわてて立ち去る。
　建物の間。オシリスを探しているヒッシャム。
ヒッシャム「オシリース、どこいってまったのでーす」

○御色神社
　桜を見上げている満男《みつお》。
美森「お父さん、お待たせ」
　動かない満男を不思議そうに見て、
美森「……お父さん？」
満男「桜が……震えている」
美森「え？」
　桜の御神木。ざわつく桜の花。
レイジ「時は来た、ツァコール」
　闇の中、ククルカンの台座の目が光る。
　石畳をつきやぶり、とびだす桜の根。

はじきとばされる美森たち。

満男「うわっ！」

美森「きゃーっ！」

商店街へつづく参道の石畳をめくり上げつつ進む桜の根。参道からもとびだしてくる。

黒テントにもつっこむ。

商店街の出口からも根がとびだす。

イヨ「なに、なにがおこったの？」

宮村「なんだぁ？」

小森「べらぼうめ？」

根を見ておどろく双葉。

双葉「なんだこりゃあ!?」

桜の御神木の根元からもとび出す根。

美森は恐怖で満男にしがみついている。

美森「お、お父さん……」

桜の御神木に次々と巻きついてゆく根とともに、上へ上へと伸びてゆく御神木。枝とともに広がってゆく桜の花。

その中から、巨大なオシリスが顔を出す。

ヒッシャム「ア、アンビリーバボー、なんで……なんでオシリスが」
巨大化した桜の御神木の上には、巨大化したオシリスが眠っている。

○さとみや前
百色「なんだこれは？」
ガーゴイル「余興にしては様子が変だ」

○御色神社
走ってくる双葉、梨々。
双葉「美森ー！」
梨々「美森ちゃーん」
美森にささえられつつ立ち上がる満男。
美森「お父さん、大丈夫？」
満男「ああ、ありがとう」
美森「双葉ちゃん……あれ」
オシリスを指差す美森。見上げる双葉。
双葉「オシリス!?　ヒッシャム、いなくなったオシリスが、なんで？」
ヒッシャム「ノー、私にもわかりません」
○金澤《かなざわ》電気前
　リーダーをつまみ上げているクマ。
松川「商店街を潰せとは頼んだが、本当に破壊しろとは言ってないぞ」
リーダー「誤解だぜ、ボス！　こんなヘヴィなイベント、俺たちゃ仕組んじゃいないぜ」
松川「なに？　では、これはいったい……」
　あたりを見る松川。つられてクマが振り返ると、鳥居をくぐってゆくママの姿が。クマ、リーダーをほうり投げ、ママを追いかける。
松川「おい、どこへ行くんだ」
リーダー「シェケナベイベナーウ！」
○樽井デパート　展望室
和己「オシリスじゃないか……」
　驚いている和己。

窓の外には巨大化したオシリスが見える。
和己「なんでこんなに大きくなっちゃったんだろ……」

○神社境内
美森「じゃあ、私はお父さんつれて帰るね」
エイバリーに引かれて、満男と美森が帰っていく。
双葉「ああ、気いつけてな……ママ！」
手前をかけぬけるママ。後を追うクマ。
双葉「と、クマ？……」
巨大桜を見上げているママ。伸びつづける根の一本に、リボンが引っかかっている。
クマもリボンに気づく。
クマ「！……」
双葉「ママ！……」
巨大桜を登ろうとしているママを止める双葉。
双葉「やめろよ！　どーするつもりなんだよ。やめろってば」
クマの手が、ママを制する。
ママ「……!?」
クマ、「まかせろ」と胸をたたき「パワーがあるぞ」とアクションして登りだす。
見上げるママ、双葉。
双葉「なんだ、あのクマ？」
登ってゆくクマ。途中、とびだしてきた根を軽くよけて、登ってゆく。ママ、ハッと気づき、「パパ」と唇が動く。
梨々「何あれ？」
双葉「いや、突然出てきてさ。さっぱりだよ」
梨々「……おばさん」
双葉「え！」
双葉が梨々と話しているうちに、ママも木を登り始めている。
双葉「何やってんだ、もう。うわっ！」
双葉も登ろうと木に近づくと、新たな根がとび出し、はじきとばされてしまう。

○商店街　さとみや前

ガーゴイル「む⁉」

何かを察知したガーゴイル。直後、走る雷撃。

ガーゴイルの台座付近が爆発する。

人々「うわっ！」

ガーゴイルと百色、アーケードの上に移動。

ガーゴイル「ケルプ、どういうつもりだ」

ゆっくり降りてくるケルプ。

ケルプ「小生は与えられた使命を果たすだけです。ガーゴイル殿、あなたを倒せという」

目が光り、衝撃波が放たれ、とびのく百色。

百色「はっ」

ガーゴイルはすでにいない。はずれた衝撃波が巨大桜にあたる。衝撃波がはじけ、舞う桜の花びら。衝撃が木の下にいる双葉たちを襲う。

双葉・梨々・ヒッシャム「うう……」

ママも突風にあおられる。

ママ「……！」

根がちぎれ流される。

ママ「……」

根が伸びきったところで止まり、すんでのところでしがみつくママ。刺激を受けた巨大桜は、さらに根を張り巡らせていく。

南口商店街、北口駅前、樽井デパート前にも、次々に根が飛びだしていく。

人々「うわー！」

踏み切りでは、電車が通過すると線路が爆発。

人々「うわー！」

爆発の余波でデパートからも煙が上がる。

松川「なに、デパートが⁉」

○御神木内

根をつかむママの手がすべってゆく。

必死にこらえているママ。

ママ「……」

手がすりぬける。

その手をサッとつかむクマの手。

ママ「！……」
　クマ、身をのりだしてママをつかんでいる。

○樽井デパート内
桃「せんぱーいっ！」
和己「桃ちゃん！」
　人々の流れにのまれてゆく桃。
　和己、必死で手を伸ばすが、エレベーターの扉が閉まってしまう。

○アーケードの上
　ケルプに切りつける百色。
ケルプ「お退き下さいませ。あなたを倒す使命は受けておりません」
百色「そうはいかないね。この御色町に害をなす者は、この怪盗百色が許さん。うわっ！」
　百色の手にムチのようにロープがまかれ、上空へ引き上げられてしまう。
ガーゴイル「百色!?」

レイジ「ククク、ククク……ツァコール！」
　ロープの先には、気球に乗ったレイジとハミルトン。百色をぶら下げたまま、気球はどんどん上昇していく。
百色「おやおや、悪党同士、コンビを組んだのかね」
レイジ「いや、違うな」
ハミルトン「目的こそ違え、その手段が同じだったというだけだ」

○商店街
　携帯で話す清川《きよかわ》。

清川「ですから、桜の木が暴れ出して商店街を……だから本当なんですよ。あ、くそ、切りやがった」

　その後ろ、イヨを先頭に走りぬける双葉、梨々、ヒッシャム。

○兎轉舎内
　イーハトーブ式ヘルメットをかぶった双葉。イヨは左側のスイッチを開けて調整している。ヒッシャムはカウンターでヘルメットのチェックメカをたたいている。
イヨ「さっき、ハミルトンが百色を連れ去るのを見たわ」
梨々「パパが!?」
　梨々、慌てて駆け出そうとするが、イヨに呼び止められる。
イヨ「大丈夫よ。あんな連中にやられるようなおじさんじゃないでしょ？」
梨々「……」
　梨々、笑顔がもどる。
双葉「連中ってことは」
イヨ「もう一人は、ククルカンの台座を盗んだ奴ね」
ヒッシャム「マジックアイテムですか？」
イヨ「古代魔術の道具よ。オシリスと桜を融合させたり、ケルプを外部から操ったり……。そんなことができるのは、ククルカンの台座だけだわ……あ、触れざる硫黄《いおう》の状態は？」
ヒッシャム「オウ、ノープロブレムね」

○アーケード上
　爆発の中から落ちてくるガーゴイル。胸にひびが入っている。アーケードの上に着地すると、ケルプが正面に降りてくる。
ケルプ「商店街を背にしては避けられないようですね」
ガーゴイル「我《われ》は門番だ、守るべきものを守る」
ケルプ「ならばその矜持《きょうじ》と共に消えなさい」
　ケルプの目がゆっくり光ってゆく。

○兎轉舎
　ヘルメットの左耳をはめこむイヨ。
双葉「本当に実験じゃなくて、この騒ぎをなんとかできんだろうな」
イヨ「その兎轉舎謹製マインドダイバーを使って、巨大オシリスの木の心に入り込むのよ」
双葉「心？」
イヨ「桜の木と融合してるオシリスを呼び戻してちょうだい」
双葉「はぁ？」
イヨ「双葉ちゃんならできるわ」
双葉「なんであたしなんだよ」
イヨ「桜とオシリス、両方に双葉ちゃんがいるから」
　ますますわからない双葉。
双葉「はぁ……」
イヨ「とにかく急いで！　美少女ちゃん、お願い」
　キョトンとしている梨々。
梨々「……はい」
　理解してうなずく。

○御神木の近く
　デュラハンに乗って飛ぶ双葉。巨大桜へ向かってゆく。ヘルメットでサーチをする双葉。

双葉の頭上では、クマとママが根をつたって歩いている。立ち止まり、ふりあおぐクマとママ。重なった根の奥にリボンがひっかかっているのを発見する。

サーチを続けていた双葉。

双葉「あった」

入り口の光を見つける。バイザーを上げてまわりを見るが、根が入り組みすぎて先へ進めない。

双葉「これじゃ入れねぇよ」

デュラハン「ルル、まかせろ」

後ろへ引いてゆくデュラハン。肩が開き、小型ミサイル発射する。爆煙にまかれる双葉。

双葉「バカ、ムチャするな！　え!?」

爆煙の中から、次々に蔓状《つるじょう》のオシリスがとび出してくる。

双葉「オシリスが、いっぱい!?」

○御色神社　社前
落ちてくるガーゴイルと降りてくるケルプ。
ケルプ「さしものあなたも、こう立て続けに直撃を受けては限界でしょう」
ガーゴイル、石畳にめりこんで動けない。
胸元のひびはさらに広がっている。
ガーゴイル「おのれ……」
天祢《あまね》「ケルプ、目を覚ませ！　君は操られているだけだ」
天祢とメイドたちがやってくる。めりこんだガーゴイルの前に着地しているケルプ。
ケルプ「東宮殿《ひがしみや》。そのお言葉、そっくりお返しいたします」
ケルプの後方で足を止める天祢とメイドたち。
ケルプ「高原イヨ打倒のはずが、いつしかそれも忘れ……」
天祢「忘れたんじゃない！」
ケルプ「ん？……」

○御神木の近く
巨大桜の一郭。爆煙の中から、四方八方に向けて光線がとびだしている。

デュラハンと双葉に連続攻撃を仕掛けるオシリスの群れ。必死でよける双葉。

双葉「うわっ！　どひっー！」

青白光線を放つデュラハン。ふりおとされそうになるのをしがみつく双葉。デュラハン、双葉を背負い、後ろ向きに御神木へ突入。急ブレーキをかけて双葉を振り落とす。

双葉「うわっ！」

デュラハン「ここで、防ぐ、行け」

こわした根の隙間を、縫うように追ってくるオシリス。

双葉「わ、わかった、後はたのんだぞ！」

双葉、立ち上がって奥へ走る。

○御色神社
ケルプ「忘れたのではない？」
天祢「高原イヨ打倒は、僕の悲願だ。でも、お祖父様は……お祖父様は……そんなことを望んでいない」

○回想　東宮の別荘　大食堂。
クリスマスパーティの残骸《ざんがい》が散らばるテーブルにつっぷして寝ているメイドたち。

巨大な肖像画にカンパイをしているイヨ。

それを見ている天祢、メイドB。

○御色神社
天祢「お前に最初に与えた指令は誇りなんだ」
ケルプ「今さらなにを……。あなたが何をおっしゃろうとも、小生は使命を果たすまで」
ステルスでガーゴイルの背後に回り込むケルプ。天祢は悲しげにケルプを見つめる。
天祢「ケルプ……」
目が光るケルプ。だが、フッと光が消える。

ケルプ「ん？」

　気がつくと、ケルプのまわりに犬猫が入り乱れて集まっている。

ケルプ「なんのおつもりですか？」

ガーゴイル「エイバリー中尉」

エイバリー中尉「菊一文字殿より、知らせを受け、まいりました、閣下」

菊一文字「旦那のピンチに犬も猫もねえってんだ、覚悟しやがれ」

ガーゴイル「下がれ。そやつはおぬしらの手に負える相手ではない」

エイバリー中尉「閣下、お身体は？」

ガーゴイル「機能麻痺《まひ》はすぐに直る。皆を止めよ、中尉」

　ケルプににじり寄る一同。

エイバリー中尉「作戦は……既に遂行中であります」

○御神木内
根の間から、ママを引き上げるクマ。

○樽井デパート　二階入り口前
心配そうに見上げる桃。横を逃げてゆく客たち。デパートからは巨大な根がとび出ている。
桃「……先輩……」

○上空
レイジ「ハハハハハ……ツァコール！」

雲海の上を、百色をぶら下げ飛ぶツァコル教団の気球。レイジ、百色に向かって銃をかまえる。

レイジ「裁きを受けよ百色！」

ぶら下がっている百色。

慌てもせずにカードを二枚投げる。

レイジ「ツァコッ！」

一枚のカードがレイジの手にあたり、銃をおとす。もう一枚はロープを切る。百色、雲海へ落ちながら、さらにカードをもう一枚投げる。

百色が雲海に消えた後、爆発する気球。

○御色神社
石畳にたたきつけられるケルプ。
ケルプ「な、なにを、止めなさい、小生の身体を」
とびつき、かじる犬猫たち。
ガーゴイル「これは……どうしたことだ？」
ガーゴイルは天祢とメイドたちの手で掘り起こされている。
天祢「そうか。ガーゴイル君を倒せとしか、自由度を与えられていないのか」
エイバリー中尉「目標は、自分と同じ弱点があるようです」
ガーゴイル「ケルプが汝と？」
エイバリー中尉「指令なしでは一切、行動できないのであります……目標は我々に攻撃を加えるよう、指令を受けてはおりません」

ケルプ「汚らわしい、離しなさい」
ガーゴイル「生真面目さが仇《あだ》になったな、ケルプよ」
ケルプ「ガーゴイル……殿」
ガーゴイル「東宮よ、許可願いたい」
ゆっくり立ち上がる天祢。天をあおぐ。
天祢「……僕にも責任がある……再起不能にだけは……しないでくれ」
ガーゴイル「……善処する。皆離れろ」
犬猫がとびのくと、ボロボロになっているケルプ。ガーゴイルの目がゆっくり光っていく。

○御神木内
根の中を、バランスをとって歩くクマ。

クマにつかまってついてゆくママ。

別の場所では、爆煙の中を次々に現れるオシリスとデュラハンが戦闘を続けている。

○上空
マントを広げ、御色町に向かって飛んでいく百色。

○桜の記憶
空間に浮遊している双葉。

双葉「どこだ、ここ？……」

奥から桜の花びらが舞い来る。

双葉「桜……」

花びらの量がだんだんふえてゆき、双葉の姿がかくれてゆく。次第に見えてくる御色神社。

双葉「御色神社……」

双葉（三歳）「きゃっきゃっきゃっ……なぅ～？……きゃは、ははは、ははは」

御神木の下の水たまり。全身でパチャパチャ泥水をはねて喜んでいる三歳の双葉。

双葉「あたし？……これが桜の記憶……なのか？　ん」

画面はじけて消え、記憶が変わる。

赤ん坊の双葉の泣き声。

双葉「ママ!?」

　御神木の下で赤ん坊の双葉をだいているママ。パパと八歳の和己が、赤ん坊の双葉を見つめている。

和己（八歳）「赤ちゃんの名前、決まった？」

パパ「ママと二人で決めたよ。双葉、だ」

和己（八歳）「双葉ちゃんかぁ、よろしく」

　のぞきこむ和己。

双葉「！……」

　ドキッとする双葉。

和己（八歳）「双葉ちゃん」

○御神木内
　花で満ちている中、根の上をママを引いて歩くクマ。

○桜の記憶
双葉「パパとママ？　若ぇ～」
　桜の御神木の下、ママにプロポーズするパパ。

パパ「あの……なんといいますか……これ、似合うかどうかわかりませんが」
ポケットに手を入れリボンを差し出すパパ。
ママ「……！」
顔を上げるママ。うれしそうに手を出すと、突風にとばされるリボン。
パパ「あっ！」
桜の御神木の上へ舞い上がってゆくリボン。枝の一部にひっかかる。見上げるパパ、ママ。
ママは悲しそうに見上げている。
ママ「……」
パパ「この桜の下で思いを告げると実現するらしいんです。信じてないけど……今日は信じます、あの……僕と……」
ママ「……」
頷くママ。大照れのパパ。
パパ「アハハ……リボン、いつか取りましょう。僕、木登り得意だから」
ママ、自分を指差し、
ママ「……」
その指でパパの胸をそっとつく。
パパ「じゃあ、二人でいつか」
頷くママ。
ママ「……」
浮遊している双葉。
双葉「こ、これって……パパとママの……」
まわりが真っ暗になり、突然落下する双葉。
双葉「え？　うわ!?」
○御神木内
根にひっかかったリボンに向かって、四つんばいで近づいていくクマ。ママを背負っている。
○桜の記憶
闇の中あたりをうかがいつつ歩いてくる双葉。前を見て立ち止まる。
双葉「あ」
ハナ子「双葉ちゃん……です？」

双葉「ハナ子、ハナ子じゃねえか。そっか、やっぱりまだオシリスの中にいたんだな」
鎖につながれているハナ子
ハナ子「双葉ちゃん……悪いものが私たちと桜さんを縛り付けたです」
双葉「よし、待ってろよ」
鎖をつかみにかかる双葉。

○御神木内
リボンにクマとママの手が伸びてゆく。
手が重なりつつリボンをつかむ。
手を引き、リボンを確認するクマとママ。

○桜の記憶
双葉の手が鎖にふれると、弾けるように消える。
双葉「あれ……なんだ?……」
ククルカンの台座。ゆっくり目を閉じてゆく。
ハナ子「ありがとう、双葉ちゃん」
スーッと遠去かってゆくハナ子。
双葉「ああ、またな」
ハナ子「はい、またです」

○神社境内
震える巨大オシリス。ズボッと引っこむ。水晶球を引っ掛けて縮んでいく根。
入れ替わりに桜の枝花が上空を伸びてゆく。
樽井デパートに入っている根が引いてゆき、入れ替わりに桜の枝花がつきささる。

○樽井デパート内
つっこんだ桜とともに転げる双葉。
双葉「いってー!」
和己「双葉ちゃん」
双葉「兄貴! うわっ!」
壁がくずれて、驚きよける双葉。
和己「!……」
床に亀裂が走る。

すぐさま床が割れ、床ごと落下する双葉。
双葉「わー！」
和己「双葉ちゃん！」
かけよる和己。落ちてゆく双葉。
双葉「兄貴っー！」
和己「双葉ちゃーん！」
和己が手を差しのべるが、届かずに双葉は落下していく。
和己「！……」
梨々を乗せたデュラハンが、落ちる双葉をすくい上げる。そのまま和己のもとまで上昇。
梨々「お待たせ」
和己「……」
和己、ホッと笑顔になる。
○御神木内
リボンを見つめて立っているママとクマ。

クマ（パパ）「リボンのこと、いつか取りに行こうと思って忘れてた……本当は……このお祭りとデパートが競い合って、もっと盛り上がればいいと思ったんだ……」

パパ、ママからリボンを取り、頭に巻いてあげる。

クマ（パパ）「僕にだって、このお祭りは大切な想い出だから……」

ママ、顔を上げる。

クマ（パパ）「ごめん……」

涙をためつつ首をふるママ。

ママ「……」

クマの胸に顔をうずめる。

ママ「…………ありがとう……」

頬をつたう涙。
○南口商店街
ニヤニヤしながら、見上げている店主たち。

デパートにいる梨々、双葉、和己も同様に見上げている。

和己「あれパパ？」

双葉「ぜってー気付いてないよ」
　御神木の上。巨大なクマとママが幸せそうにだきあっている。

◆エピローグ

○通学路　御色町公園入り口前（朝）
　たのしそうに会話をしながら歩く双葉、美森、梨々。
双葉「でさ、そのレスラーってのが夜倶《よぐ》先生みたいでさ」
美森「わぁー、サイアク」
○吉永《よしなが》家　庭
　エサを食べている菊一文字。
　顔を上げ舌なめずりしてまた食べつづける。
　笑顔で菊一文字を見ているママ。

○商店街
　テンプルナイツが派手な実演中。
　笑顔でうなずくえるされむ店主。
店主「うむ……」
　梁山泊も負けじと実演。笑顔のマダム・ヤン。
マダム・ヤン「ヤンヤン」
宮村「いつものですね、ただいま」
　店へ入ってゆく宮村。笑顔の佐々尾《ささお》。
　かまピー君人形。
　踊るオシリス。観衆からおひねりをもってまわるヒッシャム。
ヒッシャム「シュクラム、シュクラム、サンキューベリーマッチでーす」
　壊れた兎轉舎にはシートがかけられ、「休業中」の立て札。
　町を覆うように伸びきった巨大桜。

○土手
　桜のアーチの下、エイバリーと散歩に来る満男。ジョギングする清川とすれ違い、立ち止まって何か会話している。

○東宮の別荘　ケルプズ・ルーム
　壊れた部分を溶接するメイドたち。
ケルプ「付ける場所、違うんですが」

○東宮の別荘　テラス
　ノートパソコンをうつ天祢。
天祢「……あんた、いったいいつまで居すわる気なんだ」
　天祢の後方、長イスにねそべっているイヨ。
イヨ「だって、お店壊れちゃったからヒマなんだもん。ま、しばらくいさせてもらうわ」
天祢「あのなー！」

○百色の館　キッチン（夕方）
　窓辺で丸くなっている菊一文字。
　晩ご飯の準備で大根を切る梨々。

梨々「デュラハン」
デュラハン「ルルル」
梨々「おじさんもうすぐ帰ってくるから、テーブルの用意をお願い」
デュラハン「わかった」
手を上げるデュラハン。

○百色の館　ダイニング
百色の写真。

○吉永家（夜）
パパ「ははははは……」
和己「はははは……」
ママ「……」
双葉「はははは……」
ガーゴイル「御色町すべて、問題なし」

吉永さん家のガーゴイル
商店街の日常、アヒルの非日常
田口仙年堂

吾輩《わがはい》はアヒルである。名前はまだ無い。

さっそくだが、吾輩ピンチである。四方を鉄の檻《おり》に囲まれ、暗い部屋に閉じこめられてしまった。人間が吾輩を捕らえて何かするようだが、姿も見えず、声も聞こえないのでさっぱり分からない。

この現状をいかにして打破するか考えていると、突然視界が開けた。どうも吾輩、段ボールに入れられて輸送されていたようである。そして段ボールから吾輩を取り出したのは、一人の女の子。

さては吾輩、ペット屋に売られたのだな。きっとこの子はペット屋の店員で、吾輩はこれから人間の家庭で飼《か》われるのか。なんという運命だろう。

いやいや悲しんではいられない。新しいご主人との出会いも楽しみ、という考え方も出来る。ポジティブシンキングこそ、吾輩の取り柄なり。

しかしそれにしては解《げ》せない。ペット屋にしては、吾輩以外の生き物の気配がない。さらにこの女の子、チャイナ服を着ている。ペット屋がチャイナ服を着るだろうか。それに部屋の中央にはステンレスの台が置かれており、その上にはまな板と包丁がある。

もしやここは……。

「あ、リンちゃん。注文の品届いた?」

ドアが開き、女性が入ってきた。目の前のリンという女の子の親ほどの年齢で、顔面を化粧で塗《ぬ》りたくっている。元の顔が想像つかないほどだ。

「これが注文した黄金のアヒルですか?」

「わ〜、カワイイ〜」

そのマダムの後ろからリンによく似たチャイナ姿の女の子が二人。みんなで吾輩を取り囲んでいる。

そしてちょっと待って欲しい。黄金のアヒルとは吾輩のことであろうか。

「でも色は普通ですね。これのどこが黄金なんですか?」

「フフフ、黄金ってのは味を比喩《ひゆ》したものよ。中国の江南省《こうなんしょう》で年に五羽しか生まれないと言われている、伝説のアヒル。その肉は果実のようで、卵は光り輝くそうよ。今までこのアヒルを手に入れようとした何人もの探検家が命を落としたとも聞くわ」

腕を組みながら微笑《ほほえ》むマダム。

吾輩は黄金のアヒルだったのか。そんな話、生まれてこの方聞いた事がなかった。中国とはどこだろうか。吾輩はごく普通の育ち方をしていると思っていたのだが。

そして朧気《おぼろげ》にだが、ここはペット屋ではないという気がしてきた。では何なのかというと、吾輩、その先はあまり想像したくないのだが。

「じゃありナ、よろしくね」

「はいっ！」

マダムの命令一つで、リナと呼ばれた女の子が何かを取り出す。

両手に一振りずつの、中華包丁だった。


「キャ――――！　待ってー！」

「追いなさい!!　捕まえて！」

背中にかかる黄色い罵声《ばせい》を無視して、吾輩は脱兎《だっと》のごとく逃げ出した。リナとかいう娘が檻を開けて吾輩を掴《つか》む一瞬のチャンスを逃さなかったのだ。おまえら吾輩の噛《か》み付きの痛さ知らないだろう。

だが吾輩、この場所を知らない。勢い余って店から出てきたものの、どこへ行けばいいのかさっぱり分からない。

店先に立てかけられているのぼりを見ると、「御色《ごしき》南口商店街　夏の納涼フェア」と書かれてあった。なるほど、ここは御色南口商店街というのか。やけに埃臭《ほこりくさ》いと思ったら、人が大勢歩いているからだ。

そして吾輩が逃げ出した店は「中華料理　水滸伝《すいこでん》」という店のようだ。やっぱりペット屋ではなかったのだ。

とりあえず隠れられる場所といえば、店と店の間に置かれた箱の陰《かげ》くらいしかない。吾輩はとにかく息を殺して、箱の隙間《すきま》に隠れた。

「くぅっ、どこに行ったの!?」

肉切り包丁を振り回して、息巻いているリナが通り過ぎる。あれで斬《き》られるのは吾輩でなくともイヤだろう。

「おい、梁山泊《りょうざんぱく》！　どうしたい！」

その時、リナに声をかける男たちが。

格闘技をやっている人たちだろうか。胴着のようなものを着た若者が三人、横一列に並んで腕組みしていた。皆、物々しいオーラを漂わせている。

「あのね、アヒルがいなくなっちゃったの。黄金のアヒルっていってね、スゴイらしいのよ。肉とか卵とか」

「ほほう！　そいつはいい！　見つけたら俺たちにもササミくらい分けてくれるんだろうな!?」

「うー……それはマダムと交渉して」

「よし、野郎ども！　我らテンプルナイツの実力、そのアヒルに見せてやろうぞ！　伝説のササミ天麩羅《てんぷら》、馳走《ちそう》してくれるわ！」

「応！」

テンプルナイツと自らを呼称した猛者達《もさたち》は、身体に炎をたぎらせながら走り始めた。吾輩のピンチ度が倍に膨《ふく》れあがった気がする。彼らに捕まったら、吾輩どんな調理法をされるのだろうか。というかなんでてんぷら屋なんだ。

どちらにせよ、この場に留まっていてはテンプルナイツとかいう輩《やから》に捕らえられてしまうだろう。どうにかして、彼らと彼女らに見つからずにこの商店街を抜け出せないものか。

そんな事を考えている吾輩の身体が、突然押さえつけられた。

「あれ〜、なんだこのアヒル？」

吾輩の頭を押さえつけるようにして、手が置かれている。慌ててふりほどくと、あっさりと逃げ出せた。しかし吾輩の行く手には壁が待ちかまえており、あわれ吾輩、そこにしたたかに頭を打ち付けてしまった。

「お、おい！　だいじょうぶか？」

頭の周りに星が瞬いている吾輩を心配そうな顔で見つめているのは、ハチマキをした若者だった。少年とも呼べる年齢だ。

「おまえ、誰かに飼われてるのか？　それとも学校とか？」

純真な瞳で吾輩を見る彼。

「まあいいや、こっちこいよ」

と、吾輩を持ち上げる青年。どういうわけか、吾輩は抵抗しなかった。なぜだか知らないが、彼は吾輩に危害を加えない気がしたのだ。

吾輩が隠れていたのは、彼の店の段ボールであった。そしてどうやら彼の家は豆腐屋らしい。厚揚げやオカラなども置いてある。安心した。豆腐屋ならば吾輩を調理することはないだろう。

「ケンジ。そのアヒルどうした？」

カウンターでレジを打っていたオヤジが、彼の名前を呼ぶ。

「なんか段ボールに隠れてた。これ、どこのアヒルだろうな。オヤジ知ってる？」

「さーなー。アヒル飼ってる家なんてあったかなぁ……」

考え込むオヤジとケンジ。

「うぉらぁぁぁ！　アヒルゥゥゥゥ!!」

「出てきなさ――――――い!!」

そこへ包丁を持った屈強な料理人達が走り抜けていった。目が血走っており、周りすら見えていないようだ。

「え、え、なんだこれ!?」

ありがたい事に、ケンジは吾輩を後ろに隠してくれた。

「お、おいケンジ！　これあいつらのアヒルか!?」

「なんかすげー怒ってたよ。返してきた方がいいのかな……」

「いや、しかしなぁ……俺たちもとばっちりくらいそうだよなぁ……」

吾輩を見つめてささやき合う豆腐屋の二人。吾輩ならずとも、現在のあの男女に近づくのは命を捨てる覚悟が必要だろう。ましてや、ここに隠していることがバレようものなら、頭部を握《にぎ》り潰《つぶ》されるかも知れない。

「お豆腐屋さん♪　それならアタクシにお任せ！」

いきなり現れたその人物に、吾輩は声を上げそうになってしまった。

その人物、服装は普通だ。むしろギャルソンのようなパリッとした洋装は何かの職人を思わせる。だが、男であるのに顔面に化粧を塗りたくり、内股で歩いているそのたたずまいは、非常に、その、アレである。

「あ、ピエールさん」

しかも名前はピエール。芸名か何かだろうか。それにこの豆腐屋の二人はあたりまえのように会話をしている。このピエールという男、普段からこうなのか。

「ケンジ君は素直なコだから、すぐにバレちゃうわ。ここはアタシに任せて。オンナのウソで隠し通してア・ゲ・ル♪」

「ひ、ひぃぃぃぃぃ！」

青ヒゲを近づけるピエールと、それと同じスピードで逃げるケンジ君。たまらず彼は吾輩をピエールに差し出してしまった。

盾代わりにされた吾輩、結局このピエールの元に預けられる事になるのだった。


嫌な予感は的中していた。

「ンッフッフ、ついに手に入れたわよぉ～！」

吾輩をぎゅっと抱きしめながら帰路についたピエール、しきりに吾輩の腹をさすっているので、何事かと思っていた。

洋菓子屋の店主らしい。本人ソックリの人形が置かれたその店に入るやいなや、ピエールは吾輩の腹をぽんぽんと叩きながら、こう言うのだった。

「さぁ、黄金の卵を産んでもらいましょうか♪」

こいつもか！

どこで聞いたのか知らないが、吾輩の卵が目的なのか。ケーキを作るのに卵が必要なのは当然だが、それを吾輩の卵で作るつもりなのだ。

そもそも吾輩、オスだ。卵など産めないというのに。

「さぁ、どうしたの？　産んでくれないの？」

産めるわけないだろう。産めといわれて産めるようなスーパーアヒル、吾輩はついぞ聞いた事がない。

「アタシならアヒルちゃんに一番いい暮らしをさせてあげるわよぉ〜。殺したりなんてしないわ。一生かわいがってあげるからね〜」

この男の元で一生暮らすことを想像してみる。とりあえず幸せにはならない気がしてきた。そして吾輩が卵を産めないと知ったら、どんなことをされるのかは想像もできなかった。

「ごっつぁんです！」

その時だった。洋菓子屋の裏口から、太った男が入ってきた。

浴衣のような服を着た——相撲《すもう》取り？　なんで相撲取りが商店街にいるのだ。

「ア、アラ花村《はなむら》さん。どうしたのかしら？」

背中に吾輩を隠すピエールだが、花村という男はピエールを押しのけて吾輩を掴み上げるのだった。

「これが黄金のアヒルでごわすか！　ようやくみつけたでごわす！」

「か、返してよ！　アタシのアヒルちゃん！」

「カマイさんのではありもはん。おいどん、てんぷら屋の若いのに頼まれたでごわす。見つけた暁《あかつき》には、肉を分けてもらえるのでごわす」

「そ、そんなぁ！」

今、肉と言ったな。ということはまた吾輩は切り刻まれるのか。

冗談じゃないと身体をよじって逃げだそうとするのだが、この花村という相撲取りの手からは逃げられない。一体、何屋なんだこの太っちょは。

「ごっつぁんです！　今晩はアヒルちゃんこでごわす！」

そういうことか。分かった所で少しも嬉しくないが。

しかし包丁をもった女の子と違い、こちらは確実に吾輩を掴んでいる。さらに首を絞《し》められてとても苦しい。

このまま吾輩、昇天してしまいそうである。商店街だけに。……いや、失敬。

しかし、救いの手は思わぬ方向からやってきた。

「うう〜、どうせアタシのモノにならないなら！」

と、ピエールがアッアツのアップルパイを花村の顔面に投げつけたのだ。

「うわちちちちち！　熱いでごわす！」

たまらず吾輩の身体を離して、その場にうずくまってしまう花村。吾輩の身体も投げ出されて、床に落ちる。

ついでにアップルパイの破片が落ちていたので、食べてみる。なるほど、これは黄金の卵を使わなくともいけるではないか。次はもうちょっと冷めたのを食べたい。

「さあ、お逃げなさいアヒルちゃん！」

ドアを開けてピエールが外を指さす。

どういう心変わりかわからないが、ともあれありがたい。吾輩はピエールの心意気に感謝しつつ、再び御色南口商店街とやらに飛び出したのだった。

「わあああああ！！　出てきて――――――！！！」

「出てこいいいいいいい！！！」

「殺してやる！！　ブッ殺してやる！！！！」

「殺殺殺殺殺殺殺殺殺殺殺……！」

「キシャ――――――！！」

「北京《ペキン》ダック！　卵焼き！」

「焼きたてのパン……！」

もう目を血走らせているという段階ではなかった。チャイナも胴着も関係ない。話を聞いた商店の人たちが、包丁を持ってうろついている。現在、ここは世界で一番危険な商店街なのではないだろうか。

　いや、騒いでいるのは商店の人だけだ。買い物に来た人間達は平然としている。どうなっているのだ。この辺の人間にとっては殺し合いが当たり前なのか。

　そうではない。殺されるのは吾輩だけなのだ。あのバケモノのような連中は、吾輩一羽のみを追っているのだ。こうしていてはどんな目に遭《あ》わされるか分かったものではない。

　どこか隠れる所を探さねば。

　しかしどこに隠れるというのだ。あいつら、どこにいても吾輩を見つけそうだ。

「おや？　なんだいこの子は」

　いきなり発見されてしまった。

　だが声のトーンから判断するに、吾輩に敵意を持っていない人間と見た。ここはうまくすれば助かるチャンスかもしれん。

　その人物は、背の低いおばさんだった。エプロンを付けているので、やはり商店街の人間だろう。しかし油や血のニオイはしない。とても安全そうに見える。

「あらあら、ひどい有様だねぇ。ちょっと待ってなさい」

　そう言っておばさんは自分の店に入っていく。

　その店先に陳列してある商品が目に入った。

——高級羽毛布団。

まさか。

「お待たせ。アヒルに消毒薬なんて効くのかわからないけど、とりあえず……って、どこ行くんだい!?」

とりあえず吾輩は逃げた。

肉、卵だけでなく、そういう使い方もあるのか。

もしも吾輩が人間であったならば、声を大にして言いたい。吾輩は黄金のアヒルなどではないのだ。島根県の農家のおじさんの家で育った、何の変哲もないアヒルなのだ。しかも畜産用でもないのだ。近所の学校で生まれて、ヒナの時に引き取られただけなのだ。

そんな吾輩がどうして追われるハメになったのだろう。

吾輩を食べたらみんなガッカリするぞ。

「あー、アンタが噂《うわさ》のアヒルね」

またおばさんに呼び止められた。

おばさんと言うよりはおばあさんに近い。

「心配しないでいいよ。とって食いやしないから」

そうは言うが、精肉店のおばさんにそんな事を言われても信じられるか。アヒルをコロッケにしても仕方がないだろうに。

しかも春木屋《はるきや》精肉店というこの店のショーウィンドーには「特価！　鶏肉20％割引！」などと書いてあるではないか。

「アラヤダ、これは違うのよ。オホホホホホ！」

吾輩の視線に気づいたのか、おばさんは慌てて取《と》り繕《つくろ》いながら笑っている。

「いたぞ！　あそこだ！」

その時、野太い男の声が吾輩に向けられた。

声の主は、先ほどのテンプルナイツとか言う屈強な男達の一人だった。なぜか包丁ではなく、抜き身の日本刀を振り回している。

「ササミのてんぷらぁぁぁぁ！！！」

吾輩の未来を暗示する単語を叫びながら追いかけてくる男に対し、吾輩が取れる行動は一つだけだった。

頼りない二本の足を動かしながら、思う。

こういう時、他の鳥ならば飛んで逃げられたのだろうなぁ、と。

吾輩の足は人間に比べて短い。普通に逃げたら確実に捕まってしまう。だから吾輩は考えた。捕まらないようにするには、人間の足を遅くしてしまえばいいのだと。

吾輩は人の多い所をすり抜けるようにして走った。足の長い若者の股の間をくぐり抜けると、真後ろから追いかけてきた日本刀の男は足を止めてしまう。

「わああっ！　通り魔!?」

「む、スマン！　そこを退け！」

その日本刀を見た若者が腰を抜かすのを尻目に、吾輩は商店街から抜け出ようとさらにスピードを上げた。気がつけば両羽根を羽ばたかせている。

「アイヤー！　ここは通さないよ！」

しかし吾輩の目の前に、棍棒《こんぼう》を持った娘が現れる。今度は中華料理屋のリンとかいう娘だ。その棍棒は肉を軟らかくする時に使うものであって、生きている吾輩を撲殺《ぼくさつ》するためのものではないはずだ。

「覚悟っ！」

前方には中華料理屋の娘、後方には日本刀男。

どちらに逃げても捕まってしまう――いや、捕まる前に殺される。

「きええええっ！」

背後からけたたましい声が聞こえたので、咄嗟《とっさ》に羽ばたくと、吾輩の身体が少し浮いた。幸運にもそのジャンプによって、背後からの日本刀男を避ける事が出来たのだった。

さらに吾輩を切り損ねてバランスを崩した男、前方からやってきたリンとかいう娘に棍棒で殴られていた。

「うおおおっ！　何をする!?」

「あああ、ごめんなさい！」

頭を下げて謝る娘。彼女が持っていた棍棒が変な方向に曲がっていた。どんな頭をしているのだろうか、あの男は。

ともあれ、これが最後のチャンスだ。二人が作ったスキを逃すわけにはいかない。吾輩、足と羽根がもげそうな勢いで商店街の出口まで走る――。

そのつもりだったのだが、五秒後に網の中に収まっていた。

はて。吾輩、誰にどのようにして捕まったのだろうか？

「フッフッフ。こんな事もあろうかと用意していた捕縛セットが役に立ったわね」

近くからそんな声が聞こえてきた。

落ち着いて状況を見てみると、どうやら上から網が降ってきたらしい。上というのはこの商店街のアーケードの屋根だ。なんでそんな所に網を設置するのだ。ここはどんな商店街なのだ。

「おお、さすが兎轉舎《とてんしゃ》さんだ！」

吾輩を斬ろうとしていたテンプルナイツの男達や、中華料理屋の娘達が、ある人物に集まってくる。それは黒髪で黒服の若い女性だった。長い髪をかき上げて、不敵に笑っている。この女、どういう職業なのだろう。

「これで約束のアヒル料理はわたしのモノねー」

やはりこの女も吾輩の身体が目当てだったのか。

だがここまで完璧に捕まってしまっては、もう逃げようがない。

「ねーちゃん、スイッチ押したのはあたしだかんな！　あたしにも分け前よこせよ！」

その女性の隣には、小学生くらいの女の子が怒鳴っている。彼女の手には赤いボタンのついた小さな箱が。またなんともレトロなスイッチである。

その少女、吾輩を見ただけで調理後の姿が想像できるのか、すでに目が楽しそうだ。

あの黒服の女性の娘か何かだろうか。悪魔のタッグに見える。

「でも、なんかかわいそうだよ……」

少女の隣には、彼女の姉と思わしき人物がいた。吾輩のことを潤《うる》んだ目で見つめている。とても優しそうな女性だった。

そうだ。この女性なら吾輩を助けてくれるかもしれない。

しかし彼女にわが輩の想いを伝える方法がない。

ああ、口惜《くちお》しい。どうにかして意志を伝えられたら――。

『意志を伝えたいのか？』

そんな声がした。

誰だろうか。いや、そもそも吾輩に向けられた言葉なのだろうか。

『いかにも。我《われ》は汝《なんじ》の言葉を聞き分ける事が可能だ』

――犬の石像だった。

悪魔の少女と、天使の少女の間に座っている、黒い石像だ。いや、犬だろうか。背中には翼が生えているし、胴には鎧《よろい》のようなものが……。

いやいやそんなことを気にしている場合ではない。吾輩の命がかかっているのだ。

ええと、あなたは吾輩の言葉が理解できるのですな？

『左様。我はガーゴイル。吉永《よしなが》家及び御色町の門番也《なり》』

門番と言ったか。

しかし門番が吾輩の言葉を伝えてくれるのならば、これほどありがたいことはない。どうか吾輩をこの人間達から助けてはくれないでしょうか。

『それは難しい相談だ』

何故でありましょうか。

『汝は食肉にされるために買われた身。人間が動物の肉を食べるのは自然の理《ことわり》。それを邪魔する権利は我にはない』

そ、そんな……。

やっと助かると思ったのに。

って、ちょっと待っていただきたい。吾輩、食肉ではないのだ。

『何？』

ガーゴイルという石像の目が光った。


吾輩が事情を話すと、ガーゴイルはそれを周りの人に伝えてくれた。

『つまり汝は食用ではなく、農家で飼われていたのを誘拐《ゆうかい》されたのだな？　しかしこの者らは、汝が黄金の家鴨《あひる》だと言っている。どちらを信じればよいのか――』

悩んでいるガーゴイルの元に、先ほどの兎轉舎とかいう店の主人が報告に来た。

「確認取れたわよ。関西より西の地方で、飼ってるアヒルがさらわれる事件が多発してるんだって。ついでに、健康食品とか貴重な食材だって偽って詐欺《さぎ》をはたらいてる業者がいるみたいね」

「なんですって!?」

驚いたのは、最初の中華料理屋の女主人。

「じゃ、じゃあこの子は黄金の卵を産んでくれないの!?」

ハンカチを噛みしめているピエール。

『黄金どころか、白い卵も産めないだろう』

ガーゴイルの説明を聞いて、がっくりと肩を落とす商店街の人々。

まるで吾輩が悪いように見えるが、一番の被害者は吾輩なのだ。その件についての謝罪はもらえるのだろうか。

いや、そもそも吾輩は家に帰れるのだろうか。

「ただね」

黒髪の女性が悲しそうな顔をする。

「このアヒルのご主人、餌代《えさだい》や飼う場所に困って、詐欺師にこのアヒルを売ったんだって言ってたわよ。もうこの子、帰る場所がなくなっちゃったの……」

その言葉を聞いて、吾輩の視界が暗くなった。帰る家もなくなった吾輩は、いったいこれからどうすればよいのだろうか。

彼女の言葉を聞いて、商店街の人たちが顔を見合わせる。


それから三日が過ぎ、吾輩は御色南口商店街の住人になった。

「ヘイラッシャイ！　今日はブドウが安いよ、ブドウが！」

吾輩が世話になっているのは、果物屋だった。毎日、甘い匂いがする店内の隅っこで、吾輩は菜っ葉を食べさせてもらっている。

果物屋ならば一番問題ないだろう、という商店街の意見だった。菜っ葉は中華料理屋からもらったものだ。

果物屋のご主人である小森《こもり》さんは、吾輩の話を聞くと「住む家もなくなっちまった、かわいそうなアヒルじゃねぇか！　ウチで面倒みてやらぁ、べらんめい！」と二つ返事でOKしたそうだ。

「あら、今日もアヒルちゃんカワイイわねぇ」

買い物をしにきた奥様方が、たまに吾輩の頭を撫《な》でる。吾輩が鳴くと、気分を良くした奥様が果物を買っていってくれるのだそうな。

「おう、今日もでかしたぜ、べらぼうめ！」

怒鳴りながら吾輩を褒《ほ》めてくれる小森さんもそうだが、あの時、吾輩を助けてくれたガーゴイルという石像には一生感謝しても足りないくらいだ。なんでもこの町の動物たちのボスみたいな存在なのだという。

この商店街を見ればわかるが、とても物騒な町である。ガーゴイルのような門番が必要とされるのもうなずける話だ。

しかし住んでしまえば慣れてしまう。

「オラァァァァァ!!　待ちやがれ泥棒猫ー!!」

今日もテンプルナイツの面々が黒猫を追いかけている。最初は驚いていたが、三日も続けばもう見向きもしなくなった。
こうして今日も吾輩は、小森青果店の軒先《のきさき》で一日を過ごしている。
吾輩はアヒルである。名前はまだ無い。
しかし住む町はある。喜ばしい事だ。

おわり

TV Animation Main Staff

企画：森ユキ
　　　鈴木篤志
　　　岩川広司
原作：田口仙年堂（ファミ通文庫 エンターブレイン刊）
エグゼクティブプロデューサー：小林正樹
プロデューサー：赤堀悟
　　　　　　　　高畑裕一郎
　　　　　　　　大宮三郎
アソシエイト・プロデューサー：大胡寛二
シリーズ構成・脚本：吉岡たかを
キャラクター原案：日向悠二
キャラクターデザイン・総作画監督：渡辺真由美
美術監督：松平聡
美術設定：池田繁美　大久保修一
色彩設計：山口喜加
撮影監督：三品雄介
編集：坂本雅紀
音響監督：飯塚康一
音楽：大谷幸
音楽制作：avex mode
アニメーションプロデューサー：光延青児
アニメーション制作：トライネットエンタテインメント
　　　　　　　　　　スタジオ雲雀
監督：鈴木行
製作：御色町商店街
　　　エンターブレイン
　　　エイベックス・エンタテインメント
　　　トライネットエンタテインメント
　　　ハピネット
オープニングテーマソング「オハヨウ」
　作詞・作曲：Funta
　編曲：Blues-T
　歌：双葉&梨々&美森
エンディング「愛においで 逢いにおいで」
　作詞：松井五郎
　作曲：藤末樹&大谷奈津子
　編曲：水谷広実
　歌：双葉&梨々&美森

TV Animation Main Cast

ガーゴイル：若本規夫
吉永双葉：斎藤千和
吉永和己：宮田幸季
パパ：中國卓郎
ママ：浅野るり
高原イヨ：桑島法子
東宮天祢：菊池正美
怪盗百色：千葉進歩
梨々＝ハミルトン：水樹奈々
小野寺美森：稲村優奈
ケルプ：岡野浩介
ハミルトン：家中宏
ヒッシャム：中國卓郎
オシリス：浅野るり
デュラハン：飯島肇
エイバリー中尉：飯島肇
清川刑事：風間勇刀
菊一文字：儀武ゆう子
宮村：高口公介
えるされむ主人：菊池正美
目分量のヌマタ：岡野浩介
まぶしのタグチ：風間勇刀
揚げのアキヒコ：飯島肇
マダム・ヤン：安達まり
いためのリン：福原香織
刻みのリナ：三好りえ
あんかけのリム：藤田咲
石田歳三：儀武ゆう子
春木屋のおばちゃん：安達まり
青果店小森：飯島肇
寝具店佐藤：浅野るり
鮮魚店小沼：青木強
ピエール：中國卓郎
ハナ子：松来未祐
平太：斎藤千和
かや乃：園崎未恵
レイジ：岡野浩介
片桐桃：藤田咲
片桐林吾：青木強
松川：飯島肇
ゴールデンボーイズリーダー：風間勇刀

■ご意見、ご感想をお寄せください。

ファンレターの宛て先
〒102-8431　東京都千代田区三番町6-1
株式会社エンターブレイン ファミ通文庫編集部
田口仙年堂　先生
日向悠二　先生

■ファミ通文庫の最新情報はこちらで。

エンターブレインホームページ
http://www.enterbrain.co.jp/fb/

■本書の内容・不良交換についてのお問い合わせ。

エンターブレイン カスタマーサポート **0570-060-555**
（受付時間 土日祝日を除く 12:00～17:00）
メールアドレス：**support@ml.enterbrain.co.jp**

ファミ通文庫

吉《よし》永《なが》さん家《ち》のガーゴイル　アニメすぺしゃる

二〇〇六年一一月一〇日　初版発行

著者　田口仙年堂《たぐちせんねんどう》＋御色町商店街《ごしきちょうしょうてんがい》
発行人　浜村弘一
編集人　青柳昌行
発行所　株式会社エンターブレイン
〒一〇二-八四三一　東京都千代田区三番町六-一
電話　〇五七〇-〇六〇-五五五（代表）
編集　ファミ通文庫編集部
担当　河西恵子／森丘めぐみ
編集協力　有限会社ねこまた工房＆酒寄朋巳
デザイン　沼田里奈
印刷　凸版印刷株式会社

定価はカバーに表示してあります。

た1
4-1
638

ISBN4-7577-3003-9